谨以此书向改革开放40周年献礼

改革开放以来，一大批优秀企业家在市场竞争中迅速成长，一大批具有核心竞争力的企业不断涌现，为积累社会财富、创造就业岗位、促进经济社会发展、增强综合国力作出了重要贡献。营造企业家健康成长环境，弘扬优秀企业家精神，更好发挥企业家作用，对深化供给侧结构性改革、激发市场活力、实现经济社会持续健康发展具有重要意义。

——《中共中央 国务院关于营造企业家健康成长环境
弘扬优秀企业家精神 更好发挥企业家作用的意见》

江西省民营经济研究会　组撰

杨文龙

当代赣商

熊波　著

江西人民出版社
Jiangxi People's Publishing House
全国百佳出版社

仁和863科技园

总序

以党的十一届三中全会召开为重大标志，中国改革开放的大幕徐徐拉开，一个波澜壮阔的伟大时代奔涌向前。

时代宏音犹在耳际，改革开放的伟大进程已经走过了整整四十个年轮。

四十年来，民营经济从无到有、由弱而强，写就了我国经济社会发展中令人瞩目的辉煌篇章。改革开放的历史，在某种意义上就是一部民营经济发展壮大的历史。

企业是市场的重要主体，企业和市场的发展都有赖于创新实干的企业家精神。这种精神是企业成长的原动力，也是发展社会主义市场经济最为宝贵的稀缺资源和强大竞争力。习近平总书记指出："全面深化改革，就要激发市场蕴藏的活力。市场活力来自于人，特别是来自于企业家，来自于企业家精神。"

改革开放以来，党中央、国务院和社会各界一直高度重视对企业家的培育和鼓励。进入新时代，培育好企业家队伍，弘扬好企业家精神，已经成为坚持和发展中国特色社会主义的重大选择。2017 年，在中央全面深化改革领导小组第三十四次会议上，习近平总书记又指出："企业家是经济活动的重要主体，要深度挖掘优秀企业家精神特质和典型案例，弘扬企业家精神，发挥企业家示范作用，造就优秀企业家队伍。"2017 年 9 月，中共中央、国务院发布《关于营造企业家健康成长环境　弘扬优秀企业家

精神   更好发挥企业家作用的意见》，这是中华人民共和国成立以来中央首次以专门文件明确企业家精神的地位和价值。

伟大时代对企业家地位和企业家精神的充分肯定，不仅促使中国民营经济在发展的过程中涌现出一大批优秀企业家，为企业发展开辟了广阔天地，更赋予了企业家奋力开创事业的强大力量。

伟大的时代也使江西民营经济如沐春风。在历届江西省委、省政府的领导下，江西民营经济迅猛发展，如今已占据全省经济的"半壁江山"。民营经济现已成为江西市场经济中最有活力、最具潜力、最富创造力的主体，成为推动江西省加速崛起的主力军、改革开放的主动力、增收富民的主渠道。伴随着江西民营经济的发展，在江西这片红土地上，一批创业先行者以敢为人先的勇气汇入了时代洪流。他们顺应时代发展，勇于拼搏进取，艰苦创业，锐意奋进，在伟大时代的进程中成就了人生事业的精彩。同时，在企业不断发展的进程中，他们积极履行社会责任，把企业的发展和社会责任的履行自觉统一起来，展现出企业家良好的时代精神风貌。

抚今追昔，我们在被当代赣商精神感染的时候，不由想起了以敢为人先、艰苦创业、义利兼顾等商业精神与商道品格著称的江右商帮，并深切地感受到赣商精神的传承和发扬光大。江右商帮曾纵横中华商界九百年，明清时期达到鼎盛，以人数之众、操业之广和讲究贾德著称于世，与晋商、徽商等并列为中国古代十大商帮。

历史深处有未来。

任何一个国家的崛起，都是政治、经济、文化、科技等领域的整体崛起。对社会发展和人类文明进步作出杰出贡献的代表者，历史总是以铭记的方式表达着敬意，其卓越贡献与思想精神的不断衍续，也成为永远闪耀于历史长空的精神启迪之星。

然而纵观历史，人们不难发现这样一个事实：青史留名的历史卓越贡献者多为思想家、文学家与科学家；而对社会物质文明进步作出了巨大贡献的企业家，在浩瀚的历史著述中却寥寥无几。

商道长河谁著史。

正是基于这一视野高度，江西省工商联（总商会）在雷元江主席领导下，于2014年研究重塑赣商大品牌、引领赣商新崛起的工作部署，把发掘、传承、弘扬江右商帮精神和树立新时代赣商文化自信紧密结合。具体而言，就是把历史上誉满华夏的江右商帮和改革开放进程中稳健崛起的新时代赣商群体整体纳入历史与现实的宏大视野，把传承与弘扬赣商精神作为立意高远方向，把激励赣商群体在改革开放新阶段更加奋发有为作为新起点，着力开创赣商在改革开放新阶段、新时代的大发展格局。

在此过程中，雷元江同志又进一步提出，激励赣商群体在改革开放新阶段更加奋发有为，不但要体现于财富创造上，而且要体现于精神风貌上。他强调在打造同心谷·赣商之家（商联中心）物质载体大厦的同时，还要打造一座赣商精神载体大厦，把改革开放以来赣商与时代脉搏同跃动、共奋进的壮怀激烈创业历程与精神风采真实完整再现出来，汇聚成一部宏大的赣商创业奋进史。由此，形成了组织撰写《当代赣商》大型报告文学丛书的整体创作构想。

在雷元江主席的直接领导和悉心指导下，这部体制宏大的报告文学系列丛书作品，选取一批在改革开放进程中敢为人先、勇于探索、成就大业且具有深厚家国情怀的优秀企业家作为赣商杰出代表，每位企业家自成一卷。以报告文学的形式再现他们的创业历程，展现他们的商业智慧、商道品格和人生情怀。其全部的归旨，就在于忠实呈现改革开放四十多年来的宏大赣商人物志与奋进史。

从2014年至2017年，《当代赣商》大型报告文学系列丛书的组织撰写工作展开样本创作。在形成蓝本的基础上，于2018年正式全面展开。

《当代赣商》大型报告文学系列丛书的组撰工作，既为改革开放进程中崛起的赣商群体著录了宏大创业史，同时也与江西省工商联（总商会）

部署实施的《赣商志》《赣商会馆志》《江右人家》《历史的铭记》等编撰创作，共同构建起一部完整而宏大的赣商发展传承史，矗立起一座赣商文化精神大厦。

为改革开放进程中的赣商群体著录宏大创业史，本就是一项具有开创性的工作。更为重要的是，在新时代大力弘扬优秀企业家精神的主旋律中，构建赣商文化精神大厦这一深远立意，又赋予了《当代赣商》大型报告文学丛书深刻的历史与现实意义。

赣商尤其是以江西知名民营企业家为代表的优秀赣商，他们以与江右商帮一脉相承的艰苦创业、义利兼顾精神，在开拓奋进、勇于担当中积淀了宝贵经验和深厚感召力，厚德实干、义利天下是当代赣商最明显的特征。因此，本丛书的出版，必将汇聚成激励和引导广大江西非公经济人士健康成长的强大正能量。

在改革开放的新时期，江西省工商联（总商会）在引领赣商奋发有为、再创新辉煌的整体谋划部署中，通过赣商精神大厦的打造，也必将为全体赣商在新的奋进征程中注入强大动力。

《当代赣商》大型报告文学丛书在江西省工商联（总商会）的领导部署下，由江西省民营经济研究会承担组织撰写和出版工作。其间，得到了各级领导的大力支持和热情指导，作者们付出了大量心血，在此一并表达诚挚感谢！

江西省民营经济研究会

2018 年 5 月 28 日

目录

概述

一

商海大潮中，在江西省樟树市经营中药材艰辛起步的一位赣商三十多年奋进不止、稳健前行，在实现一个个目标的成功跨越历程中，缔造出了一家在中国民营医药界享有广泛盛誉的医药企业，成为江西红土地上中医药产业领域中的一颗璀璨明珠。

这家医药企业，就是仁和药业集团。

尤为引人注目的是，从新千年之初组建集团至今的发展历程中，仁和药业集团始终以惊人的发展速度、稳健成长的姿态，快速崛起为一家集生产、销售及研发为一体的大型知名现代医药企业集团。

如今的仁和药业集团，不仅已跻身于中国医药企业百强之列，也成为引领江西新兴战略性支柱产业——现代医药产业强劲崛起的中坚力量之一。

奋进创业的辉煌历程，成就了声名卓著的仁和药业集团，也成就了红土地上一位杰出赣商代表者之一的人生与事业传奇。

这位杰出的赣商代表者之一，就是杨文龙。

毋庸赘言，杨文龙是改革开放伟大时代里涌现出的、江西乃至全国医药业界的巨子之一，无论是在江西还是在全国医药产业发展的辉煌篇章里，他都写下了精彩的一笔。

从当年经营中药材起步，历经无数风雨和万千艰难险阻，在中药材经营销售和医药制造领域，杨文龙一步步走向江西和全国现代医药制造业界的高端舞台，也一步步走向了壮阔的人生事业新天地。

这是在波澜壮阔的改革开放大时代里，杨文龙以激情与勇气、执著和坚定以及深邃睿智的商道智慧，豪迈的事业气魄，奋力书写出的一部精彩而厚重的个人创业史。

沿着三十多年前的艰辛起点，纵览杨文龙那铿锵坚实、执著向前的创业步履，在穿越岁月悠长时光的阅读中，这部创业史中的每一处细节和每一个篇章，都如此激越人心，蕴含和贯通于其中的那种巨大的精神力量，更是催人奋进，给人以深刻启迪。

三十多年前的开端起步，一切平凡普通且充满无数艰辛。

杨文龙出生于江西省丰城市的一个普通工人家庭。按照当时国家对于城镇居民就业的统一政策，与所有城镇待业青年一样，他的就业途径只有两条可供选择：一是顶替父母在工厂的工作岗位，另外就是只能等待某个工厂或单位的招工指标。

但是，在漫长的等待中，杨文龙似乎觉得这样的希望对自己而言已越来越渺茫，这让他内心深处开始产生出备受煎熬的苦痛。

把命运的主动权握在自己手里！

年轻气盛、颇富书生意气的杨文龙，再也不想在焦急而沉闷的等待中消磨青春时光，任凭生命里的激情和意志一点点消退，他决意要去外面寻找谋生自立的机会，自谋出路的念头随之在他心底越来越强烈。

杨文龙人生随后的彻底改变，由此悄然开始。

1982年10月，适逢第十三届全国药交会在樟树市召开。这是自改革开放国家恢复在中国药都樟树市举办全国药交会以来，又一届盛况空前的全国中药材交易大会。

全国中药材交易的最高规格盛会，吸引了来自五湖四海的客商云集中国药都樟树市。而樟树市周边地区的很多人，也被这前所未有的交易盛会所吸引，如赶集般的人群，每日潮涌而入樟树市，为的是一睹药交会的盛况。

在这潮涌如水的人群之中，就有杨文龙。

其时，与其说杨文龙是去寻找商机、谋得出路的，还不如说他也是因闲来无事抱着看热闹的目的而去目睹樟树药交会景象的。

然而，因为内心深处早已生发了出要自谋出路的强烈念头，因而可以料想到，在樟树药交会上，只要一旦发现有适合于自己的机会，杨文龙有可能很快会将这机会纳入自己的视线之中并果敢地去把握住。

不曾想到，接下来的情况，果真如此！

在樟树药交会上，杨文龙不但敏锐地发现并大胆抓住了一个商机——药交会，现场每天因供求之间的随时变化，会出现中药材价格随行就市的情况，这使得同样一种中药材在短暂的交易时间差之中，会产生出一定的利润空间。

在人流如织的药交会上，杨文龙于不经意中发现了这个商机，并看出了有人如何运用这个机会赚钱的门道。

"不知是从哪里来的勇气"，杨文龙用父母给的几十块钱做本钱，在樟树药交会上大胆一试。不曾想到，在药交会行将结束的短短几天时间里，杨文龙在谨小慎微而又果敢及时的买进卖出之间，竟然赚到了自己有生以来的第一笔钱。

仿佛是自己身上那深藏蛰伏的经商禀赋，就这样在不经意间被自己惊讶地发现，这让杨文龙欣喜和激动不已，更让他对自己自立谋生的能力充满了信心！

其实，那是一个头脑有准备的人，对于眼前机遇有意识的敏锐并付诸有胆有识尝试的结果。但无论如何，在樟树药交会上初尝生意的这一次意外小成功，不但给了杨文龙决意要去做中药材生意的巨大信心，而且也让他认定，自己从此找到了一条不错的谋生之路。

就这样，杨文龙开始了自己"与药为伍"的生活——收购中药材。

入行之后，杨文龙才真切地体悟到，这是一条充满着无数艰辛的谋生之路。

首先，杨文龙要走村串户从药农那里收回地道的中药材。然后，他要经过清洗、晾晒、分类及加工炮制等中药材成品过程中不可或缺的每一道程序。最后，他要找到好买家卖出满意的价钱，才算是完成了一次生意上的成功买卖。

而事实上，在这每一次生意上的买卖轮回之间，背后都有着不为人所知晓的种种周折与辛劳。

在走村串户收购中药材的期间，杨文龙经年累月地跋山涉水、风餐露宿且遍历各种险阻；在完成加工制作尤其是精心炮制的过程里，道道工序看似平常无奇，却实则深奥繁复，需潜心揣摩和百千次的历练方能熟练掌握；在买与卖之间，杨文龙经过始终如一的长期恪守诚信之后，方才赢得众多药商客户的钦佩欣赏，为恪守诚信如一，他也曾付出过遭遇欺骗的不小代价。

在收购中药材的艰辛险阻过程中，杨文龙悄然走过了一个又一个的季节更迭。

在潜心揣摩和掌握中药材加工炮制的过程里，花开花又落，杨文龙沉浸于一个又一个寂寞而辛劳的日子。纵然一百次的诚信只换回到一次的真诚回报，杨文龙也从未曾在忠实为人、诚信从商这一点上动过丝毫松懈的念头。

如此，整整历经近十载寒暑春秋，杨文龙最终凭藉艰辛、用心与诚信，为自己在药商林立的中国药都樟树市赢得了立足之地——杨文龙以十年始终如一过硬的地道中药材品质、传统的中药材加工和炮制工艺，还有他打动人心的诚信经商品格，成为在樟树市中药材经营行业里颇具知名度的一位中药材经营者。

更为重要的是，整整十年的身心坚守，让杨文龙完成了从中药材门外汉到精通中药材产购销各环节的"行家"角色的悄然转换。

这一转变，对于杨文龙后来决心走向医药创业领域，可谓是至关重要的一环。

而且，杨文龙在樟树市及全国中药材行业经销商界里，渐渐有了诸多彼此信赖与相互高度认可的朋友同仁。在向来有"渠道为王"规律的流通经营性领域，拥有了稳定可靠的经销渠道，那实际上也就意味着，要实现经营业务上的扩张也就是顺理成章的事了。

十载寒暑，潜心执著磨剑，只为有朝一日能驰骋于人生建功立业的阔大天地。

杨文龙久已潜藏于心的人生抱负，开始悄然勃发于胸臆之间！

于是，杨文龙接下来的一个崭新开端，也就显得那样自然而然。杨文龙心底萌生出的那个改变他此后人生走向的大胆想法，也似乎一切都可以被看作是水到渠成的结果。

杨文龙的这一大胆想法即是：在改革开放后的十多年的过程中，从药都樟树而纵观全国中药材交易行业与市场，整个中药材经营领域里，呈现出逐年量增市旺的喜人发展景象，行业和市场的发展前景诱人。而自己熟通中药材专业知识、精通中药材质量品质、洞悉中药材经销市场，收购中药材近十年下来也小有些积蓄，且已具有一定的产供销渠道。如此，自己要在中药材经营方面摒弃小打小闹、去尝试规模经营，现在可谓是"万事俱备只欠东风"。

在良机面前，杨文龙再一次显现出他果敢的勇气和决断魄力！

1987年，杨文龙在樟树市开出了自己的"华东中药材收购站"。由此，杨文龙也开启了自己全新的人生又一个起点——从中药材小商贩，向着中药材行业里的规模经营者，一步步完成着创业人生格局的重大转变。

这是改革开放进程中，在全国中药材市场出现逐步繁荣的背景之下，杨文龙对中药材经营方式、思路上一次水到渠成的自觉转变，是他欲在中药材经营与规模上做大做强动力触动的结果。这也是杨文龙创业历程中，极为关键的一次自我突破。尽管，当时的杨文龙还并未曾意识到，自己已摆脱了谋生层面上的商业行为，迈出了创立一番事业的步伐。

　　依靠在中药材经营领域的各方面深厚积累，在此后华东中药材收购站的数年经营过程中，杨文龙对市场行情的走向变化、行业发展大势研判等一系列才能与眼光，得以充分展现出来。加之，视诚信为经营命脉的理念，更是让越来越多的业界同仁纷纷对杨文龙给予高度的信赖。在仅仅五六年的时间里，华东中药材收购站就渐渐在整个樟树市中药材经销商中异军突起，杨文龙不仅成为樟树市后来居上的知名中药材经销商，而且其生意渠道已通达全国各地。

　　至此，杨文龙收获了自己人生中沉甸甸的创业"第一桶金"！

　　华东中药材收购站崛起于樟树市而渐誉于省内外中药材业界，也让杨文龙的商业视界随之开阔起来，一种从经商角度而跃入事业层面的创业冲动，在他的眼前逐渐呈现出更为开阔的创业规划。

　　这一次，杨文龙敏锐而果敢的目光，瞄准了当时全国市场正风生水起的保健品行业。

　　从八十年代中后期到九十年代中期，可谓是中国保健品行业发展的起步期和"黄金十年"。一款款横空出世的保健品，搅动起一轮又一轮的全国保健品市场热潮，成就了一个又一个保健品厂商崛起的神话。

　　这样的行业与市场情景，让杨文龙视之耳热心跳，内心中溢满了按捺不住的冲动，他果敢地决定，放弃中药材经营，转而进入中医药保健品生产和销售领域，去成就自己的一番人生大业！

　　1998 年，杨文龙倾其所有，与合作伙伴一起创立了江西康美医药保健品有限公司，主打保健品的生产和销售。

然而这一次，始料不及的行业与市场突变现实，却让杨文龙还未来得及地入保健品市场，便很快就陷入举步维艰的境地。

令人始料不及的，正是从 1998 年起，一场酝酿和蓄积已久的保健品行业危机，开始以排山倒海之势席卷而来，整个全国保健品市场由一片火热转而一片萧瑟，中国保健品行业，也由此开始进入由一蹶不振到此后缓慢修整的一段漫长时期。

倾巢之下岂有完卵？更何况，初创的江西康美医药保健品有限公司寂寥无名，实力薄弱，处于进退维谷局面的公司岌岌可危。

于企业重重的困境里，能阵脚不乱、拨云见日，在运筹帷幄之中彻底扭转困局并使得企业在置之死地而后生的境况中再次阔步走向坦途，则更是尽显出一位企业家的卓越智慧和宏大气魄。

最终，杨文龙做到了，通过医药类保健产品——妇炎洁的成功研发，江西康美医药保健品有限公司实现了迅速崛起和壮大！

而且，在企业走出重重困局、再次走向新的坦途过程中，杨文龙又不失时机地着手开始筹划更为广阔的未来产业谋局。

二

时光行进到了世纪之交，杨文龙正是在这样具有历史性意义的重大时间节点里，完成了自己波澜壮阔般的事业谋局。

无论是当年寻找人生出路的机会，还是后来在行业研判决断商机，人们可以清晰地发现，杨文龙的目光总是渐向深远，脑中有市场、有方向，眼光更是环视改革开放背景下行业风起云涌的发展大势。

这一次，杨文龙为自己未来产业的谋局，同样是以他深刻而敏锐的洞察力为基础。然而此时，已历经近二十年市场经济洗礼的杨文龙，这一次的运筹帷幄，初显出其企业家的战略眼光！

20世纪90年代末、新千年即临之初，这是中国民营医药行业发展历程中一个具有开创意义的重要时间节点。

这时，我国国有企业改革不断深化、民营医药企业正蓬勃而起。与此同时，国家推动医药生产、流通领域市场化改革的力度空前，外资医药企业开始纷纷涌入生机勃发的中国医药生产和流通广阔市场……种种变革交织的大背景之下，整个中国医药行业从生产到流通领域，正呈现出大调整、大重组的趋势。

这种大背景下呈现出的大趋势，对于任何一家医药企业而言，都可谓面临着严峻的挑战。

但重大的机遇总是与严峻的挑战并存，对于此时的中国民营医药企业来说，行业与市场因深度变革所带来的广阔发展空间，同样是前所未有的。

立于时代潮头，站在行业高端，杨文龙敏锐而深邃地意识到，这是自己实现企业跨越式发展千载难逢的机遇。

杨文龙以敏锐的洞察力、果敢的豪情气魄和令人叹服的运筹谋局智慧，稳稳抓住了这一历史赋予的重大机遇，并规划和描绘出企业未来发展的宏伟蓝图。

运筹帷幄之中，梦想纵横驰骋，宏大的人生事业蓝图呈现舒卷开来。

这一宏大蓝图之下的战略主线，即在做稳做强现有的"康美源"公司基础上，通过兼并重组其他药企，成立药业集团公司，首先实现企业规模上的快速扩张，继而推进集团企业内外同步的强劲发展，一步步朝着做"百年企业"的目标迈进！

2001年，杨文龙在成立"江西药都仁和制药有限公司"并相继完成对樟树市齐灵城制药基地、铜鼓威鑫制药厂、峡江三力制药厂的顺利兼并重组之后，成功组建起"仁和药业集团"。

由此，杨文龙一手组建并掌舵领航的"仁和药业航母"，在新千年的伊始扬帆起航，开始破浪前行。

做"药业航母""创仁和伟业"是杨文龙心驰神往的人生事业梦想。

然而，杨文龙深知，要真正实现这一梦想，那注定要历经一段风雨兼程的漫长路途。而这一路的壮阔航程中，不仅做产品惟诚信要始终铭刻于心，经营管理企业要务实进取，还有，卓越的企业文化要为企业的持续发展注入强大的动力，而且，企业强劲的内生动力与规模化的外部扩张需同步推进，企业任何时候都不能缺失创新开拓精神⋯⋯

一年企业靠产品，十年企业靠品牌，百年企业靠文化。杨文龙不愧是具备卓越理念的优秀民营企业家，在全面部署实施和推进"仁和药业集团"百年名企这一远大发展目标伊始，他就把规划构筑"仁和企业文化软实力"摆在了首要地位。

一流技术设备永远都是企业辉煌崛起的牢固基石。从2001年开始，"仁和药业集团"投入巨资，对集团所属企业先后实施全面的GMP改造，同时对集团技术与设备逐步进行"脱胎换骨"式的升级，到2010年，"仁和药业集团"一举成为中国医药行业通过国家GMP认证剂型最多的药品生产企业之一，为企业一次又一次实现超常规的发展，打下了坚实的基础。

一家集团公司的成功运营，必须以卓越的现代经营管理模式和理念作为支撑。在杨文龙的主导下，"仁和药业集团"开始彻底打破家族式管理模式，充分导入先进的现代企业管理机制，为企业集团化经营管理注入了崭新的生机活力。

先进的市场营销和营销管理模式、大规模的广告支持、周到的售后服务、快速有力的物流保障，构成了仁和商业"争天时，取地利，倡人和"的经营特色。

品质为王，必须以品牌为熠熠生辉的"金字招牌"。在市场竞争中，品牌的有无和大小越来越成为竞争的决定性因素。没有品牌就没有市场，就没有竞争力。创品牌、创名牌，是仁和做强做大的根基。杨文龙在打造产品和企业品牌上，大手笔投入，大格局实施推进。

为此，仁和药业集团成立了实力雄厚的品牌管理团队。2004年，仁和品牌管理团队整体迁入北京，以北京为中心构筑在全国范围内打造仁和品牌的战略蓝图。在此缜密的部署推进下，仁和品牌打造声势浩大，尤其是被外界誉为打造仁和品牌的"辽沈""淮海""平津"三大精彩战役，堪称国内品牌铸造的经典案例。依托强大的媒体宣传力度，仁和品牌的知名度和美誉度与日俱增！

…………

此后，仁和药业集团超常规的发展态势强有力地证明，杨文龙这一气势如虹的全面战略布局，在仁和药业集团的发展史上，具有里程碑式的非同寻常意义！

稳健推进的仁和药业集团宏大战略实施进程，以每五年为一个实施时间段，在每个实施计划的时间内，又制定了详细的量化目标，由一个个五年计划组成的仁和药业集团发展总目标，一步步向着百年名企行进。

仁和药业集团前行的步履铿锵而坚实，其崛起于业界的姿态，强劲而引人注目。

"仁和"一个又一个里程碑式的发展轨迹，为改革开放进程中江西乃至全国医药企业的磅礴发展，做了精彩的注释。同时，仁和药业集团卓越的发展历程中所凝聚的杨文龙的商道精髓、商海智慧及商业品格，不仅赋予了业界内外对于创业、治企、管理及战略的典范商业样本，而且是催生创业者激情追梦的强大力量。

从本世纪初年至2015年，仁和药业集团已连续多年跻身中国非处方药品生产企业100强前列阵营，创造出了销售收入在10年间增长70多倍的辉煌业绩，"仁和"成为大江南北家喻户晓的品牌……

仁和药业集团的这些发展业绩，被业界誉为是书写了"中国药企发展的一部传奇"。

有什么样的战略眼光，就会有什么样的胸襟与气度，有什么样的胸襟与气度，就会有什么样的企业发展格局。

企业家的战略眼光，从创业伊始便注定你的企业能做多大、走多远。

新千年走过第一个十年，全球经济发展逐步进入深度转型调整期。

实践证明，那些具有战略眼光，有决心、有魄力、有思路的企业家，总是能在准确把握时代呈现的挑战和赋予的机遇基础上，开辟出企业发展的广阔天地。

已立于中国民营医药企业第一方阵前端的仁和药业集团，在稳健推进又一个五年计划实施的同时，全面开启了仁和药业集团的转型升级发展之路：

自主创新是企业转型升级的中心环节，也是企业转型升级的驱动力。以战略眼光，顺应时代发展，推进企业转型升级，企业家要把创新作为提升企业竞争力的重要着力点，将培育创新型人才作为提高自主创新能力的重要抓手，努力把企业建设成为掌握新技术、具有核心竞争力、具备持续创新能力的创新型企业。

自主创新，被杨文龙置于仁和药业集团转型升级战略的核心重要位置。

与此同时，利用互联网的崛起，推动企业发展走向新纪元。

在互联网大潮的冲击下，在中国新一轮医改深化进程中，无论是医药行业，还是消费者，都在呼唤传统医药行业必须与互联网深度融合，以更高效、更便捷的方式，为百姓提供专业、便捷、经济的全面健康服务。线上与线下的结合，不仅为传统医药企业开辟了新的行销渠道，也成为市场大势所趋。

"以互联网思维，从整体角度考虑用户价值，用户体验，跨界融合。"在这个快速竞争、呼唤狼性的互联网变革大时代，杨文龙希望仁和在发展传统业务板块的基础上多线运营，既和合共赢，又超越自我。

2015 年 1 月 12 日，仁和药业集团携手制药工业企业与医疗机构，在海南三亚隆重举行"FSC 药企联盟健康服务工程"新闻发布会，与此同时，

"和力物联网、叮当送健康"加盟签约仪式顺势完成。仁和的 M2F + B2B + O2O + B2C 模式从材料采购、生产、批发、零售、最后一公里到家服务，构建了完整的服务链条。

这标志着，以仁和药业为引领的一批全国传统医药企业，率先迈出了互联网背景下产业转型升级发展的战略步伐。

与实施互联网转型战略同时，在大健康产业应运而生、蓬勃发展的大背景下，仁和药业集团又一次抢抓先机进军大健康产业，以行业领跑者的姿态稳健行进在大健康产业发展的广阔天地间！

如今，仁和药业集团正朝着"百年企业"这一宏大深远的目标稳健迈进。

"谈成功为时尚早。"因为愿景蓝图中的目标宏大，杨文龙深知，跋涉远方的风雨兼程道阻且长。

与此同时，杨文龙更是深情寄语自己与全体"仁和"同仁，共同携手去实现百年企业的壮阔目标，于己于同仁，任重而道远！

三

饮水思源，回报社会。

在杨文龙内心深处，对于自己人生事业和企业一路而来取得的发展辉煌，始终都珍怀着深厚的感恩情愫。

有"药都骄子"之称的他，信奉的人生哲学是："你给我一尺布，我回你一条裤。"他认为自己的成功源自于社会，那就应以真情实举回馈于社会。

从当年艰辛收购贩卖中药材赚了些钱开始，杨文龙就开始在逢年过节时默默帮助一些困难家庭，连续 20 多年每逢节日到福利院看望老人、长期资助贫困学生、修桥铺路等这些方面他也总是慷慨解囊。

"仁和药业集团的由小壮大、稳健崛起，离不开社会各界的支持，离不开千年药都的深厚底蕴和历史传承,这给予了仁和含义丰富的企业理念,赋予了仁和企业反哺社会的精神。仁和当以'饮水思源、真诚回报'的真情之举回馈社会。"

在仁和药业集团成立之初和取得每一阶段骄人的发展成绩中,杨文龙都那样深情感怀,是改革开放时代赋予了自己改变命运和实现人生出彩的机遇,企业在追求经济效益的同时,必须承担社会责任。

仁者至诚,仁者爱人。

"一个企业,一百年、一千年,留给人们的,不是产品、业绩,更不是厂房、设备,而是企业的文化。这种文化顺应时代潮流,成为社会和谐发展的重要组成部分。"在仁和药业集团的发展过程中,杨文龙更是把企业文化与公益慈善情怀自觉融合,在他看来,融合着深厚责任感和慈善情怀的企业文化才是仁和企业永恒的不动产!

在以志励从而获得成功的过程中,儒家思想中推崇的"以天下为己任"、主张"达则兼济天下"等思想,对杨文龙的影响十分深刻。

"慈善之路当然只是社会企业家的一种自我实现方式之一,企业家除了要'超越支票簿效应'的知行合一外,我们有理由要求,更切实的企业家精神应当从发掘和彰显组织价值开始行动。"在杨文龙心中:国家有难,仁和药业集团义不容辞,解难分忧;社会需要,仁和药业集团就要乐善好施,造福乡邻。

正是基于个人与企业之于公益慈善事业的深刻理解,杨文龙在企业走向辉煌的历程中,同时成为一位具有广泛影响力的慈善家。

在杨文龙的影响下,"饮水思源,回报社会"也成为仁和药业集团全体员工的共同信念。

积点滴善举,成无疆大爱。

自组建以来,仁和药业集团及员工向希望工程、希望医院、抢险救灾、修桥筑路及社会弱势群体捐款、捐物、赠送名优产品价值累计逾一亿余元,安置下岗职工和贫困户就业二万余人次，受到党和政府、社会各界的高度赞扬与好评。

"倾情公益慈善是一位企业家对于追求卓越的坚定信念，也是一位责任感的社会企业家无法卸下的使命。"对此，杨文龙已将两者深融于自己人生追求与价值的核心理念之中，并通过个人和企业的真情善举传达出一位企业家心怀大爱的胸襟。

"以人为本，仁爱、亲和，是公司发展壮大之根本。"仁和药业集团正是坚持以人为本、和为贵的企业理念和仁爱亲和企业精神，在企业蓬勃发展的同时，热心回报国家和社会，把爱洒向需要帮助的角落，谱写出一曲曲仁和爱人的动人赞歌。

多年来，杨文龙因在社会公益慈善事业中所作出的卓越贡献，他先后荣获"江西省十大慈善企业家""井冈之子""光彩事业特别贡献奖""孔子儒商奖"等诸多荣誉。

所有的一切都是因为秉承一种爱的宗旨，因为执著于一份健康事业，因为坚守着仁和之道。

人们坚信，与社会责任同行的仁和，将越走越远，越走越稳健。

而对于个人和企业倾情社会公益慈善，杨文龙则这样饱含深情地说："我们将充分利用我们的资源和智慧，用最有效的方法回报社会，始终保持一颗无私奉献的赤诚之心。"

第一章
把握人生方向的主动权

大多数情况下，后来那些被印证为是非同凡响的巨变之始，在表面上往往是平静的。而平静之下，正在孕育巨变的那些躁动，却分明又是可触可感的。

上世纪七十年代末，对于那些发生在自己身边的某些变化，让很多人已隐隐意识到，一个变革的大时代正悄然来临。这是因为，那些越来越多与个人工作、生活方面息息相关的重大变化，在此前是令人感到不可思议的。

任何变革的起初，也总是带给人们复杂的情绪和心理。就这样，告别七十年代，人们带着欣喜、兴奋，也带着憧憬与未知，跨入了万物复苏、生机萌动的八十年代。

出生于江西省丰城市一个普通工人家庭的杨文龙，在 1980 年这一年高中毕业之后，成为当时中国数以千万计的城镇待业青年中的一员。

在为等待被安置就业而充满期待、焦虑的时光中，杨文龙的内心深处，渐渐被一种强大而震撼的力量所深深触动。

上世纪八十年代初，国家对城镇青年的就业政策进行重大调整。而这项政策的改变，与杨文龙的个人命运变化直接关联。当被动等待的安置就业开始变得漫长而渺茫时，杨文龙越来越无法忍耐青春时光的消耗，也担忧年轻的激情消退殆尽，日后将一事无成。

一位哲人曾说："未经审视的生活是不值得过的。"

从年少到青年的杨文龙，个性里颇有书生意气的理想色彩，而同时又兼具务实进取的磅礴气势，他钦佩那种"把命运的主动权握在自己手里"的人生豪情，向往走出谋生立业尤其是人生理想受困的境况，期待有朝一日拥有得以施展人生抱负的一方天地。

最终，杨文龙为自己做出了一个大胆的决定——他选择了结束对政府安置就业的继续等待，开始尝试着自己去寻找谋生的出路。

尽管深知自谋出路艰辛不已，但杨文龙却坚信，无论多么险峻的高山，总会为不畏艰险的人留下一条攀登的路。

第一节　放弃被动的等待

当一个人进入社会公众视野时，人们总是习惯于尽可能地通过各种渠道去找寻关于其童年时光里的点滴，并想象着这个人物童年与少年时的那些经历。

人们坚信，在那些悠长的往昔岁月斑驳时光里，有着他们今天人生与事业的浅淡影子。

我们正是怀着这样的情愫，踏上了要在时光遥远的深处去寻访一位企业家人生与事业历程的前行之路。

今天风景无限的民营企业家，在 30 多年前，他们中的绝大多数人是默默无闻的。他们来自农民、学生、工人、知识分子，甚至是社会最底层的人群，和当时的许多中国人一样，他们一无所有，靠着自己的聪明和智慧，靠着改变命运的信念，寻找着人生的出路。

路在哪里？他们从那时就开始思考和寻找着现实的出路。

…………

2014 年草长莺飞的江南四月，一个暖阳洒满大地的日子，江西省丰城市拖船镇。

在按事先约定前往位于江西省樟树市的仁和药业集团的途中，我们却临时决定并通知仁和药业集团负责与我们联络工作的工作人员：我们要在丰城市拖船镇这个小镇停留，而且不设限在此停留寻访的时间，直到我们走访所获的资料足够丰富为止。

这个丰城市的小镇，就是杨文龙的家乡。

我们确信，从这个小镇里展开的寻访，是叙写杨文龙完整创业历程中必不可少的一段重要时光。因为，他当年从家乡拖船镇走向樟树市，迈出"与药为伍"的脚步，一开始就是有着明确自立谋生立业目标的。因而，如果说当年杨文龙走进樟树市药交会才发现了那个自立谋生立业的机遇，那么，前提就是抱着寻找机遇而去的。

如此，我们在丰城市拖船镇所要寻访的主要内容，也就在于，是什么触动了当年二十出头的杨文龙在内心深处开始萌生了那么强烈的自立谋生立业的念头。

走进丰城市拖船镇，让人们欣喜地发现，这不仅是一个水陆交通便利、工业发达的大镇，而且，外界所知晓的关于江西丰城市的知名产业和品牌，竟然很多就诞生和发展于此。

改革开放以来，拖船镇依靠自身优越的特色农业资源，逐步发展形成了拥有水稻杂交制种、水禽水产、商品蔬菜以及药材四大特色的农业基地，并依托农业特色产业大力发展食品工业，在食品工业方面，江西老实人食品有限公司、江西精制蔬菜制品厂等食品加工企业，创立了龙共牌田螺辣酱系列、老实人瓜子系列、赣江榨菜系列等江西知名食品品牌，拖船镇还把丰城传统小吃冻米糖做成了全国知名的食品品牌，成就了如今食品行业里的一个大产业。

此外，拖船镇蛟蝠村是传统的羽毛收购基地，这里的农民以前肩挑扁担走四方，用鸡鸭毛换灯草，而改革开放中，富裕起来的农民从南昌、广州等地引进先进的羽毛加工设备及技术创办起了羽毛加工厂，进行羽毛精深加工。2005 年，蛟蝠村就已办起 20 余家羽毛加工厂，羽毛销售收入达 1.3亿元，产品已销往上海、浙江、东北等地，成为真正的羽毛大村。近十年来，以蛟蝠村为中心的拖船镇羽绒业更是异军突起，已经形成了集羽毛加工、研发和销售为一体的完整产业链，被誉为"江南羽毛聚散中心"。

近年来，拖船镇又着力对废旧金属产业进行规划整合，引导民间资金逐步流向加工这个产业链中最"肥"的环节，通过制定优惠政策引导金属回收加工企业进入工业园区，使三福钢铁、荣盛金属、宏成金属等几十家工艺先进、设备精良、符合环保要求的企业脱颖而出，正逐步形成当地又一具有影响力的行业。

正是因为拖船镇在改革开放中个体私营经济发展迅速，创业氛围浓厚，因此，在江西全省各乡镇中，拖船镇也素有"民营经济最活跃、创业氛围最浓厚"之美誉。

"大凡古往今来的重要商埠，在改革开放过程中，很多都崛起成为民营经济的发达区域。"著名经济学家厉以宁先生在对民营经济发展的地域特征进行研究中，发现了这一现象。

这一点，也即是人们所说的商业"基因"影响。

"自元末始，拖船埠（拖船镇在过去名为"拖船埠"）为往来船只停泊处，时因以下有霸王滩、扁担滩两处激流，上水船经此必雇人拉纤而上，故名。"

从《丰城市地方志》上的这段文字可以看到，拖船镇自古即为商业重镇，商业发达繁华。

而再就拖船镇在丰城市的地理位置而言，这个镇实际上自古以来就在丰城市经济、商业及历史文化发展中，占据着核心地位。

"春秋战国，丰城先后属于吴、越、楚国管辖。当时拖船镇丽城、曲江镇跳口城人口开始繁衍，经济有了一定的发展。""明清时期，中国先后实行了'海禁'和'闭关锁国'政策，只留广州十三行为对外贸易港口。北方等地货物出口国外，基本上由运河到达长江，再入鄱阳湖，顺赣江而上，翻越大庾岭，进入珠江，抵达广州十三行。赣江成为中国对外贸易的重要通道。""位于赣江之滨的丰城，'商贾如云，货物如雨，万足践履，冬无寒士'。"

由此可见，历史上丰城在江西乃至全国，地理位置日益重要，逐渐成为商业重镇。

丰城素有"物华天宝、人杰地灵"之美誉，历代以来，人文辈出，汉有徐穉，唐有王季友，宋有范应铃，元有揭傒斯、熊自得，明有朱善、雷礼，名臣大儒，或掇魁登科，或蜚声翰苑，或奏绩部堂，他们之所出，都和丰城传统的历史文化熏陶有着不可分割的渊源关系。

在丰城发达商业与繁荣文化的交融过程中，也赋予了拖船镇在商业和文化上的深厚积淀，并那样深刻地影响着繁衍生息于这方江南之镇上的子民们，对于文化的崇尚和对于商业的敏感。

让我们把回溯的时间落点在上世纪七十年代末八十年代初。

当改革开放乍暖还寒的气息渐进广袤的江南大地，很多地方的人们对于经商做买卖还尚无行动的意识和自觉时，丰城市的大街小巷已开始悄然出现越来越多的小商小贩。

"那时，我们丰城市最早的一批小商小贩，大多数就是拖船镇人，有农民、有工人、有没有职业的人员……拖船镇人不但有很强的经商意识、精明的经商头脑，而且还有一股大胆的闯劲。"

在丰城市，工商管理部门工作人员在为我们讲述改革开放之初丰城市个体工商业发端情景的过程中，让我们十分意外地有了一个惊喜的发现。

这个惊喜的发现，在一段人们对于改革开放初年那般似曾相识的斑驳影像里。以至于从丰城市工商部门工作人员对于当年情景的描述中，能够那样清晰而细致地在脑海里还原出来：

1980 年的江西省丰城市风貌，与所有地方的县镇几乎没有其他区别，带着典型计划经济体制特征的城市气象中，开始逐渐萌动和显露着一些令人耳目一新的新鲜事物。

在这座城市，穿城而过的 105 国道两旁，不知从什么时候开始，一些提篮摆摊的农民或是工人模样的人开始一天天多了起来。他们贩买贩卖的，不过都是些"大路货"，但这些东西或是百货商店或是供销社里所没有的或是价格明显更为便宜的，因而颇受市民百姓欢迎。

于是，这里渐渐成为丰城市的一处"马路市场"，也成为丰城市一处颇为热闹的地方。

在这个"马路市场"里，那些摆摊设点、贩买贩卖者中，大多数人来自拖船镇。

他们当中，有农民、有工人，也有没有职业的人员……

而这其中，有一个摆地摊卖些日常家用小商品的20出头的年轻人，在人群中显得格外显眼。

这位20出头的年轻人，身材挺拔，面容俊朗看上去又不失书卷气。

然而，在与人打交道的买卖举止之间，这位年轻人却展现出真诚朴实的个性，也表现得从容自若，似乎他入小商小贩这一行也早有时日。

这位年轻人，正是杨文龙，其时，他高中毕业才不久。

这一年，高中毕业、出身于普通工人家庭的杨文龙没能考上大学，因而也就成为一名城镇待业青年。

"待业青年"一词，是对当时城镇中暂时未解决劳动就业问题、等待工作安排的一类青年人的称呼。

按照当时国家城镇"待业青年"的统一就业政策，杨文龙似乎只有两条就业途径：一是顶替在工厂当普通工人的父亲的工作岗位而成为国有或集体企业工人；二是参加工厂招工而进入国家或集体企业。

因为杨文龙父亲距离退休年龄还尚早，因此，他通过顶替父亲岗位而成为工厂工人这条路不可行。

那么，通过参加工厂招工而谋得工作岗位这条路径呢？

其实，杨文龙也只能寄希望于这条路径了。然而，让人始料不及的是，此时的国家就业形势却已开始发生重大变化。

上世纪七十年代末八十年代初，全国各地下乡知识青年陆续返回城市。

集中返城的知青需要安置工作，他们的返城使得全国各地城镇的就业安置工作变得压力巨大。

为妥善安置返城知青就业，国家开始调整城市就业政策。

而这其中，有一条是与杨文龙直接相关的，那便是，"国家暂缓为高中毕业的国有企业职工子弟分配工作"。这意味着，大批不能继续接受高等教育的高中毕业生将进入自己的人生"待业"期。

国家城镇就业政策调整之时，恰逢杨文龙高中毕业之际。

杨文龙由此只能等待就业安置，而至于等待的时间到底有多久，他不得而知。

待业，对于一个心中有着强烈自立意识的青年人来说，其间经历的因被动等待而心生的那种焦灼，是可想而知的。

"整天无所事事，在日复一日的时光消磨中，心里曾意气风发的那种积极向上的进取心也在一天天消退。"回忆那段时光，杨文龙说，那时他甚至已心生一种自卑来，因为一个青年人整日无所事事待在家里，三尺男儿还要靠父母养活着，自己内心怎能不深感愧疚，家里待不住到外面去溜达闲逛，所遇到的一种不屑的目光，那是对不务正业年轻人的一种讥讽眼光。

而且，那时但凡某家有个"待业青年"，家里人被别人问起这方面情况时，也往往会因尴尬而闪烁其词，好像家里有了待业人员，全家人也感觉脸上无光了。

他们在当时许多人的心里，被视为是无所事事的一群青年人。既然有了这样的社会评判眼光，在那时的城镇青年群体中，自然也就有了分水岭。有工作的青年每天颇为自得地去工作，而待业的青年因为整日在家中留守，在他们的内心深处也渐渐产生出浓重的自卑感甚至是心理和行动上的自暴自弃。

无形中，城镇待业青年仿佛渐渐被社会"边缘化"了。

自尊心很强的杨文龙，在慢慢品味到这些苦涩的内心感受后，也越来越不爱出门了。而曾经在学校和高中毕业后的一段日子里，他一直是个性活跃的人。

杨文龙爱看书，无所事事在家里的日子，他就找些书来看。

或许是因为深受家乡文脉深厚悠长的影响，杨文龙更爱读诗品史，尤其对古诗词的名句名篇更是领悟颇深。

"劝君莫惜金缕衣，劝君惜取少年时。花开堪折直须折，莫待无花空折枝……"

现在杨文龙依然清晰地记得，当时读到这首唐诗《金缕衣》时，不禁怦然心动，油然而生一种无限的落寞和迷茫。而读到辛弃疾那首词中名作《丑奴儿·书博山道中壁》中的"少年不识愁滋味""为赋新词强说愁"等句子时，也顿觉自己"胸中似有块垒，需酒浇之"。

这些情绪的生发，或许与杨文龙的个性有关。

"年少时，我的性格里好像就有点轻狂。"忆起少年时光，杨文龙说，除了这一点印记自己最为深刻之外，其他似乎一切归于平淡无奇，自己本就是一个平淡无奇的人。

但直到现在，杨文龙也都始终认为，这种潜意识里的不安分和渴望实现对自己现状的超越，是那样深深地影响着他的创业人生走向与医药事业发展。

这样的个性，决定了杨文龙绝不会在漫长而被动的等待中消耗自己的生命热度。

杨文龙真切地感觉到，在待业的时光里，自己的内心深处一天比一天躁动，他已无法说服自己再继续去等待就业机会的到来，他迫切渴望能马上拥有一份工作，去实现自立，去砥砺心志，让自己那快要被消磨殆尽的意志重新振奋！

"只要一想到自己的工作，一想到自己的前程问题，就感到一种迷茫与惆怅。"杨文龙内心里，压制着的那些焦躁难安的情绪，使得他时常莫名地叹息，有时易怒甚至产生出一种无处发泄的愤懑。

一种沉重的挫败感，开始在杨文龙的内心里慢慢郁积深厚。

这种情绪，终于在某一段时间到达了爆发的临界点。

"不能再这样遥遥无期地等待下去了！"

这一天，杨文龙在认真思考后终于做出决定：放弃被动的就业安置等待，自己要走出家门，到外面去找事情做，起码要自己能养活自己！

那究竟去干什么？

最终，杨文龙在一次途经丰城市的那处"马路市场"时，眼前的情景让他突然意识到，这里就有自己要做的事情。

"自己不是可以到这里来摆个地摊么？哪怕只要是能赚到自己的一日三餐，那也总比每天无所事事要靠父母来养活要好！"

说干就干！

于是，也便有了30多年前时光里的斑驳记忆——不愿再被动等待就业安置的杨文龙，走出家门，走上了街头，他要通过摆地摊来自谋出路。

在街头摆地摊、做小生意这样的营生，在上世纪七十年代末八十年代初，还是不少人眼里"不入流"的谋生行当。

自然，杨文龙在街头摆地摊的日子里，也真切地感受到了那些分明带着不屑的异样眼光。而且，杨文龙似乎也能敏感地读出一些不屑眼光中的疑问来——一个高中毕业生，怎么来做这种事情，多没有出息……

相反，在杨文龙看来，自己凭着双手自立谋生，从此自食其力，这是自己人生的一个新开端，并不觉得有什么尴尬。

后来在摆地摊谋生的过程中，杨文龙又欣喜地发现，有一些自己所熟知的人，与自己一样，出于自立谋生的考虑，不再坚持被动等待就业安置，也出现在了街头摆摊设点的人群之中。

事实上，从第一天走上街头摆地摊自立谋生时开始，杨文龙并不曾意识到，他决定为自食其力而选择的方向，不但是与整个时代同行的大方向，而且是与国家对城镇青年就业调整的新方向完全吻合。

上世纪八十年代初，国家对城镇青年的就业政策开始进行重大调整。

从七十年代末开始，全国大批上山下乡知识青年，陆续返回了城市。这部分人群，被列为等待优先安置就业的对象。再加上全国各地城镇原来积累的大批待业人员，使得七十年代末和八十年代初的全国的城镇就业形势十分严峻。而国营、集体单位作为吸纳劳动力的主力，每年却只有少量岗位空缺。全国各地许多年轻人没有工作，闲居在家，形成庞大的待业青年群体。

为他们寻找出路，也成为政府的当务之急。

1980 年 8 月，国家正式提出了解决当前就业问题的根本途径。这条途径即是："在国家统筹规划和指导之下，实行劳动部门介绍就业、自愿组织起来就业和自谋职业相结合。"

而此时国家的改革开放政策，也正在为自谋职业者渐渐打开一片新天地。

当时，在丰城市的城镇街头，开始出现摆摊设点做小生意的个体户，一些不再坚持等待的待业青年，有的加入了个体户的行列。

因为内心强烈的自食其力的念头，促使杨文龙下定决心，把人生方向的主动权牢牢握在了自己的手中。

取舍之间，年轻的杨文龙已初露人生的勇气智慧与沉稳大气。

更为重要的是，当发现城市的街头有那样一方可以实现自己自立自强愿望的空间时，尽管那是一方局促、狭小与谋生艰辛不易的空间，但杨文龙却仍果敢地走向其间。

纵观杨文龙从贩卖药材到创办保健品公司，再到缔造中国医药制造业声名卓著的仁和药业集团，在 30 多年的创业历程中，无论是识得商机、抓住机遇，还是乘势而为、纵横捭阖，抑或是与困境中坚守与突围的把握，无不来自于他的睿智与过人胆略。

当然，今天人们在解析杨文龙创业成功与事业屡创辉煌的深层原因时，几乎无一例外都得出了这样的结论：有胆有识，这是杨文龙人生与事业取得成功最重要的因素之一。

追溯时光，遥望 30 多年前杨文龙在人生十字路口的思考、抉择与行动，再与其后来走上创业之路进行联系观照，人们似乎不难看出，杨文龙的人生与创业之路在那些偶然的机遇选择中，确实有着一定的必然！

第二节　樟树药交会上识得商机

上世纪七十年代末八十年代初，是一个令人怀想的大时代开端。

曾和你我一样普通的一群中国人，带着自己对美好生活的深切向往，在岁月时光的深处迈出了改变人生命运的第一步，一路风雨兼程执著而来，成长为今天中国的民营企业家。他们的财富源于中国开放和改革的政策，也源于普罗大众对幸福生活的自我追求。因此，他们的幸福就是中国的幸福，他们的财富同样是中国的财富。

这就是很多民营企业家在当时的现实境况。他们和你我的出身境遇基本相通，一切的开始普通而平凡。

不曾知晓，当年杨文龙在靠着摆地摊自立谋生的过程中，经历了怎样的艰辛不易和心路历程。

但有一点却是肯定的，那就是，杨文龙绝不是一个安于眼前现状的人。否则，他不可能在历经那段小商小贩时光后，会走进那个让他发现商机的地方。

对于自己人生事业历程的那个重要时间起点，杨文龙永远难以忘怀。

那是 1982 年的 10 月。

一切都似乎显得平淡无奇，在接下来的日子里所发生的，甚至也可以被看作是偶然的所起。但对于杨文龙而言，他全然没有料到，正是这一年十月里不经意的偶然，如此深刻地改变了他在此后人生前行路上的方向。

1982年，刚一进入金秋十月的下旬，江西省樟树市就逐渐变得热闹喧嚣起来——许多全国各地的中药材客商和社会各界相关人士，不断地从四面八方纷至沓来，开始云集于这座赣中地区的县级城市。

江西樟树——闻名国内外的中国药都，如今可谓妇孺皆知！

这些从四面八方纷至沓来的中药材客商们，是为参加即将在这里举办的全国中药材交易会而来。

而说起江西省樟树市和中国药交会，也几乎没有人会感到陌生。

位于赣中地区、地处赣江中游、鄱阳湖平原南缘的江西省樟树市，历史上与景德镇、河口镇、吴城镇并称为"江西四大名镇"。

因当地独特的自然资源而起的樟树特色产业，从改革开放之前就已渐渐形成。

1970年，樟树岩盐的发现，结束了江西"贫盐"的历史。毛泽东同志欣然批示："江西找到大盐矿，是件大好事。"1972年邓小平同志也亲临视察，对江西盐矿的发展寄予殷切期望。

自古以来，樟树就享有"药不到樟树不齐，药不过樟树不灵"的盛誉，是海内外药界同仁公认的"国药之都"。在历史上，这里逐渐成为全国中药材重要的集散与交易之地。

中药业是樟树宝贵的古文化遗产，也是樟树古代经济发展的重要历史篇章，更是我国中药业宝库中的绮丽瑰宝。

樟树这块宝地，在医药方面之所以能从悬壶施诊，发展到药墟、药市、药码头，进而成为南北川广药材之总汇；从经营性到技术性，形成全国最大的药帮——樟树药帮，并以药必到樟树方"齐"，药若过樟树则灵，而誉满神州。这并非仅仅是"樟树老表"会做生意，更不是靠"奸商"的发迹，而是千万人的赤诚奉献，千百年的艰苦创业，千万次的反复实践，才建立起与人类生命息息相关的医药千秋大业，成为今日的药都——樟树。

新中国成立后的 1958 年，为促进全国中医药事业的发展，经国务院批准，把江西省樟树市作为全国重要的中药材基地，同年，首次全国中药材交流会就定于樟树市举办。

此后，樟树市每年承办一次全国中药材交流大会，每一次都规模空前、声势宏大。

但令人始料不及的是，"文革"开始后，全国百业凋零，樟树药交会亦未能幸免，停办。

这是被十年"文革"中止停办的樟树药交会，在国家实施改革开放政策之后，重新恢复举办的全国中药材交易的最高规格盛会。

改革开放之初，樟树即被江西纳入以浙赣铁路沿线为发展"两翼"的大"十"字型生产力布局的交汇点，区域位置优势很快凸显出其重要的发展地位。

而全国药交会的恢复举办，又让樟树这座闻名全国的药都得以重现生机。

其时，也正是 20 岁的杨文龙"内心深处最为焦躁不安"的时期。

有人说，当一个人处于希望与绝望这两种境地时，一旦其从心底萌发出要彻底改变自己命运境况的强烈念头时，往往最易在内心深处迸生出巨大的前行动力。

"哪怕是能有一个干苦力的谋生的活都行，起码我可以自食其力！"寂寞与迷茫的日子，的确消磨了杨文龙骨子里仅有的一点心高气傲，然而，同时也激起了他心底对自食其力的强烈愿望。

"不能再这样整日无所事事和等待下去了！"

杨文龙决定，自己要到外面去走一走、看一看，一来是出去"透透气"，二来则是看能否为自己迷茫的人生寻找到适合自己的谋生机遇。

发端于 1978 年的改革开放大潮，催生了全国范围内的中药材贸易逐渐兴起。中药材贸易的再度兴起，成为樟树市当地和江西全省一个新的经济增长点。

江西省委、省政府审时度势，不失时机地作出了"恢复举办樟树药交会、重塑药都樟树美誉"的重大决定。

经过前后两年的努力，1980 年 11 月，樟树市恢复举办了樟树第十一届全国药材交流会。这一次樟树药交会的成交额，一举达到了 1.24 亿元。

1982 年 10 月举办的这一届药交会期间，由于樟树市新建高 10 层的药都宾馆投入使用，建成了 2.5 万多平方米的药材交易专业市场，摊位达到 2000 余个，展馆 200 多间。因而，有别于以往任何一届药交会，这一届樟树药交会五湖四海的药商云集，人流如织，盛况空前。

杨文龙怎么也想不到，正是这一届樟树药交会的召开，会从此改写自己的人生。

规模如此之大的全国药交会，来自五湖四海的药商云集，市场绵延数里、人流如潮水涌动。这等盛况空前的场景，人们已有很多年都不曾见到过了。因而，自第十一届樟树药交会开幕后，每天都吸引着樟树市及其周边地区十里八乡的民众，大家纷纷赶去逛市场、看热闹，那情形犹如春节赶庙会一般。

丰城市与樟树市比邻，两地相距不过二三十里路程。

从恢复举办第十一届樟树药交会起，在药交会期间，杨文龙老家丰城市每天也有许多人成群结伴前往樟树，耳闻目睹他们从未见过的那般热闹非凡的景象。

这一届樟树药交会召开，情况同样如此。

这一天，有几个同伴来杨文龙家找他，相邀一起前往樟树看药交会热闹的盛况。

内心一直压抑的杨文龙欣然应邀，他也想出去散散心、透透气。

此时的杨文龙，怎会意料到，从自己迈步走向樟树药交会的那一刻起，他正朝着彻底改变他人生命运的一个机会走去。

置身于热闹非凡的樟树药交会，杨文龙完全被那宏大而壮观的场景深深吸引了。他不知不觉地被裹挟在药交会如织的人流当中，打量着那一幕幕令人目不暇接的中药材交易场景……

起初，杨文龙纯粹就是看热闹而已。

但就在他打量的目光中，一个不经意间频繁看到的细节，渐渐引起了他的注意。而这，随后让他开始变得与别的看热闹的人有些不一样了。

那这究竟是什么样的细节呢？

原来，穿行在药交会市场那摩肩擦踵的人流之中，细心的杨文龙很快就发现了一个现象：在药交会上的中药材交易过程中，很多的中药材并无固定的定价，交易当中，人们几乎都是现场协议价格、随行定价、随量定价。

这其实是一个再平常不过的细节罢了，在任何一个市场里，买卖双方随行就市的讨价还价场景，只要不因此而引起双方的冲突矛盾，那几乎是没有人会去注意这个细节的。

然而，杨文龙却为何把这样一个细节视为是一个很重要的发现？

在进一步的仔细观察中，杨文龙发现，这个细节之所以与人们司空见惯的市场买卖双方的讨价还价不同，那是因为，药交会上的讨价还价和随行就市之间，为其中一个不太为人注意的群体创造了机会。

这个机会就是，既然一些中药材因为随着供求关系的随时变化，其价格也处于随时的变化当中，那只要能对买进卖出的时机把握得准，就能从中赚取一定的差价。

的确如此，在药交会上，有目光敏锐者正是发现了这个空间机会，专门在不计其数的买者和卖者中间穿梭，从而利用随行就市的规则赚取一定的中药材差价。而这一切，全部都只需在药交会上就可以实现。

事实上，这样的机会从樟树药交会由来开始便产生了，那个恰到好处地利用机会在药交会期间赚取所得并没有引起人们太多注意的群体也早就出现了。

更让人难以想象的是，因为这样一个群体实际上充当了信息中介者的桥梁作用，使得买卖双方在如商海般的药交会上得以充分交易，各得所需，因而同时受到买卖双方的欢迎，一来二去中间，慢慢将其视为朋友了。

而为何这个群体并没有引起太多人的注意，愿意参与利用这个商机的人也似乎并不多，这其中的原因就不得而知了。

这就是引起杨文龙关注，并随后让其为之兴奋不已和怦然行动的发现。

而且，他还发现，做到这一点并不太难，只要腿勤、口勤与耳勤，多在市场里跑动和多在买卖双方之间听需求、价格等相关信息，就能在其中捕捉到赚取中药材差价的机会。还有，因为差不多就是转手生意，所以，也不需多少本钱就可以做……

"对呀，眼前这不就是一个赚钱的机会吗？我怎么不能也来试着做做中药材生意！"

于是，一个大胆的想法，转而慢慢从杨文龙的脑海里萌发而起——他想抓住药交会还有一段时间的机会，去做这个随行就市、见缝插针的小本生意。

这个想法，让杨文龙心底充满了兴奋！

从樟树回到家的当天晚上，杨文龙向父母说了他打定主意要到樟树药交会市场上去尝试一下的这个想法。

闻听儿子的这一想法后，父母欣然表示支持，拿出了几十块钱给儿子"攸本钱"。

父母的支持，无疑给了杨文龙莫大的鼓舞。

第二天，杨文龙天不亮就出了家门，从丰城徒步直奔樟树市。

"父母给的几十块钱本钱，可是全家人一个月的全部生活用度，可绝不能亏掉了。"一头扎进药交会市场的第一天里，杨文龙并未急于出手，而是细心看、静心听、耐心比较、用心揣摩……

一个上午时间下来，杨文龙已基本上摸准了药交会上几种成交量大、货源抢手的中药材的供求和价格变化。

如此，杨文龙认为自己对买进卖出的时机掌握在心里有了底。

当天下午，杨文龙看准了一个机会就果断出手，在买进卖出之间，恰到好处地掌握着时机，几乎每一次，他都小赚了一笔。

这让杨文龙心里涌动着从未有过的"成就感"！

一连几天下来，杨文龙都十分顺利，特别是有些时候，他心底暗自为自己准确的判断力和恰到好处的买进卖出时机把握而颇为得意。

几天过后，樟树药交会如期结束。杨文龙一算，自己一共赚到了15块钱！

握着赚到的这15元钱，杨文龙心里的高兴自然不用说。

但在他内心深处，更多的却是一种极大的触动——自己面前其实是有出路的，一如这次在药交会上的经历，只要自己敢于走出去，敢于去试！

杨文龙的眼前，仿佛真切地看到了另一种希望，那是一个年轻人对于自己未来充满信心的希望。

是的，这是一个崭新时代正开启的机遇大门，为渴望改变现实处境、渴望人生有为的年轻人带来了信心与希望！

当年轻的杨文龙为自己第一次走出家门、赚来自己平生第一笔所得而兴奋感触时，也许他并未意识到，此时的中国改革开放，正为许许多多像他这样的人们逐渐呈现出人生与事业的机遇。

在上世纪的八十年代初，能进国营工厂工作仍是人们对于人生事业未来的最大向往。

然而，在自食其力艰辛过程中的亲身感受和体验，尤其是呈现于自己眼前的这一切欣喜变化，已让杨文龙渐渐意识到：时代不同了！这个时代向人们敞开的谋生、立业以及实现人生价值的路，正在多起来、宽起来！

其中，蓬勃兴起的各种商品市场流通，开放程度越来越大的广阔市场空间，正为越来越多像他这样想闯出一条属于自己的精彩人生路的人，呈现出广阔的机遇舞台。

"党的十一届三中全会以来，国家正在大力搞改革开放，各种经济行业原先'铁桶'一般严实、滴水不漏的计划经济大门，正逐渐在打开。"历经两年多时间为自立谋生而奔波的过程中，杨文龙已不知不觉地广泛接触着变革时代的社会，而形成这样的认识，对于思维敏锐的杨文龙而言只是时间的问题。

杨文龙觉得自己的眼前突然豁然开阔——做中药材生意，也许这将是自己一条不错的谋生之路。

最触动杨文龙内心的是，亲历这次樟树药交会，让他看到了什么才是真正的商海贾市，樟树这方城市空间里，竟然蕴藏着如此巨大广阔的中药材市场。这市场通达五湖四海，这市场连接万千商贾。

杨文龙自立谋生的视野，开始不由自主地从丰城市"马路市场"的那方小摊小贩的空间，转向了樟树市的中药材交易市场。

"到樟树市去做中药材生意！"杨文龙的心底生出了这样的想法。

当然，此时的杨文龙怎么也不曾想到，正是自己这个想法决定，将在此后成就他想都不敢想的人生与事业。

"你有这些想法很好，靠自己去自谋出路来解决就业问题，说不定还能创出自己的一片天地。"当父母得知杨文龙准备要去收购、贩卖中药材的决定后，给予了他莫大的鼓励与支持。

处处都是商机，处处都有人生机遇！杨文龙恍然大悟，感觉眼前的路仿佛无比开阔起来。

第二章
餐风饮露那些年

一

很多时候，一个人的成功往往不是赢在起点，而是因抓住某一机遇赢得了重要的转折点。

命运似乎安排了杨文龙今生要与医药行业结缘。

经过在樟树药交会上的这一次经历，并由此萌生了今后想做中药材这行生意之后，杨文龙渐渐发现，自己竟开始对中药材行业及相关知识渐渐产生了浓厚的兴趣。

杨文龙开始通过各种途径对中药材这个行业进行了解。

而且，喜爱读书的他，还有意识地从有关书籍中阅读樟树中药材发展的历史和中药材方面的知识：

"汉建安中，有羽人葛玄者游阁皂山，当于东峰作卧云庵修炼"，"（东）

吴嘉禾二年（233）复往阁皂福地，于东峰之侧建庵曰卧云，筑坛立灶居其中，谢绝人事，修炼九转金丹"，"葛仙凡经二十二处修炼未见功效……惟于阁皂方得成就"。

北宋元丰年间，樟树地产"商州枳壳"、枳实，又以它上乘质量，每年作为贡品向皇宫进贡15斤左右。南宋绍兴二十四年（1154），著名史学家、名医徐梦莘所著《集医录》问世，为樟树最早的医学著作。元代至元十六年，南宋遗民侯逢丙，耻于仕元，举家从庐陵（今吉安市）迁至樟树开设"侯逢丙药店"济世度人，"设肆制药"，所制饮片成药享誉东南，成为樟树药史上首创设厂制药的著名药师。在唐、宋、元三代约700余年的时间里，形成"药圩"，并进一步发展为"药市"。药行货栈应运而生，药店药厂渐次开设，名医药师不断涌现。

明清时期，在经营体制上独树一帜，在药业组织上形成"樟帮"，在经营性质上进行独创，由单纯的药材交易、集散、经营性转变为和专业技术性同步发展……

樟帮药业始于东汉时期，药祖葛玄在樟树阁皂山洗药炼丹，守药行医，开创了樟帮药业的先河，后经南宋著名药师侯逢丙来樟树设药加工，开店经营，奠定了樟帮药业的基础，至明代逐渐形成了完整的樟帮药业发展体系，该过程前后历时达1800多年。樟树中药炮制，不论炒、浸、泡、炙或烘、晒、切、藏均十分考究，独树一帜，成为南北药材集散和炮制中心。樟树药帮的先贤通过千百年的努力，争得了"药不到樟树不齐，药不过樟树不灵"的美誉，成为海内外药界同仁认可的中国药都。

…………

至今，杨文龙仍记得，这些字里行间，让他对樟树中药材行业的发展历史有了了解，也同时让他在内心深处悄然形成了对于中药材行业的敬畏之情。

这种敬畏之情，也让杨文龙心里对从事中药材行业的理解开始超出了简单的谋生层面。

如果说之前是因为不愿再继续被动等待安置就业，杨文龙为尽快谋得自食其力的营生而不得已选择了去摆地摊，那么，现在他似乎意识到，若能在中草药行业里谋得自食其力的一方天地，那是很符合自己内心对一份谋生职业的期望的。

其实，没有人知道，杨文龙是期盼自己所从事的谋生行业同时还有着一种体面的。

而他认为的那种关于一个人谋生职业的体面，是在行业本身的社会价值和所受到的尊重方面。

也就是说，在青年杨文龙心底，渴望自己的人生将来能有所作为，渴望有一方天地实现自己心中的抱负！

岐黄之道，源远流长，中医文化，博大精深。

"如果自己也能以弘扬国医，悬壶济世为己任，那就不是只为养家糊口而谋生了，在这之外还有一种对自己将来从事工作的荣耀感！"杨文龙这样想。

樟树药交会的这一次偶然机会，就这样悄然引领杨文龙把谋生立业的目光投向了中药材行业。

说来也巧，在樟树药交会短短几天的时间里，由于杨文龙头脑灵活，为人诚实，加之有药材商人请他打个下手或帮着搬点货什么的，杨文龙也从不计活重活轻，总是热情相助，这给樟树本地及外地的几位药材商留下了极好的印象。

加之，杨文龙是个很喜欢交朋友的人，每一次来到樟树市，都必定要去找自己在药交会上认识的那几位熟人。而且，对这几位在药交会上给自己指教的人，杨文龙在心里十分感激。

樟树本地的那几位中药材商，都开有自己的中药材贸易铺面。在樟树药交会结束后，杨文龙有事没事总爱去他们店里坐坐。

其中的每一次，对于杨文龙来说，都是一次关于中药材方面知识和行业知识的收获。从那些做中药材经营的熟人那里，杨文龙已不知不觉朝着这个行业里趋近。

而在樟树市的一些大街小巷，凡是看到大小药材经营店，杨文龙也都喜欢进去转一转、看一看。若逢到店主不忙时，杨文龙总喜欢向他们求教有关中药材以及行业经营方面的各类问题。

对于中药材及行业方面，在不知不觉过程中产生的这种内心趋近情感，杨文龙似乎觉得自己也有几分说不清的莫名感。

杨文龙已明确知道，自己将确定要在中药材行业去寻找属于自己的机遇。

然而，此时的他还不清楚，自己究竟该从中药材这一行的什么方面入手。

俗话说，隔行如隔山。在中药材行业，这一点更是如此！这一行从大的方面而言，有中药材经销和加工，而这两大方面又各自有着很多不同的子行业。而不管是哪个子行业，又都同时兼具着市场与行业专业知识。

因此，尽管杨文龙心里隐约知道，在中药材这个行业、在药都樟树市肯定有着谋生立业的机会，然而，对于如何入行、从哪里入手，他却是一时怎么也琢磨不到点子上来。

这天，杨文龙又来到了樟树，其间与那几位做中药材生意的熟人聊了起来。

"我也很想做中药材生意，可又不知具体该做什么？怎样去做？"杨文龙说出了自己的真实想法，也说出了自己心中的困惑。

"其实我早就看出来！"一位熟人接话道。

"你还别说，依我看，你还真有这方面的天赋呢！"另一位熟人对杨文龙这样鼓励道。

"樟树、丰城和周边很多地方都出产中药材，你去乡下和山里收购中药材，然后卖给樟树药材公司或者其他的中药材经销商，这中间不就有差价可赚么？我们收购的中药材就是一些中药材贩子收购来的。"

得知杨文龙真的是有心想做中药材生意，几位在樟树药交会上认识的熟人热情向他指点迷津。

"你就从做中药材收购方面的生意开始。"这几位熟人认为，杨文龙从收购中药材做起，一来风险小，而且还可以在中药材收购生意过程中对中药材这一行以及中药材知识慢慢熟悉与精通起来，二来这也是做中药材这一行的人一般都要经历的阶段。

此外，收购中药材的本钱小，而且出手周转也很快。

"对呀，我怎么就没有想到这一点！"

因终于在中药材行业里找到了一条切实可行的谋生立业之路，杨文龙为此而满怀欣喜！

随后，杨文龙就开始为收购中药材而做准备。

收购中药材要到处跑，交通工具必不可少。杨文龙买来一辆"永久"牌自行车，找人编织好一对横跨放置于自行车后架上的竹筐，收购药材的简单行头就这样准备好了。

接下来，杨文龙又认真向一些收购中药材的人学习了关于中药材收购中需要注意的关键方面。

就这样，杨文龙决定开始去收购中药材了。

"还记得第一天把自行车蹬得飞快，在乡间小道上颠颠簸簸的样子，戴着一顶草帽，迎着早晨的阳光向着山村一路而行……"

在忆想当年的话语间，杨文龙的深情里分明有一种深情的感怀——那是他人生事业开始的日子，这让他怎能忘怀！

只是杨文龙怎么也没有想到，当年自己因偶然而入的中药材这一行，却会让自己渐渐走向越来越阔大的医药事业天地。

而其实，那是一个头脑有准备的人，对于眼前机遇有意识的敏锐并付诸有胆有识尝试的结果。但无论如何，在樟树药交会上初尝生意的这一次意外小成功，不但给了杨文龙决意要去做中药材生意的巨大信心，而且也让他认定，自己从此找到了一条自谋生活的不错出路。

就这样，杨文龙开始了自己"与药为伍"的生活——到各地药农手里去收购中药材，然后卖给樟树市的中药材经销商或者医药公司。

二

"做药材这一行，既要眼观市场，又要行端品正，这样才能将来做得长久，做出名堂……"杨文龙把引路人这些话牢牢记在心里。

做中药材生意，自己首先就要懂得中药材方面的基本知识。

杨文龙很快发现，民间一位普通的药农往往就是中药材方面的行家。于是，在收购中药材的过程，也被他当作是向行家里手学习的极好机会。

由于杨文龙为人实在，十分讲信用，在收购中药材时他绝不会让采药的药农吃亏，因而，一年多时间下来，樟树及其周边很多中药种植户几乎都把杨文龙当成了朋友，他们都乐意把自己平时采挖或种植的中药材交给杨文龙收购。

而且，一些打交道熟络起来了的药农，还出于对这位厚道年轻人入中药材这一行不深的关护，更是等着把品质好的中药材留给杨文龙。

对于这些，杨文龙至今都感怀在心！

这样，刚入行的杨文龙在收购中药材过程中，不但很少因对中药材品质把握不准而遭受损失，相反，他收购的中药材在质量上还总是超过其他同行。

因为如此，杨文龙收购来的中药材质量上乘，同时加工又到位，所以极受中药材店和医药公司的欢迎。以至于后来只要是杨文龙送来的中药材，很多中药材店铺和医药公司都是象征性地验一下货便悉数收购。

而能得到中药材店铺和医药公司这样的信任，对于很多收购中药材多年的人来说也是望尘莫及的。

　　杨文龙也深知，在中药材这一行里，药商对一位中药材收购者给予如此之大的信任，实为不多见，他告诉自己，一定要珍视这份信任。

　　入行之初便赢得了信任，让杨文龙收购中药材的开端十分顺利，也更让他深感到自己是幸运的！

　　但入行之后的过程中，杨文龙才那样真切地体悟到，这也是一条充满着无数艰辛的谋生之路。

　　首先，杨文龙要走村串户、从药农那里收回来地道的中药材。然后，他要经过清洗、晾晒、分类及加工炮制等中药材成品过程中不可或缺的每一道程序。最后，他要找到好买家、卖出满意的价钱，才算是完成了一次生意上的成功买卖。

　　而事实上，在这每一次生意上的买卖轮回之间，背后都有着不为人所知晓的种种周折与巨大辛劳。

　　最苦的，莫过于收购中药材这个环节。

　　在收购中药材的过程里，那是为时五年的风餐露宿的时光。

　　在整整五年的时间里，不分寒暑，不论秋冬，单调而辛劳的日子，杨文龙骑着那辆后挂两个又大又深竹筐的自行车，以踏实的步履，几乎走遍了樟树及周边县市的山山水水和每一个村落。

　　一次次的走村串户收药过程中，出去一趟短则一天长则数天甚至上十天。

　　行走乡村或大山深处挨家挨户收购药材过程里，饿了，杨文龙就啃自带的干粮，渴了，就捧起路边小溪、山边泉水，晴天顶着烈日挥汗如雨、雨天一身湿漉的情况也早已习以为常。有些时候，碰到远离城镇的山乡，而又没能找到借宿的人家，杨文龙就随便找个遮风挡雨的地方栖身……

　　在一个又一个的季节更迭中，在那些艰难险阻的跋山涉水行进中，杨文龙一筐筐地收购着地道优质的中药材，也在一点点收获着沉甸甸的人生希望，坚实地累积着将来可以去实现更大人生目标的第一桶创业资本。

而那五年当中风餐露宿的种种艰辛，也都烙印与深藏于杨文龙的内心深处。

很多时候，收购中药材的地点位于一些偏远的山村，那里道路十分难行。杨文龙不得不将自行车寄放在一个地方，然后徒步行走于那些崎岖难行的小路。收购到中药材后，用筐装着背回到寄放自行车的地方，往往一天下来背都麻木了。

如果收购新鲜中药材过程中遇到下雨，那是更为艰辛的。因为，潮湿的天气里，淋了雨的中药材必须要及时处理和晾干，否则就会发生霉变而影响质量。

一次，杨文龙在一个山区收完一批中药材返回途中，突然遇到一场大雨。

雨后的山区黄泥路，随即也就变成了泥浆路。

杨文龙行至途中，载着满满两大筐中药材的自行车前后轮胎很快就深深陷入泥泞之中，黏稠的黄泥随后又把轮胎卡得紧紧的，每推行前进一段距离，杨文龙都要拼尽全力。

然而，不但必须要把载着两大筐中药材的自行车推出这泥泞的黄泥路，而且还必须连夜赶回樟树将这些淋了雨的中药材进行清洗和通风晾置，否则将影响到这批中药材的质量。

最后，杨文龙拼尽全力将自行车推出了泥泞不堪的山路，而由于两只脚的脚底一直用力过猛而使得鞋子也撑破了无法穿，他就赤着双脚用力推车。结果，走出泥泞山路后，杨文龙才发现，自己两只脚的脚板被细小的尖石子划破了一道道深深的口子。而两只手掌，也因用力紧握车把手往前推被磨出了好几个大大的血水泡。

走出泥泞的山路，一身汗水和着雨水的杨文龙，尽管已精疲力竭，但他却顾不上稍稍停歇，又骑上载着沉重中药材的自行车艰难地往樟树赶路。

在饥饿疲惫中，杨文龙咬紧牙关赶了五六十里的路程回到樟树，又立即对这批中药材严格按照每一道程序认真处理。完成这一切之后，极度劳累的杨文龙一头倒在床上便沉沉地睡去，而这一整天，他的腹中还粒米未进！

由于处理及时和认真，这批中药材的质量最终没有受到任何影响。

跋山涉水收购中药材的过程中，绝不仅仅是风餐露宿、巨大体力付出等这些艰辛。有些时候，艰辛过程中还有预料不到的各种危险。

至今让杨文龙都难以忘的，是曾在收药过程中被困于大山深处的一次经历。

白花蛇是一味对治疗中风及肢体麻木不仁、筋脉拘急、口眼歪斜、半身不遂、骨节疼痛等有很好功效的中药材，一般出于江西的一些山区。

1985 年 7 月里的一天，杨文龙来到位于江西永丰县境内的一个大山区收购白花蛇。

那是一个山岭起伏的广袤山区，大山深处近似于原始森林的风貌。捕蛇的山民们的家，分散于大山深处的多个村落，而且彼此间隔遥远。

那天一大早，沿着崎岖的山路，杨文龙从一个山岭翻越到另一个山谷，徒步艰难行进在崇山峻岭之间，每进一个山村，都挨家挨户地询问。

由于是第一次进这个山区收蛇，对这一带山区的地形完全陌生，杨文龙并不知道，在大山深处整整转悠了一整天之后，自己已不知不觉走向了大山深处。

夕阳落下后，大山深处很快就黯淡起来。

"时候不早了，天快要黑了，要赶快出山！"发现阳光隐去、转而夜色渐起时，杨文龙心里猛然间一紧，他意识到时间已到了傍晚。

于是，杨文龙赶紧收住前行的脚步，回头往山外走。

可是，走着走着，杨文龙却渐渐感觉不对劲起来。因为他发现，自己怎么也找不到出山的路了。

大山深处的夜，说黑就黑了下来。

可是，杨文龙发现，任凭自己怎样走，却仍是在大山里转来转去！

不知在大山里转了多久，杨文龙渐渐筋疲力尽了，可依然还是没有找到出山的路，而暮色已完全将他笼罩。

在夜幕苍穹下的绵延大山，寂静得让人顿时有一种被置身于莫大空旷荒野的渺远感。深夜的大山里，开始起风，林间涛声骤起，其间伴随着不时传来的莫名禽鸣兽叫声，还伴随着一些怪异的声音。

大山里漆黑的深夜，置身于这莽原如原始森林般的大山深处，谁都知道，那些不可预知的风险随时随地就在身边。

杨文龙感到一阵阵莫名的恐惧，仿佛有阵阵寒意从心头掠过。

不知是怎样才熬过了那个漫长而恐惧的夜！

然而，在巨大恐惧中挨过漫漫长夜的杨文龙，待清晨的薄雾升起时内心顿时犹如崩溃一般——站在高处环视而望，山峦绵延，看不到边际，仿佛自己置身于苍茫世外。

任凭怎样高声呼喊，除了从渺远处回传的回声，没有任何应答杨文龙的声音！

完全迷失了方向的杨文龙，只能在大山里凭着直觉走。

就这样，饥渴、疲惫与恐惧的杨文龙，靠着吃山里的野果子、喝山里的溪水，又在那大山深处连续转了一天一夜。

最终，在大山深处转了整整两天两夜之后，已拼尽了全部气力的杨文龙，才走出了绵延的群山。

走出大山时的那一刹那，一种巨大欣喜并着无比心酸的复杂情绪，忽然瞬间涌上杨文龙的心头。

在那些肩头勒着重负，步履艰辛的时光里，杨文龙真切地体验着一个人谋生立业的艰难，也更磨砺着他执著前行的意志。

后来，在总结仁和药业集团企业精神时，杨文龙曾那样万千感慨。

在杨文龙心底，当年那些风餐露宿时光里的坚持和从未曾想过的放弃，赋予了自己和后来全体仁和药业集团同仁不竭的奋进力量。

"如果说仁和药业集团全体同仁不畏艰险，一路奋进拼搏的进取精神源泉是什么，那毫无疑问，当年杨文龙历尽艰辛收购中药材过程中所磨砺出的坚韧意志，从一开始就赋予了仁和药业集团砥砺奋进的企业精神底蕴。"

在仁和药业集团的走访中，我们惊讶地发现，几乎每一位知晓杨文龙当年艰辛起步的仁和药业集团人，心底都珍藏着关于杨文龙当年与药为伍时光里的艰辛励志往事。

而在仁和人心里，那些励志往事已转化成为一种强大的感召力量！

三

艰辛收购中药材时光里的杨文龙，那般坚韧努力，而对于自己的未来，他心底的愿望其实是那样简单而又单纯。

杨文龙的想法就是：踏踏实实把手上的中药材生意做稳、做好，在樟树中药材收购这一行业里立住脚，如此家里的生活就能一点点好起来，自己也会生活得更好。

从做中药材收购一开始，杨文龙就本能地认为，自己一直会在中药材这个行业里做下去。

"做药材生意这一行，有别于其他行业，做稳，那就是要把做药看作如做人一样，要踏踏实实，丝毫不能含糊，把好药材的质量关，这就要求你时时要牢记'义'字为先……"

入行之后，杨文龙越来越多地了解着中药材这一行的行规。

"今后自己要吃这碗饭，那就得熟练掌握好这一行的技术，还要恪守行规！"杨文龙告诉自己，在收好中药材的同时，还要让自己逐渐成为中药材炮制的行家里手。

中药材经过加工炮制后，才能被称为中药饮片，未经炮制的中药材不能称作中药饮片。炮制工艺改变了原来药材的药性，使中药饮片减毒增效。因此，炮制这一道工序是中药饮片质量控制的关键因素之一，这也是中药饮片质量的重要保证。

同时，中药材炮制也是体现中医用药特点的主要内容之一。

炮制程序还直接关系到临床用药的疗效。中药材炮制的依据，始终贯穿着中医临床与中药药性两个方面，其治疗作用取决于药物本身的性能。要充分满足临床辩证用药的需要，最根本的方法就是药物的配伍和合理炮制，研究炮制前后的药物成分的改变和药理作用的变化，让药物发挥临床最佳的疗效。

例如，一味药物可根据中医学临床辩证用药的需要，采用不同的炮制方法，这与西医学对植物药的应用大不相同。如大黄，西医学仅根据它所含的泻下成分而用作缓泻药。中药大黄，则因其炮制方法不同，作用各异，除用作泻下外，还用于抗菌消炎、活血化瘀、止血、利尿、抗过敏等。

"药不到樟树不齐、药不过樟树不灵。"樟树的药灵，很大程度上，灵就灵在加工炮制这道程序上。

"白芍飞上天，木通不见边，陈皮一条线，半夏鱼鳞片，肉桂薄肚片，黄柏骨牌片，甘草柳叶片，桂枝瓜子片，枳壳凤眼片，川芎蝴蝶双飞片，槟榔切108片，一粒马钱子切206片（俗称'腰子片'）。"

这就是鬼斧神工的"樟帮"中药材炮制技术。

在"樟刀"之下，白芍在制药老师傅的刀下变成薄薄的切片，如雪花般撒满台面，放在嘴边轻轻一吹，薄如纸片的白芍便飞了起来。在药工操作的筛箩中，药粉滚成了一颗颗药丸，均匀有致。

在中药炮制领域，流传着"三分浸，七分润，洗药为师傅，切药为徒弟"的谚语。

中药炮制不是简单地把药切完就了事。洗润药材很有讲究，一般按炮制规范是水尽药透，但说起来容易做起来难，只能看药工的眼力，且浸润时间的长短与温度、季节、药材个头的大小等都有着密切的关系。浸润时间长，药物有效成分损失大；浸润时间短，加工的药效低。所以，中药材浸润时间要把握得恰到好处。

樟树中药材炮制技艺的博大精深，深深吸引了杨文龙，他决心要真正掌握樟树中药材炮制的整套技艺，为自己今后在中药材这一行谋生立业打下最坚实的基础。

于是，杨文龙经人介绍，虔诚地向樟树几位声望颇高的中药材炮制师傅拜师学艺。在经过一段时间的接触中，这几位不肯轻易收徒的中药材炮制师傅认为杨文龙学技之心可诚，欣然答应传授给他中药材炮制技艺。

如此一来，杨文龙可谓近得正宗樟帮中药材炮制技艺的精髓之要，令许多同行在感叹他深谋远虑的同时，又对他在确保中药材品质高人一筹方面羡慕不已！

但杨文龙深知，要真正掌握到地道的樟树中药材炮制技术，非真正心入其中而不可得其要义精髓。

在中药材收购之余，杨文龙又开始了潜心向师傅学习中药材炮制技术。

"水分缓缓渗原药，内外含水匀一致，条坚者可微弯曲，块状者指甲能掐入，粗大者刺无硬心，太硬伤刀又费力，太软质次片不佳。"

"圆片、骨牌片、斜片、直片、肚片、丝条片、段筒、骰子、劈片、刨片、捣碎、粉末等各种片形各有特色，贵在适中。"

"夏秋气温高，入水洗的时间宜短；春冬气温低，水洗时间可长。质硬药材水洗应长，并可兼达软化目的；松软的药材水洗宜短，荆芥、薄荷等芳香药物应随洗随捞，称为'抢水洗'。"

…………

寒来暑往，多少个夜晚，杨文龙手握"樟刀"一遍遍地练习和揣摩，杨文龙从要领入手到技法入心，一步步向着时光深处走去。

长期的耳濡目染，加上对中药材知识有意识地去认真学习，使得杨文龙很快从中药材简单的买进卖出的经营者，逐渐成为行业里的精通者。

比如，对在中药材饮片的鉴别上，几年下来，杨文龙已能与经验丰富的中药材商一样，通过眼看、手摸、鼻闻、口尝和根据饮片的形、色、气、味等表面特征来区分中药材的品质和等级了。

在樟树市中药材行业里，杨文龙也渐渐广为人知。

哲学家康德曾说过："有两种东西，我们对它们的思考越是深沉和持久，它们所唤起的那种越来越大的惊奇和敬畏，就会越来越充溢在我们的内心，这就是繁星密布的苍穹和我们心中的道德自律。"

"做好人才能经好商，对中药材行业而言，诚信二字尤为重要。"与药为伍的过程中，杨文龙把"诚信"二字深深地刻印在了心里，他告诉自己，要时时以诚信为经商之道。

在走村串户收购中药材的期间，杨文龙经年累月地跋山涉水、风餐露宿且遍历各种险阻；在完成加工制作尤其是精心炮制的过程里，道道工序看似平常无奇，却实则深奥繁复，需潜心揣摩和百千次的历练方能熟练掌握；在买与卖之间，杨文龙经过始终如一的长期恪守诚信之后，方才赢得了众多药商客户的钦佩欣赏，为恪守诚信如一，他也曾付出过遭遇欺骗的代价，但他却从未曾放弃过恪守诚信。

一次，杨文龙收购了一批中药材，却不料因一时疏忽而在后来发现，这批中药材里混有不少属于质量不合格的中药材。

而且，这些不合格中药材的价值还不低，如果销毁那损失将不小。

恰逢市场上当时这种中药材很抢手，以杨文龙在樟树中药材经销商中拥有的信誉度，他完全可以顺利出手这批中药材。就算是被别人发现，那也最多是一次"偶然"失误，别人不会认为他是有意而为之。

但杨文龙却没有这样做，没有丝毫的犹豫，他将那些不合格的中药材进行了销毁处理。为此，光收购这笔中药材他就损失不小。

后来，这件事让很多樟树当地的中药材商知道了，大家纷纷对杨文龙钦佩有加。

还有一次，连收购者也因疏忽而把杨文龙的一批质量中等的中药材当成了一等品收购了。几天后，杨文龙发现了这一情况，便主动找到了那位中药材经销商，要求重新按照中等品计价，并把多结算的货款退回给了那位中药材经销商。

此事，让那位中药材经销商感动不已，逢人便说起这件事。

于是，在樟树当地中药材经销商中间，渐渐传出这样的话——杨文龙这个小伙子，是块做中药材生意的料！

有人更是坚信：杨文龙将来在中药材这一行定会干出一番大事来！

草枯了又荣、荣了又枯。在时光的流逝中，杨文龙悄然完成了他人生历程里最为重要的角色转换。

"只有努力走下去，才有成功的希望，人生是这样，做事业同样如此。"在杨文龙的内心深处，对收购中药材的那五年时光怀有着特殊的情况，如今回顾创业之初的那艰辛五年，他总认为，那是收获了对人生事业最为真切感悟的珍贵岁月。

事实上，也正是这份经历与感悟，激励着杨文龙在此后的创业路上踏实前行，不曾懈怠止步。而且，这种创业的情感，在后来仁和药业集团的发展与壮大的过程中，被深深内化为了企业精神元素中的核心因子之一。

因此，三十多年之后深情再回望，在杨文龙心底深处，早年自己那曾为谋生而风餐露宿走村串户收购中药材的时光，是赋予自己人生所有成功的一切开端。

第三章
中药材贸易后来居上

机遇，往往总是留给那些思想上有准备、行动上果敢的人们。

上世纪八十年代中后期，市场经济已在各行各业渐渐呈现出众多机遇，这让那些敏锐、视界开阔和胆识过人的人，向着越来越开阔的市场迈出了改变自己人生的新征程。

此时，在"与药为伍"的艰辛五年过程中，杨文龙也悄然完成了自己人生历程中的一个重大转变——整整五年在中药材行业的身心坚守，让杨文龙已从一位中药材行业的"门外汉"，成为精通中药材产购销各环节的行内人士。

完成创业原始积累大多是一个漫长而艰辛的过程。而其间的人生梦想、事业构想蓝图和人生视野格局等等的形成，也往往正在这个漫长而艰辛的坚守过程中完成。因而，那看似平常的坚守过程，是人生走向下一步更宏大目标不可或缺的蓄积。

樟树药业源远流长。上世纪八十年代中后期，江西樟树立足中药材行业优势，站在改革开放时代大潮前列，果断作出了把中医药产业培育成特色产业、支柱产业的发展决策。尤其对于借势樟树药交会这一全国品牌，希望通过这一平台窗口大力促进中医药行业的腾飞。

以药都樟树而环视全国中药材市场，杨文龙在五年"与药为伍"的过程中，已清晰地看到全国中药材交易市场日新月异的变化。

熟通中药材专业知识、精通中药材质量品质、洞悉中药材经销市场，五年经营下来也小有积蓄且已具有一定的产供销渠道。杨文龙决定，摒弃小打小闹谋生层面的收购中药材生意，在中药材经营方面去尝试规模经营从而把自己的中药材生意做大。

1987 年，杨文龙在樟树成立起华东药材收购站，开始从事中药材经营业务。

这是市场渐次出现繁荣背景下，杨文龙在中药材经营方式、思路上的一次重要转变，是他欲做大自己中药材经营与规模动力触动的结果。这也是杨文龙创业历程中，极为关键的一次自我突破。

天地开阔，时代又一次赋予了杨文龙机遇。

视野渐而开阔之下，杨文龙向潮追浪的雄心壮志也由此萌发。

第一节　应势创办药材收购站

深情回望中国三十多年的改革开放历程，每一个大潮涌动的重要时间节点中那些至今都栩栩如生的人与事，无不令人心潮激荡。

而对杨文龙来说，对于自己人生事业与改革开放一路同行而来的每一次深情回望，总是那样让他无限感怀。

"我庆幸改革开放给了我人生事业一次次重大机遇，也庆幸自己抓住了改革开放进程里医药行业发展中的一次次契机！"

2008 年，适逢改革开放三十周年，杨文龙在回顾自己创业历程时作了如此总结。

杨文龙的这番创业感悟，也再次印证了那句话——"机遇，总是留给那些思想上有准备和行动上果敢的人们。"

如果说 1982 年在樟树药交会上偶然识得商机，从此走入"与药为伍"的自立谋生行业时，杨文龙还并未曾意识到中药材行业是自己人生可立大业的一方广阔天地，仅仅只是敏锐地发现了可以作为谋生之道的一个行业，那么，从 1982 年到 1987 年的 5 年艰辛谋生过程中，杨文龙却是渐渐发现，中药材行业是一方自己可立业的天地。

中国传统医药学是一个伟大的宝库，是人类健康的瑰宝。具有完整的理论体系和独特的医疗技术以及有效的天然药物，为中华民族的健康与繁衍作出了巨大贡献。中药材是中华民族独有的珍宝，上世纪中叶，传统的中药正成为中国新兴的产业。

随着"回归大自然"浪潮的普遍兴起，以及中医药在治疗慢性病、疑难病等方面的独到之效，国际上对中药材也日益关注。

然而，令人汗颜的是，在全球中药材交易总额中，中国尚不如土地资源、植物资源比中国小得多的日本与韩国。这种情形，既让人们看到了市场潜力，又看到了国内药材种植、生产和包装质量等方面的差距。

"要大力弘扬我国的中医药产业和中医药文化！"

改革开放之后，我国中药材在党和政府的高度重视下，开始获得快速发展。

1985年，党中央提出，"要把中医与西医摆在同等重要的地位"。

1986年，国务院成立了直属的国家中医管理局，随后，机构改革中又将中医和中药结合在一起，成立了国家中医药管理局，从而改变了中药处于从属地位的被动状态，有力地推动了中药事业的振兴和发展。

在这样的背景下，我国中药材重要产区各级政府高度重视中药材生产，纷纷制定出台扶持中药材产业发展优惠政策，认真做好中药材生产信息发布、市场调剂、质量监管等工作，切实发挥中药材生产对农业增效、农民增收的重要作用。

从中药材生产的面积来看，1981年全国中药材种植面积为226万亩，而到1985年，则达到了381万亩，5年里净增了近一倍。

一般的，在某个行业的发展过程中，生产与销售的增长总是对行业市场发展产生倒逼机制，从而促使市场的逐步改革。

在某种程度上，这也正是市场经济改革的一种内生力。

众所周知，新中国成立以后，党和政府对中医药事业的发展极为重视。1955年，我国成立了国家药材公司，对中药材的产、供、销实现计划体制下的严格管理，实行统一组织，统一生产，统一收购。

从1980年以后开始，随着改革开放进程中城乡市场的逐步活跃，国家逐渐放开了中药材的生产与管理，中药材生产完全是药农自己的行为，这极大地提高了农民发展中药材生产的积极性，全国中药材生产得到了迅猛发展。

在中药的需求方面，全国潜在的需求市场也正在逐年扩大。

而在这一过程中，计划经济体制下的中药材产、供、销体系显然与中药材产量和需求市场逐年增长的发展现实不适应。

整个全国中药材市场发展在逐渐萌发内生动力的过程中，又恰逢国家改革开放拉开了宏大序幕。

于是，在这种背景之下，从上世纪八十年代开始，全国中药材经营的改革风云渐起。

全国中药材经营改革，首先是从流通体系格局开始的。

计划经济体制之下，国家对中药材实行严格的产、供、销管理，统一组织种植，统一生产加工，统一收购。如此，收购中药材只能是各级国营中药材公司或收购站，个人进行中药材经营收购属于投机倒把行为，是严令禁止的行为。这也即是，从事中药材种植的药农是不允许将种植的中药材卖给私人的，私人也不允许去收购药农手里的中药材。

这样，在中药材流通领域自然也就谈不上有什么个人商机。

然而，这一切在十一届三中全会之后开始悄然发生了松动变化。

1979 年前后，国家开始有意识地在中药材流通领域谨慎放开——中药材购销，以国营中药材公司为主，同时允许个人从药农手里收购中药材再卖给国营中药材公司或收购站，以此作为中药材收购方面的补充。

计划经济的闸门一旦松启，市场经济的水流随之恣意涌入！

尽管，此时中药材流通领域松动的仅仅只是药材收购环节中的最前端环节，但随后市场逐渐细分的趋势——中药材收逐级收购商队伍逐渐发展起来，很快显现出强大的市场推动力，并对国营中药材公司和收购站产生越来越大的冲击。

加之，在发展中药材生产的同时，在许多中药材的传统产区形成了中药材贸易市场，特别是如樟树药材交易会这样的中药材大型贸易市场逐渐恢复和形成，也使得全国中药材的产、供、销体系也正渐次市场化。

没有自由定价就没有市场竞争。计划体制下，国家制定了几乎一切商品的价格，一盒火柴两分钱，一斤盐一角三分，这样的格局维持了28年。特别是改革引入城市后，使得价格问题几乎成为横亘在中国改革面前难以逾越的"卡夫丁峡谷"。

全国中药材市场在流通领域的松动，随即带来的是中药材价格的市场趋势。

在这一过程中，成千上万的药农，为让自己的中药材能卖到更好的价钱，开始自己寻找并直接与中药材收购商往来，甚至还直接对接中药材市场。

中药材交易的渠道、方式和格局正发生着深刻的变化，全国各地的中药材重要交易市场中的个体经营也如雨后春笋般出现。

短短几年间，在全国重要的中药材重镇江西樟树，自药交会恢复举办起，中药材行业里的个体私营经济破土而出并快速发展。这些做中药材经营生意的个体户，有的走村串户收购中药材，有的在樟树开店坐收中药材，还有的专门在个体中药材收购者、经营者与国营中药材之间跑经销。

…………

1982年，当杨文龙偶然在樟树药交会上发现，同一种中药材居然可以在不同经销商之间赚到差价的这个机会，并随后决定到中药材这一行里来自立谋生时，他并不曾意识到，自己并非是"偶然"发现了一个可以自立谋生的天地，而是国家实施改革开放政策大背景下全国中药材经营市场正发生变化给自己带来的机遇！

但在入行收购中药材的五年过程中，杨文龙开始慢慢看到了这一点。

而真正让杨文龙跳出在中药材行业自立谋生层面，想在中药材行业做出一番事来而决意改变"小打小闹"的想法，是在 1987 年前后。

这一年前后，从加快全省改革开放步伐，加快特色产业行业发展的角度，江西省委、省政府决定把中药材作为全省重点发展的行业之一。

江西樟树立足本地区位优势，站在改革开放时代大潮前列，随即果断作出了做大做强医药产业尤其是借势樟树药交会，从而大力促进全市个体私营经济发展的决定。

全国中药材流通市场的改革发展、省里的高度重视加之当地政府的引导扶持，这一切，让樟树中药材行业的个体私营发展迎来了第一次快速发展。

这快速发展的一种表现，就是樟树当地个体私营中药材经营者越来越多，个体经营的中药材收购站也快速崛起。

到 1987 年前后，在不知不觉中杨文龙已历经五年"与药为伍"的时光。

与任何白手起家、成就大业的企业家一样，杨文龙在人生事业的那最初始阶段，历经了最初依靠自己的艰辛和汗水，一点点累积创业资本的。

如今，人们看到，在见诸媒体的关于杨文龙创业历程的一些公开报道中，也大多这样叙述道——"上世纪 80 年代初，杨文龙在收购贩卖中药材的那 5 年时间里，依靠艰辛努力一点点积累起了后来创办保健品公司的'第一桶金'"。

然而，事实上鲜为人知的是，杨文龙在餐风饮露、跋山涉水收购贩卖中药材的那五年间，其实并没有赚到多少钱。加上杨文龙性格豪爽，平时喜交朋友、结同行，在对待朋友和同行方面又十分讲情重义，因而，那五年时间收购中药材下来，他没有结余下什么钱。

"当时也就是赚到了养家糊口的辛苦钱而已，充其量就是手头宽裕一些，但真正收获到的最宝贵的东西，却是对药材经营这个行业的一些经验，还有关于中药材的知识和做药材这一行的信义，另外积累了自己中药材经营的渠道。"但杨文龙认为，正是在收购贩卖中药材的过程中，自己逐渐意识到这看似简单的买与卖却有着很深的门道，有很多自己愿意去学习、去积累的东西，他才能在当时那般艰苦的谋生之道上一干就是5年。

悟经商之道，学医药知识，识行业门道，结四方同仁，整整五年过程中的扎实历练，一步步积淀起了杨文龙真正意义上创业的"第一桶金"。

有别于一般意义上人们对于创业者们用作创业的"第一桶金"的理解，有人形象地把杨文龙开始有意识创业的这"第一桶金"称作为"创业知本"。

现在看来，这种说法对于杨文龙的创业经历而言可谓是再恰当不过了。

可以这样说，偶入中药材经营这一行后的5年时间里，靠着吃得了千辛万苦、耐得住乏味单调，杨文龙累积了对于中药材经营行业扎实的学识、见识以及建立在前两者基础上的胆识和眼光。

这就是杨文龙走上真正意义上创业的"第一桶金"！

1987年前后的杨文龙，在江西樟树中药材这一行里，虽仍只是一个靠走村串户收购中药材谋生的不起眼的中药材小商贩，然而，在樟树中药材行业里，知晓尤其是了解他的人却已是对他刮目相看了。

许多知晓杨文龙的同行们之所以会对他刮目相看，是因其为人之真诚，收购中药材购进卖出过程中从来都是信义第一，还因其边收购中药材谋生边刻苦钻研、在短短几年里从中药材这一行的"门外汉"逐渐成为一位"在行的人"。

但一些了解杨文龙的人，除了上面这些，更是因杨文龙对中药材行业不一般的见地而对其刮目相看。

那么，在"与药为伍"的五年时光里，杨文龙对中药材经营这一行，开始形成了怎样的自我见地，以至于让同行者都会产生钦佩呢？

其时，杨文龙对中药材经营这一行形成的独特见地，正是看到了市场快速发展背景下的中药材个体私营经营者的大好机遇！

这还要从1984年说起。

站在改革开放近四十年过程中我国中药材经营改革发展的视角，1984

年无疑是一个有着重大标志性意义的年份。

1984年，我国开始实行"先改后调、改中有调、放调结合"的双轨制价格机制改革。一种物资两种价格，市场价高于计划价，分配比例逐步缩小，市场份额逐步扩大——双轨制由此成为价格改革主导思想。价格双轨制，将价格改革的大系统化为一个个可以操作的小系统，避免了大风险。更具深刻意义的是，双轨制不仅部分纠正了不合理的价格体系，而且打破了僵硬的价格管理制度，带动了计划和物资体制的改革。这是对计划经济制度的重大突破，奠定了中国商品经济制度的基础。后来中国的很多经济改革都是走"双轨制"道路，所有改革几乎都从试点起步，再一步步推广，特别是在内地不开放的情况下，试办经济特区和沿海开放城市，等等。

正是在这一年，国家对于中药材价格不再实行统一订价，各种中药材的价格完全交给市场来调节。

全国中药材行业的市场化改革，由此较其他许多行业先行一步。

商品价格的市场化，必定带来程度越来越高的市场发展。

这一年，杨文龙收购中药材已是第三个年头。与前两年相比，他身处中药材行业，感知着这个行业里越来越多的变化：

与前两年相比，1984年下半年的中药材价格变化波动明显很大。

以前，药农一般都是坐等中药材收购者上门来收购中药材，而现在有些药农自己把中药材直接送到一些中药材收购站或药材公司，他们对中药材的收购价也开始"货比三家"——对收购价格敏感起来了。

前两年，不管是从药农手里收购的中药材还是送给药材收购站或是药材公司的中药材，价格一般都把握得比较准，但1984年下半年很多中药材的价格情况却出人意料。

还有，个体私营的中药材收购站明显多了很多，国营药材公司也更"放低了身段"，不仅对中药材的收购价格随行就市，甚至还和个体私营的中药材收购站在收购中药材上暗中较起劲来。因为，不这样做，一些国营药材公司可能面临着收不到中药材。

…………

中药材市场出现的种种变化，着实让杨文龙很是吃惊。

"中药材市场越来越放开了，越来越活跃了，私人做药材生意的，也和国营药材公司差不多没什么两样了！"这一点，对杨文龙内心的触动是最大的。

于是，杨文龙也开始越来越多地关注全国中药材市场的走势。

事实上，开始做中药材收购这一行的两、三年来，杨文龙心里一直认为，他们在这一行里不过是"捡了国营药材公司在中药材收购方面的一点漏而已"。因为，在杨文龙和同行们的眼里，国营药材公司那才是中药材市场经营的"主人"，自己和同行们的经营业务只不过是小打小闹，在中药材收购这个环节挣钱辛苦谋生的钱而已。

现如今，三个年头过去了，在中药材收购经营中，个体私营收购经营者与国营药材公司开始平起平坐了，甚至，发展势头比国营药材公司更活跃更强劲。

这样的变化，怎不让杨文龙心生时过境迁的感慨！

中药材经营和市场的发展，在随后的两年里，又更加让杨文龙真切地感受着欣荣巨变。

比如，1985 年，在中药材市场行情骤热骤冷的变化中，他目睹了这一切给中药材种植者带来的由喜而悲的整个过程：

1984 年，中药材价格市场放开，中药材市场经营迅速活跃起来，当年中药材价格普遍上涨。

"药材种一筐，农民奔小康。"1985 年，全国很多地方大力鼓励农民种植中药材，各地药材种植面积大增。可却不料，这又造成了中药材因产量迅速增长而使得中药材的价格普遍大跌。

1985 年下半年，在很多中药材市场，大小车辆载满药材如潮水般涌入市场，药材堆积如山，市场商家慌了手脚无从下手，根本无人敢收货。

农民种植了一年的劳动成果却比任何东西都贱！

粮食种出来没人要至少可以拖回家当一家人口粮吧，药材这东西没病谁会吃呢？可当时没人懂市场经济，没有人压货，没有热钱和游资，有的只有那些淳朴的农民为了改善生活盲目去种植药材。以为种植药材和种植粮食一样，至少被宣传得比种植粮食赚钱多了。

原本指望致富的中药材，突然变成了价贱伤农的东西。原本满满一车推了几里路都不觉得累的药材，现在看着这一车累赘心里不免有些淡淡的忧伤，那些高高兴兴推着车来卖货的农民朋友，最后有些人甚至一怒之下把辛苦一年的劳动成果丢到了水沟里。

再比如，杨文龙也亲眼见证了一些私人办的中药材收购站，在看准了行情的情况下，大胆收购数量可观的一些中药材，而又在恰到好处的时机抛出，结果所赚令人羡慕不已！

而 1986 年，许多中药材市场价格再度蹿升，一些预判准确、扩大种植面积的药农们，在这一年又收获了令他们喜悦不已的劳动成果。

…………

真切感受着改革开放过程中中药材经营、市场等各方面的变化，更为重要的是，杨文龙就是这发生着欣然变化领域中的亲历者和参与者，作为在这一行中的一位谋生者，他无法不去看清楚这一切的变化并去适应。

由此，在从 1984 年到 1986 年的这三个年头里，杨文龙在随行业之变而不断促使自己改变的过程中，不知不觉实现着经商之道、眼光视野以及思维方式等等变化：

为尽可能准确地掌握市场上中药材行情的变化，他必须要从各种不同的渠道了解、研判各种中药材价格的走势与变化；市场在变，他必须"既要脚踏实地，又要抬头看天"，根据行情变化收购中药材；中药材行业里做中药材生意的越来越多，全国中药材市场流通越来越广，在中药材交易经营过程中与范围越过的同行往来，就越是更能掌握市场的变化和各种信息……

这一切，使得杨文龙逐渐从过去一名远离市场、常年行走于乡间和山区收购中药材的人，转变成为一位越来越深度融入中药材市场的行内人士。

当一个人在某个领域中的视野格局一旦悄然发生变化，那随即有可能产生变化的，就是他对于自己在这个领域中未来人生事业发展的重新定位！

的确如此！

1987 年中的杨文龙，在近五年"与药为伍"的沉稳历练中，正悄然完成从收购中药材谋生到进入中药材行业为自己谋得一番事业的转型。

"整个国家，各行各业，都显示出生机勃勃的发展热潮，各种各样的机遇开始出现。"杨文龙至今难忘："在那样具有感召力的氛围里，自己心里隐隐涌动一种冲动。"

杨文龙开始那样强烈地感知到了社会呈现出的巨大变化！

而他内心深处深切渴望的，是对于自己人生未来的改变——他不甘心就这样走村串户收一辈子中药材，他向往自己将来在社会上能成为一个有点影响力的人，而不是这样艰辛寂寞地为了一种谋生！

"不要把自己当作了不起的存在，你不过是整个世界很微小的一个粒子……"

五六年前，在被动而焦虑的等待就业时光里，杨文龙也曾一度在这样的文句里品读人生理想的寂寥，但却在心底告诉自己："纵然如此，那就做小事或是微不足道的事情，总之要踏实向前而行。"

可现在，杨文龙胸臆中不禁时常泛起："不到长城非好汉，屈指行程二万。""大鹏一日同风起，扶摇直上九万里。"这类情怀豪迈的诗句。

其实，这是高中时就颇赋文采、喜读诗章的杨文龙所向往的人生豪情之境！

杨文龙心底隐隐涌动着的冲动，就是想去做一番大事！

而正是在这一时间节点，已前行十余年的改革开放，为中国的中药材行业蓬勃发展打开了一片广阔的市场天地。

对于自己想要去做一番事的想法酝酿，其实早已历经了一段时间，只不过是到了 1987 年下半年，杨文龙认为时机已到水到渠成之时：

在收购贩卖药材的过程中，杨文龙越来越清晰意识到这种变化的主流趋向——国家实行改革开放政策所带来的中药材产供销市场的巨大变化，势必在将来激活越来越广阔的市场。

江西省属亚热带湿润气候地区，中草药资源丰富，中草药品种多达 2100 余种。尤其是在大宗药材方面具有独特优势，全省大宗药材品种有枳壳、车前子和黄栀子等十余种，此外，还有 35 种具有传统栽培历史的地道药材，在江西做药材生意有优势。

樟树倾力扶持药材交易产业、做响樟树药交会这一品牌，这无疑意味着樟树市的中药材交易市场会得到蓬勃发展。

樟树越来越多人做药材生意了，开药材收购站的也逐年多起来。

…………

同样触动杨文龙内心深处巨大激情的还有，自上世纪八十年代中期开始，许许多多不甘于自己人生现实境况的人们，在改革开放赋予的时代机遇中纷纷下海经商、干个体或是办企业，那是改革开放后迎来的经商创业的第一波潮汐。

身处那时代经商创业的潮汐热浪之中，几乎人人都深受感染，人人都对下海经商跃跃欲试……

时代呈现出的机遇，行业呈现出的机会，促使杨文龙情不自禁地将目光投向了远方——他渐渐萌发了要在樟树开一家中药材收购站的想法！

他的这一大胆想法即是：在改革开放后的十多年过程中，从药都樟树而纵观全国中药材交易行业与市场，整个中药材经营领域里，呈现出逐年量增市旺的喜人发展景象，行业和市场的发展前景诱人。而自己熟通中药材专业知识、精通中药材质量品质、洞悉中药材经销市场，收购中药材近十年下来也小有些积蓄，且已具有一定的产供销渠道。如此，自己要在中药材经营方面摒弃小打小闹、去尝试规模经营，现在可谓是"万事俱备只欠东风"。

在良机面前，杨文龙再一次显现出他果敢的勇气和决断魄力！

1987 年，杨文龙果断地在樟树市租下一间几十平方米的铺面，挂起了"华东药材收购站"的牌子。

"樟树市华东药材收购站"的开业，并没有引起多少人的注意。因为，在药都樟树市中药材行业快速发展的这些年来，大小中药材收购站的纷纷开设，呈现出雨后春笋之势。

但这一天，对于杨文龙来说却是人生一个全新的开始，他从此翻开了在中药材行业经营打拼的第一页。

虽为一间几十平方米的小小中药材收购站，但这却承载了杨文龙莫大的人生希望。为此，自华东药材收购站开业之日起，他几乎将全部的经历都投注于此。

由此，杨文龙也开启了自己人生又一个全新的起点——从中药材小商贩，向着中药材行业里的规模经营者，一步步完成着创业人生格局的重大转变。

这是改革开放进程中，在全国中药材市场出现逐步繁荣的背景之下，杨文龙对中药材经营方式、思路上一次水到渠成的自觉转变，是他欲在中药材经营与规模上做大做强动力触动的结果。这也是杨文龙创业历程中，极为关键的一次自我突破。

尽管，当时的杨文龙还并未曾意识到，自己已摆脱了谋生层面上的商业行为，迈出了创立一番事业的步伐。

然而，许多年以后，人们在追溯杨文龙人生事业的时光回望中，却惊讶地发现,这间小小的"樟树市华东药材收购站"将诞生令人惊叹的传奇!

第二节　靠诚信在行业立稳足

俗话说："行行都不易,万事开头难！"

然而,对于杨文龙而言,在开出"樟树市华东药材收购站"之后,从经营一开始时却并没有太多这样的感受。

相反,他一开始收获到的就是意外的欣喜！

在中药材收购的货源方面,由于曾在五年多的时间中跋山涉水、走村串户,几乎行遍了赣西、赣中和赣南的中药材产区,在收购中药材期间积累起了十分熟络的人脉资源,且有着良好的人品口碑,因而,杨文龙的华东药材收购站一开业就有着相对稳定的供货源。

而且,杨文龙为人实诚、收购价格公道,樟树市及周边县市一些药材种植户或是中药材收购者,都乐意与其生意往来。即便是杨文龙一时囤货较多、资金周转不畅时,不少早已与其熟悉的客户也对其示以高度的信任,照样将药材往他的华东药材收购站里送,而货款则可以延缓到一定时间再支付。

谁掌握了优质的货源,也就在一定程度上掌握了市场的主动权。

樟树华东中药材收购站的中药材地道、质优,这一点首先就吸引了各方药材商,也成了收购站的一大优势！

最初,是一些与杨文龙熟络的药材商上门购货,然后是各路陌生的药材商慕名而来,在发现华东中药材收购站的中药材质量果然名符其实之后,又接着是更多的陌生的药材商登门求货……

自八十年代初全国中药材市场逐步放开之后,依托樟树全国药交会恢复举办这一重要平台窗口,樟树市中药材行业的个体私营经销商迅速壮大。

到 1987 年，樟树大大小小的个体中药材经销店、收购站已达数百家。

此外，国营药材公司的经营仍然颇有规模。

因而，在 1987 年前后的樟树，中药材经销行业的竞争激烈程度已不小。

而在这样的行业发展状况下，成立之初毫不起眼的樟树华东药材收购站，却在开业后不长的时间里中药材进出两端都呈现出喜人的情形，这着实让很多人没有想到。

对于开业后这样的情况，杨文龙同样也没有想到！

杨文龙以感恩之心看待这一切，也渐渐在感悟中似乎懂得了其中的缘由——"当时很多同行说我会做生意，而我自己心里最清楚，我除了在过去收购中药材过程中认识和熟悉的一些同行之外，其他我没有任何销售渠道，更别说什么销售网络了。华东药材收购站开起来后之所以生意一开始就不错，那都是大家对我的帮助与关照！"

但对于这一切，当年曾领杨文龙入行的那位老熟人却看在眼里，明朗在心里："这是杨文龙一直真诚待人、诚信从商日积月累起来的结果！"

因此，在他们看来，樟树华东药材收购站开业后的这一切来得自然而然！

这也正印证了当初他们对杨文龙所预料的——"这小伙子要是在中药材这一行一直做下去，那将来迟早会搞出名堂来的！"

樟树华东药材站创办的第一年，杨文龙便获取了创业历程中真正意义上的"第一桶金"。

很快，杨文龙这家店面不大的樟树华东药材收购站，就成为樟树市中药材收购站点中的一块响亮的牌子。

樟树华东药材站开业一年，杨文龙收获的绝不仅仅只是"第一桶金"，更有无限的感动和深深感悟！

而最深的感悟，还是在"诚信"这二字上。

一些亲历的真切感悟，总是在某些时间节点上有着惊人的类似，至少在杨文龙的创业历程中是如此。

就如曾经在樟树药交会上发现商机，而后入行才真正知晓要在中药材行业谋生立业绝非一件易事那样，开出樟树市华东药材收购站，想要做大中药材经营生意的杨文龙，很快又发现，这一行业的市场竞争已十分激烈。

商人谋利天经地义，可是真正有大志的商人从来不欺负顾客。

正所谓信义是经商之道取得成功的关键因素之一，对于医药行业的经营者而言，信义更是安身立命的根本。

在杨文龙心里，开出华东中药材收购站，则意味着自己实际上已选择了要在医药行业长期走下去。

"打算在这个行业长期做下去，那首先就是要在这个行业里立稳脚跟！"

这样的想法，促使杨文龙开始思考起一些更深层次的东西来——在中药材经营行业，自己可谓是"麻布袋上绣花——底子太差"，那怎样才能立稳脚跟，说起来容易，做起来却难，换句话说，对于自己而言，究竟靠什么去立稳脚跟……

"首先就是靠诚信！"杨文龙在心里把"诚信"视为立店之本，而且，他将做生意中的诚信和自己做人上的诚信看得同等重要。

"做生意和做人一样，其中的很多道理是彼此相通的。"但与药材行业打交道多年的杨文龙还认为，做药材这一行业的经营者，其诚信更当唯真、唯诚。

当时，全国各地中药材经营行业在逐步市场放开的过程中，各类中药材标准、行业相关法律法规等都相对滞后。加之市场经济发展之初，各类市场行为中难免泥沙俱下。

在中药材这一行，不乏一些人为谋取暴利，置道德和国法而不顾，千方百计对中药材原料进行造假掺假。比如，有些人把地肤子脱壳掺进车前子出售，山药苓子掺入元胡，土木香片混入炒白术片等等。而至于饮片里面掺加重粉，红花、虫蜕掺泥沙，就更是屡见不鲜了。

在中药材市场里，一般又有统货、选货、大选、小选、特选、一级、二级、三级、四五混级、级外药材等区别。相差一个等级或规格，价格和质量等都有区别。

…………

这就是当时人们所说的，中药材这一行的"深浅"不是一般人随便能掌握的。

仅举一例而言，中药材分等级里常见的品种有白芍、生地、天麻等品种，另外像三七、人参、川芎等，西洋参也有类似分级。如三七分80头、无数头、剪口几个等级；川芎有40头、70头之分；红参有64支、25支、40支、参须之分；生晒参有25支、40支、60支之分；西洋参有长支、短支之别；等等。

而中药材初加工因方法不同而规格不同：有清水、盐水、生统、熟统、净货、水洗等行内叫法，如全蝎有清水和盐水之分，地黄有生地熟地之别（其实生地和熟地为两种药，但出自一种药材原料），王不留行、草决明、芦巴子有净货、含杂之分，菟丝子、车前子等小籽粒药材有水洗和净货之分等。

这些选货有别、等级不同和加工方法不同的中药材，在市场价格上自然是不同的。但其中的有些差别，非行业中的"内行"人士，是十分难以一眼窥见其中奥秘的。

在这方面，别说是中药材行外人士，就是很多行内药材商也吃过不少亏。

在当时的中药材行业里，另外一个让很多中药材商头疼的问题，就是中药材的造假问题。

比如，山萸肉长相像是发红的小个葡萄，所以有些人就打起了歪主意，用真的葡萄皮充当，然后再进行染色、去味，于是葡萄皮就变成了每公斤500元的山萸肉。又比如，名贵的藏红花造假。藏红花的造假方法也很简单，就是把玉米须剪断，染成红色就可以了，外观看起来特别像。再比如，三七粉制造出来之后就是黄土的颜色，而且是晒干的黄土。于是，造假的人不费吹灰之力，直接往里掺上黄土，除非掺得太多能尝出味道，不然是发现不了的。此外，用胶水黏人参片冒充整根人参，也是常见的造假方法。

还有手法极其隐蔽、让人想都想不到，那便是在名贵中药材的造假。比如，一些药商在丝毫不破坏名贵中药材的外边、颜色等前提下，事先浸泡出里面的营养成分，重新做处理后再次回到市场，可是里面却没了任何功效，这样，中药材商就用低成本带来了大收益。

中药材造假，让不少功力不深的中药材商或是行家因一时疏忽看走了眼，结果花了大价钱买来的人参竟然是上色处理后的白萝卜，阿胶是用猪皮煮制的，价格赛黄金的冬虫夏草也有掺假的。

而假药对患者而言却是雪上加霜。

所以，不管药店还是医院在进药材时，都要派出富有经验的验药师，挨个检查，但即使这样还是有漏网之鱼。难怪连不少经验丰富的中药材采购商都深为感叹：有时，任你怎么看，都不知道眼前这一堆堆中药材是真还是假！

在杨文龙内心里，那些年在收购中药材的过程中，自己不仅刻苦学医药之技，而且情感深处悄然浸染于医药之德。

他对于在医药行业谋业，形成了自己的理解——医药之业，得以成立的前提就在于其"仁"与"德"，在于人内在本有的恻隐之心，对生命的敬畏感。在此前提下，形成医药行业的职业道德。

杨文龙甚至把一些古代关于从医为药的先贤名言牢牢刻记在心底：

"医之为道大矣，医之为任重矣。"

"夫医者，非仁爱不可托也；非聪明理达不可任也；非廉洁淳良不可信也。"

'人命至重，有贵千金，一方济之，德逾于此。"

…………

"自己决心在中药材这一行干下去，那这一行已不仅仅是自己的安身立命之本，而且也是自己立业立德之基。"杨文龙这样告诫自己。

在杨文龙心里，不知从何时起已经有了自己钦佩的行业偶像。

这位行业偶像，就是近代著名的历史人物——一代商圣、为富且仁的胡雪岩。

胡雪岩幼年时候，家境十分贫寒，他几岁就开始给别人放牛，后由人推荐进入浙江一钱庄当学徒。

然而，就是这个出身微寒、钱庄学徒小伙计出身的人，却在后来中国药业史上写下了光彩夺目的一笔。

那个时候阜康钱庄开业不久。一天，阜康钱庄来了两个当兵的，要提他们的老乡罗尚德的一万二千两银子。可是这两个兵，却空手来了，没有任何存执凭证。伙计们当然不肯付钱。这件事情给胡雪岩知道了，他很快查明这两个人的身份，不仅付了钱，而且是付了一万五千两银子。

原来，一年前的一天，阜康钱庄门口来了一个当兵的在那里荡来荡去。胡雪岩那天正好在店里，这个人的行动引起了他的注意，就上前与此人攀谈起来。原来这个人是驻杭州绿兵营的一个"千总"，叫罗尚德。他今天来找钱庄是想存一笔钱。存钱在钱庄，哪个钱庄都愿意。但是他有一个条件，不要存执，也不要利息。这个条件很奇怪，再看他是一个兵，所以很多钱庄都不敢答应。罗尚德来到阜康钱庄，很犹豫要不要进去。胡雪岩听到这个条件也是一愣，他是不是来闹事的？胡雪岩问他为什么。罗尚德说：他的老家在四川。原来是一个赌徒，把什么都赌光了。家里为了他订了一个亲，可是为了赌，他居然将老丈人家里的一万五千两银子赌掉了。老丈人很生气，却对他没有办法，就提出退婚，一万五千两银子就不要了。这件事情对罗尚德刺激很大，一个血性男儿不会赚钱，只会输钱，结果老婆都输掉了。他跑出来当兵，就是要还掉这笔钱。他当兵十三年，辛辛苦苦地存了一万二千两银子。如今接到命令要到江苏与太平军打仗。银子带在身上不方便，又没有亲戚可以托付，于是想到了钱庄。自己是上战场，生死未卜，于是也不想把存执放在身上。

得知到这个情况，胡雪岩当场决定：一是虽然对方不要利息，钱庄还是以存三年的高额利息计算，到三年后，连本带息给罗尚德一万五千两；二是钱庄规矩还是要立一个存执，交钱庄掌柜保存。后来，罗尚德不幸阵亡了，临终前，他托付两位老乡到阜康钱庄取钱转给老家的老丈人。两位老乡就这样口说无凭地来阜康钱庄取钱，阜康钱庄也就口说无凭地付钱，而且连承诺的利息一起付。

没有凭证，当事人也不在了，阜康钱庄完全有理由"黑"下这笔钱，但是胡雪岩不做这样的事情。这件事情不仅在同行中广为流传，更在军队中流传，于是那些当兵的纷纷将钱存在阜康钱庄。

后来胡雪岩开设了胡庆馀堂，在经营中处处强调并恪守：

"凡有贸易均不得欺字，药业关系性命，尤为万不可欺。余存心救世，誓不以劣品代取厚利。唯愿请君心余之心，采办务真，修制务精，不致欺予以欺世人，是则造福冥冥，谓诸君之关善为余谋也可。"

"药业关系性命，尤为万不可欺"，"采办务真，修制务精"。其所用药材，直接向产地选购，并自设养鹿园，"真不二价。""戒欺"和"真不二价"这就是胡雪岩的胡庆馀堂尤为后人们所称道、声誉卓著的秘诀。

靠诚信立身；人为仁义，懂取舍；讲究"君子爱财，取之有道"——杨文龙暗暗给自己立下了这样的信条！

因而，无论中药材市场出现什么样的变化，樟树华东药材收购站恪守诚信的准则从来不变。无论中药材市场通行怎样的"潜规则"，樟树华东药材收购站唯一的准则依然还是诚信不变！

高举诚信经营和地道药材的大旗，让"华东中药材收购站"在店铺林立的中国药都樟树格外引人注目。

人们常说，在商界，没有人会否认口碑拥有成就或毁灭一个新产品的强大力量，但只要问问那些曾被消费者大肆抨击或赞扬的厂商，你自然就会明白，诚信的力量有多大，尤其是在这个医药行业。

"在华东中药材收购站进中药材，就等于是进到了价格公道、品质可靠的地道中药材。"渐渐的，中药材采购商之间，这样的评价不胫而走。

这使得华东中药材收购站的声誉在中药材行业里越来越广，杨文龙为越来越多的中药材商所知晓。

杨文龙要求自己牢牢恪守诚信这个通理——在中药材经营过程中，要把每一位客户都视为自己的朋友来真诚相待，而朋友真诚相待，就一定要彼此恪守诺言，如此方能行得长、走得远。

但是，经商做生意，利益是彼此间绕不开的东西，要真正恪守做生意如同做人一样的通理，在现实中又谈何容易！

杨文龙会怎样去做？

"那就是，要吃得起亏！也舍得吃亏！"杨文龙是这样说的，也是这样做的。

杨文龙给自己的华东中药材收购站定出新规——在华东中药材收购站，凡是顾客预订好的中药材，除非客户提出修改订了货的货价，否则，一味中药材的市场行情涨得再高，那华东中药材收购站也不会提出要向客户提高原先定好了的价格。而要是一味中药材的市场价格跌了，那华东中药材收购站当然也要降价。

华东中药材收购站此举一出，立刻引得同行们不小的震动。

中药材经营同行们的震动，来自于谁都不敢轻易许诺的中药材市场价格。

进入九十年代，随着全国中药材经营市场化改革开始快速推进，中药材交易的市场化特点越来越明显。其中最为明显的变化，就是中药材的市场价格变化，中药材价格往往是随着市场供求的变化而波动。

每当遇到这样的情况，在中药材行业，一般的不成文经营规则，就是买卖双方采取折中的做法。这即是：在原定合同的基础上随行就市，也就是买卖双方在原来谈定的价格上进行再议价，根据市场的涨跌行情重新定价。这实际意味着，对于中药材的市场交易价格，在各级中药材经销商之间，已开始形成公认的"随行就市"的市场规则。

而在另外一方面，这种随行就市的市场交易规则的接受和形成，也正是各级中药材经营者获利的市场空间所在——看准了行情进货和出货，你就能赚钱，否则，就得亏钱。

可杨文龙却偏偏反其道而行之，这样的魄力，怎能不让人钦佩和震动！

"这不是明摆着给自己定吃亏的行规？！"一开始，有不少中药材商客户不能理解，他们更是难以置信。

可接下来，樟树华东药材收购站的客户们在事实面前，不得不心服口服。

他们发现，樟树华东药材收购站恪守自己的商规，没有半点的折扣！

1992年，出于彼此间的信任，根据前一年的市场行情，一位外地的中药材商和杨文龙按照协议价格提前预订了一批中药材，这批中药材的数量还不小，但对方当时却并没有交订金。

然而，这一年的下半年，因当年全国各地中药材种植面积的大幅度缩减，一些在前一年都是市场行情一般的中药材的市场价格，出现较大幅度的增长，而且市场行情很好。这其中，就有杨文龙和那位中药材商按照协议价格预定的那批中药材。

按行规，这种情况下，凡是预交了订金的中药材，根据预定的价格交易，如对方要取消交易，那杨文龙可以不退还订金。而无论是根据中药材交易行规还是市场经济的规则，杨文龙这样做，既不违行规也不违法规，而且也没有谁主动提出过任何异议。

但杨文龙非但没有这样做，反而是主动向老客户们提出，他们预定的中药材价格，依然按照当下的市场价格走。

因为市场价格的上涨，杨文龙事先在药农那里预定收购的中药材价格，比卖给自己老客户们的价格要高。结果，这半年下来，在一部分中药材的经营上，杨文龙亏损了不少钱。

在中药材经营中，恪守诚信还体现在以诚信立药上面。

杨文龙在一篇调查报告上看到这样的情况：一次，在某省组织专家团对该省所属地、县级医疗单位的中药饮片质量进行突击抽查过程中，抽查结果令人大为惊讶——中药饮片质量不合格率竟然高达40%，其中属于假药的占15.9%，劣药占3.1%，而属中药材炮制不当而导致质量不合格的占21%，超过了一半。

中药材的炮制得当与否，是直接关系到药品质量能否合格的重要因素之一。这一点，杨文龙在十多年收购中药材的过程中知之甚深，但如这篇调查报告中所反映的"炮制不当而导致质量不合格率"如此之高的情况，着实令杨文龙深感吃惊。

更为重要的是，深谙中药材炮制重要意义的杨文龙，脑海中顿时产生了确保"人无我有，人有我优"的经营制胜法宝——在中药材的炮制上狠下功夫，以可靠的质量赢得客户满意和放心！

中药炮制是制备中药饮片的一门传统制药技术，是根据中医药观念，依照辩证用药需要和药物自身性质以及调剂、制剂的不同要求所采取的一项制药技术。

中药饮片在临床应用时，药品的疗效是否显著，能否充分发挥它的临床效应，达到治疗疾病的目的，炮制这个环节非常重要。因为，中药材的炮制加工是保证临床医疗根本，只有炮制到位才能使中药的"四气""五味"等在临床上得到很好的发挥，正所谓"外因通过内因而起作用"。

"药不到樟树不齐"。杨文龙更是认为，新时期樟树的制药企业要围绕"灵"字下功夫，抓住中药材炮制这个关键，在继承传统技艺中不断创新，既保持传统中药材炮制技艺的精髓，又不断采用新技术开发新产品，做真药、管用的药，做道德药、责任药和良心药。

为从炮制上保证樟树华东药材收购站的药材地道质量，1993年，杨文龙开始着手组建华东药材收购站炮制基地。

他以真诚聘请来樟树当地掌握了地道中药材炮制技艺的中药材炮制技术传人，并同这些身怀绝技的中药材炮制匠人一起，在严格遵循樟树中药材地道炮制的基础上，又让华东药材收购站炮制基地建立起了以"同仁堂"为标杆的中药材炮制标准。

同仁堂"修合无人见，存心有天知"的自律意识，"以义为上，义利共生"的经营哲学，"炮炙虽繁必不敢省人工，品味虽贵必不敢减物力"的质量观，是其成为百年老店的企业精神。

杨文龙也要让"术遵岐伯，法效雷公"之训，成为樟树华东药材收购站地道中药材的品质精髓！

与此同时，杨文龙在努力而为的，也是让历史悠久的樟树中药材在改革开放的新时代里声名远播！

每一届樟树药交会，都有全国各地药界朋友来洽谈考察，给樟树药企带来一个展示自我的绝佳机会。

1989年，紧临药都宾馆新建以药都大厦为主体的15000平方米交易场所，其交易展馆已达200多间，摊位2000多个，与药都宾馆连成一体，硬件设施进一步扩大。

这一年的第20次樟树药交会成交金额首次突破10亿元大关，显示出改革开放后樟树药交会强大的生命力。自此以后，每年的药交会参会人数、品种、成交金额均直线上升。进入九十年代，随着国民经济不断发展，全国医药行业日新月异，樟树药交会更是年年创新高。

与此同时，樟树药交会的两大传统特色明显加强：一是中药材现货交易非常活跃。大会期间，中药材专业市场内共设置1000个药材展棚，有来自贵州、云南、甘肃、宁夏、新疆、浙江及东北三省等全国各大地道中药材主产区的药商摆摊设点，集中了人参、冬虫夏草、鹿茸、天麻、枸杞、当归、党参、田七、海龙、海马等全国各种名贵中药材，进行现货交易。中药材的交易无论是规模、人气、交易量和影响力，在全国医药会展业独一无二。二是成为全国胶类企业营销主战场。大会集中了全国所有的20多家胶类（阿胶、鹿胶、龟甲胶）生产企业，如山东东阿阿胶集团、山东福牌阿胶集团、河南辅仁堂药业等全国知名制药企业，这些企业纷纷投入巨资，大打营销战，销售异常活跃。近几届药交会，仅东阿阿胶集团销量就达1000多万元，樟树药交会已成为全国胶类制药企业必争之地。正如一些药商和制药企业所说："别的药交会可以不去，但樟树药交会我们每年必到。"

杨文龙深知，充分利用好樟树药交会这一平台，对打开华东药材收购站的业务渠道、打响收购站的牌子，有着极其重要的作用。

在华东药材收购站的展位，还专门设有一个中药材样品真伪展览柜，真伪中药材摆放在一起并附上鉴别的关键说明文字，让人一看了然于心。

与此同时，杨文龙还别出心裁，通过客商看老药工现场炮制中药饮片和中药材的加工过程，在传播"樟帮"文化的同时，又展示出自己收购站在药材加工上的传统炮制技术与现代工艺的创新结合。

樟树华东药材收购站的这些做法，不但让药商们顿感耳目一新，而且，立即从心里对收购站产生出了认同感。

渐渐的，经过四五年的努力，樟树华东药材收购站在诚信经营、中药材炮制及各项标准方面逐步建立起了保障体系。

此时的樟树华东药材收购站，在九十年代最初几年中的樟树中药材行业里，就其经营规模而言还算不上是大的民营药材收购公司，然而，就知名度和美誉度来说，樟树华东药材收购站已是行业里颇具名气的一家民营药材收购公司了。

几年过程中，恪守诚信，药材绝不掺假、不造假，炮制上耗费成本，经营上让利与人等等这些做法，杨文龙在经济上的确吃了亏，可是，他却因此而赢得了众口称赞的诚信！

"跟这个人做生意靠得住！"

"确实是位实实在在的讲诚信的人！"

…………

关于杨文龙诚信经营的口碑，由华东中药材收购站的新老客户而至省内外中药材经营行业同仁，渐渐相传甚广甚远。

口碑相传，在一个行业中产生的巨大影响力，往往是超乎人们想象的。

时隔二十多年，在江西樟树市中药材经销行业，有人还记得当年发生在华东中药材收购站上的一件事情：

那是1990年，一位东北地区的中药材经销商在一次偶然的过程中，从同行那里得知江西樟树的杨文龙为人从商特别讲诚信的事情，于是在心里留下了深刻的印象。

只是当时，这位东北地区的中药材经销商把"华东中药材收购站"误听成了"中华中药材收购站"。

话说两三年之后，这位东北的中药材经销商因采购一批数量较大的中药材，为确保可靠，他特地前往中国药都——江西樟树进行采购。自然而然，在前往江西樟树市采购药材之前，他就想到了两三年前听同行说到的杨文龙。

然而，因为当时他误听了站名，所以，到了樟树市之后，他到处打听"中华中药材收购站"在哪里。

"樟树这边的人一听，告诉他，樟树没有一家叫这样名字的中药材收购站呀，后来，他突然想起来，说他要找的那家中药材收购站的老板叫杨文龙，一听杨文龙的名字，人家马上就把那位经销商带到了华东中药材收购站去了，结果他所要的药材全部在杨文龙那里采购了……"

后来，这样的情况时有发生。

"那人家来樟树，樟树当时就已到处是搞中药材批发的大小收购站和药材公司了，可一些人来樟树后，也没什么货比三家的，就是直奔杨文龙的樟树华东中药材收购站去啊！"

在江西樟树市中药材行业寻访当年杨文龙创业历程的过程中，我们惊讶地发现，这些当年留给樟树中药材行业里人们的鲜明记忆，至今仍在很多人的印象深处。

"在樟树市，当时收购贩卖中药材的小商小贩已经很多了，后来他办中药材收购站的时候也是一大批收购站和公司早已起来了，而杨文龙又是'无心插柳'型的入行者，为什么他能后来居上生意越做越大、做到全国各地？这绝不是偶然的！"许多当年与杨文龙在樟树经营中药材的同行们，如今这样评价道。

在这些充满钦佩的各种评价中，笔者梳理杨文龙创办樟树华东中药材收购站最初几年便稳立行业、稳健崛起的过程，忽然悟到一点：正是始终恪守着"诚信"，靠着为人的热忱和从商的信义，让樟树华东中药材收购站成就了这一切！

其实，对于一个中药材经销商而言，这不仅仅只是坚守诚信，而且还是坚守为人的品格。因为，这样的诚信如果不是发自内心深处的，那依然可以做到价格上的讲诚信，而绝对做不到守价和守质两者同时的诚信。

与此同时，杨文龙也开始在樟树当地和全国同行之间声名渐起！

第三节　构筑南北渠道纵横市场

古语有云："博观而约取，厚积而薄发。"

对此，在创业方面有人这样总结道：商海横流，各有商路无数，尽显各方商道智慧。而纵观无以计数商海创业者们的商海之道，大凡为两类。一是一鸣惊人崛起者，二是厚积薄发崛起者。而创业之路，厚积而薄发最终才是王道！

商路无数各显商道智慧，无论是一鸣惊人还是厚积薄发，无疑都是成功之道。

而纵观杨文龙的创业之路，人们会惊叹地发现，他的成功融合两者的内涵而又以厚积薄发为前提。

正因为如此，有人这样说：作为赣商群体中的杰出代表者之一，探析杨文龙的创业成功之道，对创业者具有普遍而深刻的启示意义。

"从当年历经 5 年时光走村串户收购中药材，到后来整整 10 年坚守中药材经营，再到进军保健医药领域，直至组建仁和医药航母破浪前行。在每一个阶段，杨文龙总是能沉下身心、砥砺而行，然后在某一个时间节点上一鸣惊人。"

可以说，这句总结之语实在是太精准了！

1995 年前后，创办已七八年的樟树华东中药材收购站，在不知不觉中行进到了其发展中的一个重要时间节点上。

当杨文龙在这个时间节点上敏锐意识到，自己多年蓄积的一切，已似乎为樟树中药材收购站的下一步大发展积淀了水到渠成的条件时，他果敢地开始了在整合资源的基础上，为樟树中药材收购站的业务走向全国各地而构筑纵横南北的市场渠道。

"厚积而薄发"，意为在经过长时间的积累后，再慢慢地释放能量，施展作为。对于许多创业者而言，在创业的路程中需要的不仅仅是知识上的积累，更要有市场、经验等各方面的积累。

滴水穿石非一日之工。

在依靠诚信经商、药材品质打下坚实基础的七八年过程中，樟树中药材收购站在业务范围上早已走出了江西。

"南至广东，北至黑龙江、辽宁、吉林三省，西至川陕、新疆，樟树中药材收购站都开始有了自己的客户。而在华东、华中各省市，樟树中药材收购站则更是业务量逐年扩大、客户群渐增。"

从几年前开始，杨文龙就有一个习惯。当樟树华东中药材收购站的经营业务拓展到一个新地方时，他都会用笔在全国地图上用符号来标记一下。

1995 年岁末年初的一天，当杨文龙在那张全国地图上用笔新标注上樟树中药材收购站业务刚刚拓进的一个省份时，他退而站立在办公室那张地图面前，久久凝视着。

…………

凝视中伴随着深思，那些地图上标注的一个个符号，渐而在杨文龙脑海里开始形成一幅新的构图。

这幅由那些标注点所构成的图形，继而仿佛如恣意纵横的万里时空，在杨文龙胸臆间呈现出那般宏大的天地！

"历经七八年时间，樟树华东中药材收购站竟已业务通达全国差不多三分之二的范围了！"这怎能不扣动杨文龙的心扉！

其实，情怀深处由来就向往通江达海的人生状况之境，在胸臆中呈现出与自己所从事的工作竟如此紧密相关时，这自然也会让杨文龙心中情不自禁地涌动万千激越的。

是的，杨文龙对樟树华东中药材收购站下一步经营发展的思绪，由此开始了通达远方的征程。

历经这么多年在中药材市场的历练，此时的杨文龙，对于自己今后在这一行的发展早已越过了安身立命的目标追求。

他开始心生"策马纵横啸西风"般的豪情，他要把樟树华东中药材收购站做成在华东乃至全国都有一定知名度和影响力的民营药材公司。

"到了该构建通达全国销售网络渠道的时候了！"杨文龙明白，樟树华东中药材收购站要实现做大做强的目标，那就必须要以区域销售经营网络为基础，这样才能以樟树为中心，构建起樟树华东中药材收购站通达全国各地的中药材经销业务。

而且，杨文龙还深刻意识到，全国中药材市场发展的现实形势，也需要自己尽快对樟树华东中药材收购站的经营思路作出调整。

1992 年，注定要成为中国人铭记在心的历史时段。因为这一年，邓小平的南方之行和他积聚已久的肺腑之言为迷茫徘徊的中国改革开放指明了方向、鼓足了勇气，中国的改革进程从此如长江流水奔腾不回。

进入九十年代，全国中药材行业和市场的发展已呈风起云涌之势。

乘着改革开放的东风快速崛起的中医药，在中医理论临床领域和中药材市场行业两大方向同时发力。到九十年代中期，就中药材行业市场的发展而言，已开始出现明显的八方市场蓬勃兴起之势。在江西樟树之外，安徽亳州、河北安国、甘肃陇西、湖北蕲春、河南禹州等一大批辐射范围广、影响力较大的中药材市场开始或正在形成。这些中药材市场，既服务于各中药材经销商，也面向中药厂。

正因为如此，杨文龙开始注意到，虽然江西樟树药交会强大的市场影响力使得其"中国药都"的地位难以撼动，但全国各地中药材市场的蓬勃发展，也让江西樟树中药材市场的经营者们，越来越感受到了竞争的压力。

到 1995 年前后，全国已逐步形成江西樟树中药材市场、安徽亳州中药材交易中心、河南省禹州中药材专业市场、成都市荷花池药材专业市场等 17 个大型中药材交易市场和集散地。

杨文龙感受到的最明显一点，就是有些常规中药材，华东中药材收购站的老客户们出于舍远求近的考虑，开始在离他们更近的中药材市场采购了。

江西樟树中药材市场的情况开始出现了变化——像过去那样，一年到头坐等全国各地中药材商客户上门采购的状况，开始出现变化了。

对经营之策调整变化势在必行，而在自己已清晰意识到要调整变化的时间节点，又恰逢水到渠成之时，这让杨文龙接下来的实施推进自然也是水到渠成：

首先，杨文龙按照樟树华东中药材收购站的业务单位和客户区域分布，划分为华中、华东、华南及东北、西北几大区域。在这几大区域，每个区域设一个片区经理，各自分管本区域的销售。这几大销售片区，由杨文龙总负责。然后，每个区域又在片区经理的负责下，设立分区并指定分区负责人。分区之下，又建立销售队伍。

在这样的划分设置之下，樟树华东中药材收购站的全国区域销售网络渠道，开始初步建立起来了。但这个网络渠道还只是跃然于纸上。

怎样才能真正让这个网络渠道落地？对此，杨文龙深知不易。

大片区越往下，落网渠道的建立就越细密也更难，也更为重要。

销售网络渠道初步规划起来之后，杨文龙带着人员一个个大区域地跑。

在一个大区域，杨文龙选择一家业务往来多年、信誉可靠且颇具实力的中药材公司或中药材商作为区域经销商，再往下，通过大区域中药材公司或中药材商确立分区经销商，如今后有必要，分区经销商又发展小区域经销商……

随后，在每一个大区域，按照这种模式复制而行，建立起区域经营落网渠道。

整个 1995 年，杨文龙几乎跑遍了全国各地的主要城市，在风尘仆仆的辛劳辗转过程中，樟树华东中药材收购站覆盖大半个中国的销售渠道网络，也在不断扎实延伸扩大的过程中逐步建立起来了。

在与系统构建销售网络渠道的进程中，樟树华东中药材收购站的业务也随之更为稳健顺畅地跟进和发展。

到 1996 年，杨文龙又在销售网络渠道的管理上下功夫，真正形成了樟树华东中药材收购站渠道畅通、管理有序的全国业务经营网络。

九十年代中后期开始，全国民营经济的快速发展、交通状况的改善等，使得各类市场体系初步形成了全国一盘棋的发展格局，商业销售的网络渠道构建成为商业体系的重要基础。

此时，"渠道为王"的说法渐起，众多商家开始意识到：谁拥有了足够庞大、系统和完善的销售渠道网络，谁就拥有了市场制胜的利器！

而杨文龙在多年客户资源蓄积的基础上，对樟树华东中药材收购站面向省内外销售渠道网络的构建，可谓又先人一步。

樟树华东中药材收购站，在九十年代中后期市场经济渐向发达程度的发展中，无疑又赢得了市场制胜的先机！

但事实上，商业上的实践证明，销售渠道网络仅仅是为实现商业成功搭建了一个广阔平台。能否在这个平台上演绎成功的商业运作，那还需要渠道网络拥有者的商业才能。

有人说，在全国中药材市场逐步放开的过程中，对于中药材这个行业，为什么可以吸引那么多人义无反顾前仆后继的进入？因为，这个行业的市场行情可以让你一夜之间暴富。当然，一旦失误也可以让你一夜之间一无所有。

甚至业内人还有这样的说法，药市如股市，这归根到底，就是中药材价格暴涨暴跌，涨价能涨到天上去，跌价能跌到地板以下去。

这些说法未免有过于夸张的成分，但一定程度上也未必失于妥当。

这是中药材这个行业独有的特性，也是中药材这个行业区别于一般行业的最大特点。

为什么中药材会出现暴涨暴跌的情况？是人为炒作还是市场自发行为？其实都兼而有之。

此外，在计划经济年代，主导中药材经销的一、二、三级国营药材公司，在九十年代中后期已大部分丧失了市场竞争力，也逐步丧失了中药材储备的"蓄水池"调解作用。因此，中药材市场化程度更高了，价格随市场行情波动也就更顺其自然了。

中药材品种繁多，6000吨以上的大宗品种就40多个，万吨以上品种现在一双手也数不完吧，像干草、枸杞、地黄、丹参、山药等等。大宗品种完了还有二类品种，三类品种，算上《药典》收纳的品种足有几千种，常用的品种也有几百种之多。

打个简单的比方，初步了解一个中药材种植品种，一定要跑到种植该品种的各个产地。必须深入产地，在办公室是没法深入了解品种的。而且最好能在产地蹲守该品种的一个生命周期，比如当归从种子到种苗到当归成品再到种子的产出需要周期就是三年。人们就需要了解当归种子的情况，同样需要了解当归种苗的情况，只要有一个环节出现问题就会影响整个当归的生产环节。

只有通过时间的累计、通过和产地药商学习、通过和产地农户了解交流，才能慢慢了解这些品种的特性。一个品种尚且如此，那么庞大的品种体系里面，一般人一辈子能够经营好几个品种就非常不错，聪明人能大致了解一百个品种就很了不起了。就算大家都了解大米、大葱这些生活必需品，但了解中药材的却寥寥无几。中药材的专业性造就其价格暴涨暴跌，只有业内人能了解其中的风景，外行只能看看热闹罢了。

正是因为如此，受制于中药材跨越时空市场的行业经营特点，对中药材经营者的经营智慧考验比一般行业更高。

其实，中药材暴涨暴跌最根本的原因说白了就是供需关系决定的。用最形象的一句话表达，那就是"药材多了是草，药材少了是宝"。在这一行业中，有"贱取如珠玉，贵出如粪土"的说法。

如八十年代，通过几分钱为单位囤积牛膝、几角钱囤压生地大货的，到九十年代则价格陡升了数倍。

因而，在收购方面，一般来说，什么时候买比买什么品种重要，把握买入的时机比选择买什么品种更重要。

这也就是中药材行业里人们通常所说的，"囤货"时机把握正确与失误，是决定亏与赚的关键环节之一。

在中药材行业摸爬滚打十年，杨文龙也同样深谙中药材经营中的这一规律——囤积压货是低风险高利润的经营之道。

但杨文龙更深知，囤积压货只是一种经营手段，要真正通过这一经营之道获得经营中的成功，就涉及你对某中药材品种的认知程度、判断和预测能力。其中颇有智慧，比如要懂得何时何价位入手，或什么时间平仓，并不是简单地随便压点货就高枕无忧了。也可能一觉醒来，所压的货早已一文不值，把老本也赔了进去。

当某一种药材生产面积大、产量大增时，药材市场供求关系就会由供不应求向供求平衡和供过于求转变。伴随这一供求关系的转变，药材价格就会由高价位向低价位回落。而当药材市场供过于求，药材价格跌进低谷之后，种药材就不如种粮了，有时甚至亏本。这时药农们就会调整种植结构，不种或少种药材了。然而，市场消耗却依然如故，伴随市场消耗变化，市场供求关系又会随之发生新的变化：由生产过剩引起的供过于求，转到供求平衡，再转到供不应求，伴随着这一供求关系的转变，药材价格又会由低向高攀升。当药材价格达到高峰时，种药就会比种植粮食作物效益高。农民们又会一哄而上发展药材生产了。如此反反复复，便决定了药材市场的周期性变化：高潮——低谷——高潮——低谷的周期性循环。

对中药材这周期性循环规律了然于心的掌握，成为杨文龙预测中药材市场行情的重要依据之一。

而且，以这一依据为基础的囤压与否判断，在华东中药材收购站的大宗中药材交易中，几乎无一例外鲜有失策。

有十几年在市场上摸爬滚打的实战经验，通过多年的拼搏，又有一定的原始积累资金，可以说，这其中大部分人或越来越多的人将把囤积压货作为他们最理想的经营之道。

药材市场尽管风起云涌，变化万千，但也并非无律可循，只要我们认真观察、分析、研究，对药材市场进行科学预测，从而制定出正确的生产和经营策略，我们就能把握市场脉搏，抓住市场主动权，就能在药材市场中纵横驰骋，立于不败之地。

全面系统搜集药材市场信息，包括药材库存情况，药材生产状况，药市近期行情，药材市场行情前后变化情况，医药科技开发动态，药材经贸情况，全球经济运行情况，国家宏观经济调控举措，等等。

一般认为市场价格变化是取决于产品供需双方的变化，如供大于求，市场就疲软萧条，价格就降低，货源太多还可能形成烂市，无人问津；如求大于供，市场就活跃，价格就会攀升，有时还会出现预想不到的"天价"；当供求双方基本持平时，价格和市场也会比较稳定。但影响供求双方矛盾的因素是多方面的，首先要认清中药材是给人治病救命的特殊商品，不会因药材价格上涨，有了病就不吃药，不治病，也不会因药价降低没病吃点便宜药。

如果去农贸市场买菜，在一家摊位要买西红柿，这时老板告诉你，他的菜是捆绑销售，买西红柿就要搭配土豆、黄瓜出售，估计别人一听转身就走了，而且心里肯定还会骂，这人绝对脑子有病。同样，绝大多数其他商品也不可能进行捆绑销售，因为这必定会让消费者极度反感。

但中药却是捆绑销售的，中药就是这么怪，对于别的行业犯大忌的事情，在中药行业就是最正常不过的事情。

这是由中药材的特性决定的，因为中医药治病救人讲究的就是配伍，配伍就是君臣佐使，就是需要复方增加药效或者减少药效，多种药材配合在一起才能达到治病救人的目的。

是不是今年茯苓涨价宛西制药厂就不用茯苓这味药或者找其他药材代替呢？是不是泽泻价跌了配方里面就多用泽泻而少用其他药材呢？对于这么一个明星产品来说，每一味药材都是缺一不可，用量比例也是固定的。虽然有违中医因人用药、因病用药的做法，但是为了治疗更多患者，批量生产中成药只能是满足大多数的需求配伍。也就是说就算茯苓价格涨到天上去，宛西依然要每年购买上千吨茯苓；就算泽泻一文不值，宛西还是需要购买上千吨用来生产"六味地黄丸"。

其时，还只是在收购和贩卖中药材时，杨文龙就已经意识到了商业眼光和思路的重要性。这种潜在的经商头脑，实际上已使杨文龙有别于一般的经营者。

杨文龙明白，打开华东药材收购站经营局面的关键，就是要尽可能广泛地在全国范围内建立稳定的客户群。

恪守诚信和对市场的准确把握，使得华东中药材收购站不但在短短两三年中获得了惊人的快速发展，而且在中药材经营行业赢得了良好的声誉。

到1994年前后，在江西樟树市整个中药材行业里，华东中药材收购站后来居上，已成为众多中药材经营站中颇有知名度的一家。

而杨文龙本人，也理所当然地成为行业同仁中很有影响力的一位。

人们何曾想到，就是这位曾为谋得生存、常年风餐露宿穿行于各地乡野收购中药材的年轻人，如今已入市入行，在樟树中药材市场开始崭露头角！

然而，在中药材经营行业历练几年下来的杨文龙，面对这一切却显得极为低调和沉稳。

这并非是杨文龙因一贯以来为人处事低调沉稳而形成的在经营上的风格，相反，从过去不满足于收购中药材赚钱到进入中药材经营行列，可以看出，他内心潜藏着不断追求人生立业谋事的强烈愿望。

1996年，樟树华东中药材收购站的中药材贸易业务快速上升，比前一年翻了一番。

而1997年，樟树华东中药材收购站的营业额则更是达到了三千多万元！

但在杨文龙眼里，樟树华东中药材收购站的市场天地还可以更宽更广。

"怎样更进一步扩大经营？"杨文龙的目光，又落在了对药材质量掌控问题的思考上。

杨文龙深知，药材质量的稳定与种植环节息息相关，从种植环节把握中药材的质量才能真正从源头上把握中药材的质量。

现实情况中，中药材种植技术往往出现不规范的现象。例如，该掐顶时不掐顶，该剪枝时不剪枝，该采收时不采收，不该采收时乱采收，使中药材质量出现滑坡。五六年才能长成的杭白菊、三七，有的农民提前采。根茎类药材应该在花开前或花谢后采收，有的药农却在花期采收，结果上市后连专家都认不出来。有的农民看时价不好，就把药材留在地里继续生长，等着涨价，但像板蓝根、白芷、当归一类药，当年不收就开花抽薹，做药用的根就"发柴"（即严重木质化），没有用了。不按时节采摘，不按地域种植的中药材，跟烂木头没什么两样。

1996 年，媒体爆出一则令人震撼的新闻：一家中德合作的中医院，在从某医药经销商那里购进的 106 种中药饮片中，竟然有 32 种不合格，其中有 4 种为劣质药品，重金属超标的就达 11 种，农药残留超标 2 种，微生物超标 11 种。

而中国医学科学院药用植物研究所当时的资料数据表明，我国栽培的近 160 种中药材基本还停留在使用农家品种或混杂群体的阶段。培育并经过审定或鉴定出品种的中药材仅有枸杞、红花、地黄、柴胡、五味子、人参等 20 余种，绝大部分药材种子还没有质量标准。

全国各地经销网络的逐渐扩大，一个新的问题也随之慢慢凸显出来，那就是中药材产品的稳定供应。

不同地区、不同区域之间引种栽培的中药材品种较多，带来了药材质量的参差不齐。许多地方的药农受利益的驱动，不适时收获，致使中药材质量降低。病虫害发生严重，农药污染严重。在许多中药材的新产区，病虫害发生发展规律有新的变化，加上基层技术人员的缺乏，许多中药材病虫害防治技术不合理，致使农药使用量增加，农药长期使用，致使中药材中农药残留超标严重。

针对上述这些问题，国家科技部在广泛调研的基础上，提出了新形势下的中药材发展战略，即"中药现代化科技产业行动计划"。这计划中的一项重要工作内容就是建立"道地药材"的规范化种植基地，推动中药材的规范化种植，提高中药材的质量和规范化水平。

"中药材生产只有按照国家的发展战略，建立'道地药材'的规范化种植基地，才能确保自己经营的中药材的可靠质量！"为此，杨文龙大胆尝试建立中药材种植基地。

杨文龙最终找到了解决问题的一种很好途径。

他通过和樟树市及周边中药材地区的药农合作，由华东中药材收购站投入一定比例的资金和技术指导，药农严格按照中药材种植的标准进行种植和加工生产，然后中药材由华东中药材收购站全部收购。

有资金和技术支持，而且中药材销售和价格又有保障，药农们种植的积极性很高，不少药农纷纷加入。华东中药材收购站的中药材种植基地，一度发展到了数千亩。

依靠自己的中药材种植基地，同时严格对收购的基地之外的中药材质量严格把关，这使得华东中药材收购站的中药材质量深得客户信赖。

凭借纵横南北的销售渠道和在行业里良好的口碑，华东中药材收购站渐渐在樟树乃至全国的中药材经销行业里颇有影响力。

通过华东中药材收购站的成功经营，杨文龙也真正赚得了人生事业上的"第一桶金"。

第四章
早春时节激情再出发

    有人说，一个人取得的成就大小并非完全由其能力来决定。在一定程度上，在对于人生事业开创的抉择初期，其胆识与眼光显得更为关键。

    事实也如此，一个创业者的成就大小与其理想和目标的大小紧密相连，一个更加远大的目标，往往能燃起创业者心中极大的创业热情，激发出其更大的内在潜能，以过人的胆识去实现自己的事业目标。

    纵观万千成功者所前行的创业路径，尽管千差万别，但却有着一个共同的特征——那就是绝不满足于现状，他们犹如信念无比坚定的登山者，当翻越过一座高山，又向着另一座更高的山峰跋涉。

    华东中药材收购站崛起于樟树市而渐誉于省内外中药材业界，也让杨文龙的商业视界随之开阔起来，一种从经商角度而跃入事业层面的创业冲动，在他的眼前逐渐呈现出更为开阔的创业自觉规划。

    渴望不断实现人生更大抱负的追求与胆识，决定了杨文龙在获得某个阶段的商业成功之后，会逐渐萌发出更为高远的目标。

而潮涌向前的改革开放时代，又总是在此时为杨文龙呈现出一个又一个机遇。

的确如此。在中药材经营领域实力渐强、眼界不断宽阔的过程中，杨文龙也开始在心里产生出成就一番人生事业的豪迈之情，他的视野延伸到了更为高远的目标上——创办自己的企业。

杨文龙希望，自己与那些抓住改革开放机遇，在民营经济领域成就起一番伟业的企业家一样，在激情澎湃的改革开放时代里，从事业的层面在某一行业确立人生目标。

这一次，正呈现出蓬勃发展之势的全国保健品行业，强烈吸引了杨文龙的目光。

1998 年，杨文龙倾其所有，与合作伙伴创立江西康美医药保健品有限公司，进行保健品的研发与生产。

然而这一次，始料不及的整个市场与行业风云变幻，却让杨文龙还未来得及驰骋于保健品市场，便很快陷入举步维艰的境地。

危机是一把双刃剑，牵制反应迟缓的人，反之，却成就反应果敢迅速的人。

在理性、清醒分析并得出保健品行业将进入一个漫长的修复期结论后，杨文龙果断地作出了另辟蹊径、开辟保健医药产品的决定。

"我们从绝望的大山上砍下一块希望的石头。"正如马丁·路德·金这著名诗句中所指出的那样，真正的勇者不但具有奋力走出困境的勇气，而上更有由此而走向成功的智慧。

正是果断转向的决定与果敢走出困境的勇气，让杨文龙在最终成功走出困境的同时，也赢得了在保健医药产品领域的巨大成功。

而保健医药产品的巨大成功，为杨文龙打开此后阔大的事业天地，奠定了坚实的基础。

第一节 机不逢时的转行

犹如勇士卧薪尝胆，潜心执著磨剑，只为有朝一日能驰骋于人生建功立业的阔大天地那般，大凡心怀壮阔人生梦想的人，总是在登上一座山峰时又转而被眼前更为壮阔的意境所吸引。

渴望不断实现人生更大抱负的追求与胆识，决定了杨文龙在获得某个阶段的成功之后，又会逐渐萌发出更为高远的目标。

1998 年上半年，杨文龙久已潜藏于心的人生抱负，开始悄然勃发于胸臆之间——他立于自己生意正做得风生水起的中药材行业，目光却渐渐投向了另外一个行业。

而这一切，起初丝毫不曾意识到，自己竟会因此而转向那个行业。

几乎是在刚一接触了解到这个行业，杨文龙内心就为之怦然心动！

这样的结果，连杨文龙自己也出乎意料。

那是什么行业，竟然能如此触发了杨文龙投注以强烈的关注目光？

这个行业，就是当时正风靡全国消费市场的保健品行业。

对于保健品这一行业，至今停留在人们对于上世纪九十年代初的记忆，或许仍有一种亢奋的回味。

说起我国保健品市场的发端、发展和后来的跌宕起伏，可谓与风云激荡的改革开放一路同行。这个行业发展的历史记录，在某种意义上标注了市场经济大浪淘沙的起伏轨迹。

自八十年代初开始，以杭州"保灵"蜂王浆为代表的蜂王浆产品为市场发端，我国保健品行业缓慢起步，并迅速在八十年代中期崛起。其随后的行业代表事件，是福建杨振华851生物科技股份有限公司的成立，拉开了中国保健品市场快速发展的帷幕。

但保健品真正异军突起，骤成后来的风靡之势，却是从1993年开始的。

这一年，一位名叫马俊仁的中学体育教师成了国家英雄。他以严苛培训女子长跑运动员而闻名。从1988年开始，他带领的"马家军"就在一系列的国际体育赛事中夺得好成绩。1993年8月，在德国斯图加特举行的第四届世界田径锦标赛上，马家军一举席卷女子1500米金牌，3000米金、银、铜牌和10000米金牌，并打破两项世锦赛纪录。一时间，举世震惊。他的首席女弟子王军霞后来在1996年亚特兰大奥运会上夺得金牌后身披国旗绕场飞奔的镜头，成为中国体育史上最经典的镜头之一。

马家军的辉煌成功，让国民振奋，仿佛一夜之间扫去了"东亚病夫"的耻辱。人们对马家军的每一个细节都充满了好奇，同时，嗅觉敏锐地商人们也在第一时间嗅出了其中巨大的商业价值。就在世锦赛后的一个月，一则广告便在全国的电视台播出：马俊仁坐在一张报告台前，好像是在开一个事迹报告会，讲到如何取得好成绩时，他的左手突然举起一盒保健品，用带着浓厚辽宁口音的普通话大声说道："我们喝的是中华鳖精！"

"中华鳖精"由浙江省台州地区温岭县的一家保健品公司出品。在马俊仁做的这则广告之前，它一直寂寥无闻，而广告之后，竟迅速成为全国知名度最高的保健品品牌之一。

1993年这一年，经营樟树华东中药材收购站的杨文龙，因为生意上的顺利发展而意气风发。

"时常驾着他刚买的崭新的吉普车，奔驰在宽阔平坦的樟树药都大道上。"那时的杨文龙仿佛那样真切地感受到，前方的商界正向自己打开广阔的空间，他心底开始萌发出更大的人生抱负。

但他的行业视野却毫无旁逸，他决心要把自己的樟树华东中药材收购站业务量和知名度做得更大更响！

此时的杨文龙，也为"马家军"叱咤世界田径体坛的风采而欢呼，马俊仁在电视上"我们喝的是中华鳖精"的那则广告也让他感觉新奇而新颖。

正是从这一年，杨文龙知道了保健品这一行业。

然而他却怎么也没有想到，几年之后，他的人生事业将与保健品发生交集。

1993年之后，中国的保健品行业开始驶入了一个高速发展的时期。

国内市场需求的极速膨胀，使得全国保健品市场呈现爆发式增长的态势。在这样的市场背景里，一个个业界奇迹开始诞生，催生出一家家"巨无霸"企业。

这其中，被称为保健品王国缔造者的沈阳飞龙保健品有限公司、广东太阳神实业有限公司等企业，可谓最为引人瞩目的代表者。

从1993年到1997年的这四年间，全国保健品生产企业从近百家增至3000余家，年销售额高达300亿元，增长12倍。保健品行业成为全国发展最快、最引人注目的黄金宝地。甚至保健品业内曾有人这样说道：任何一款经过成功宣传和包装的保健产品，一旦上市，扫过大江南北市场，即是"遍地是金"！

而从1993年到1997年的这四年间，在杨文龙构筑起通达大江南北的销售网络渠道过程中，樟树华东中药材收购站已今非昔比，成为樟树当地乃至在全国中药材贸易行业中都颇有影响力的一家民营中药材贸易企业。

"我赶上了一个好时代，一个能让人放手施展能力与才华的时代，一个充满着成功机遇、奋进向前的时代……"1997年岁末年初之际，杨文龙心生万端感慨。

一天天滋长的人生抱负，让他内心深处仿佛有一种无法抑制的激情冲动：他渴盼自己的商业目标能投注于更为开阔的市场空间！

难道全国中药材市场的空间还不够宏大？更何况樟树华东中药材收购站的销售网络渠道已通南达北、纵横西东！

不是的。

而是全国中药材市场这方宏大的市场空间里，因各方大小中药材商、企业在数年来的纷拥而入，使得市场竞争变得逐年激烈。

有道是"天下大势，合久必分，分久必合"。任何一个行业市场的发展规律，往往也通合此理。

自改革开放初期开始，我国医药业产业快速发展，在从八十年代中期到九十年代中期的整个十年里，始终保持着 10% 以上的年均增长率。而到 1995 年，年增长率超过了 15%。整个医药行业，整体呈现出旭日朝阳般的蓬勃发展态势。

与此同时，我国已成为世界上第二大原料药生产国和主要出口国，其产值约占整个医药工业的三分之一。由于生产成本低，我国原料药具有相当的竞争优势。正是基于降低制造成本、扩大销售市场等方面的考虑，一些跨国制药公司纷纷在中国投资设厂，寻求转移生产的合作，我国正在成为全球重要的医药产品生产和分销基地。

在医药行业生产与流通两大领域，随着政策逐步对民企放开，使得中国医药行业市场化的发展格局迅速演进。而且，民营医药正以日益扩大的市场份额，显示出未来主导中国医药大市场的勃勃雄心。

对于中国医药行业而言，毫不夸张地说，那是一个大潮奔涌的崛起时代。而其中最壮美的风景，却是民营医药产业的异军突起！

然而，在全国中药材市场的快速发展过程中，各种中药材的利润越来越有限，为争夺制药企业、中医院等这些稳定的客户群体各方中药材商和企业使出浑身解数。像樟树华东中药材收购站这样已颇具一定规模和竞争力的中药材经营企业，也明显感受到整个中药材贸易行业的巨大压力。

做不大，没有生存空间，而现在做得有一定规模了，又常常受制于人——比如，制药厂和医院这样的稳定客户，因主动上门揽业务的中药材商多了、选择的空间大了，甚至还有中药材商在业务过程中"公关"手段频出等等。这样的情况下，一些制药厂和医院随时可以更换中药材供应商，或者一再压低中药材价格……

尽管几年间樟树中药材收购站的业务发展迅速，但杨文龙感受的压力也越来越大。

由此，在中药材行业经营规模日渐扩大、可谓风生水起的杨文龙，也不时萌生出退出中药材经营行业，到另外更为广阔的新行业天地去经营更大生意的念头。

一切终于交集在了1998年上半年。杨文龙的目光，落点在了各种保健品正纵横于中国广袤城乡大市场的保健品市场上。

在此之前，杨文龙在中药材经营过程中也曾接触过一些保健品经销商，也知道这个行业发展之势如旭日东升而起，但仅此而已。

1998年上半年，当杨文龙梳理和深入保健品行业的发展时，他惊叹不已：这是多么诱人的一个行业！这是吸引力多么巨大的一个市场！

"全国的保健品市场才刚刚打开，保健品行业才刚刚起步。"

对于未来全国保健品市场的潜在奇迹，现在看来，这完全是当时行业内人士头脑过热、盲目乐观下的一些鼓噪性宣传。

但是，1998年上半年，杨文龙却对此深信不疑。

杨文龙完全为保健品行业所吸引，更为这个行业广阔的市场前景而兴奋不已，他甚至对这个行业有相识恨晚之感！

接下来，杨文龙频繁走进保健行业市场做调查了解，不断接触保健品行业的经销商和生产厂家……

在这个过程中，大小保健品市场一派火热的销售场景，生产厂家忙碌的生产流水线场景，更加坚定了他对保健品行业发展的判断。

杨文龙终于下定决心进入保健品行业！

恰逢此时，杨文龙结识了香港客商林伟明，两人相谈保健品行业话题后，对行业的认识和判断有着强烈的共鸣。加之，几番接触深谈下来，杨文龙和林伟明两人都感到彼此十分投缘。"合作干一番大事！"杨文龙与林伟明决定，两人合作创办一家医药保健品公司。

1998 年 11 月 19 日，杨文龙与香港客商林伟明合资，创建了江西康美医药保健品有限公司，注册资金 600 万元。杨文龙任董事长兼总经理。

由此，杨文龙正式进军医药保健品行业。

然而，杨文龙全然没有料想到，在进入保健品行业不久就发现，一切就与自己所期盼的完全相反。但当杨文龙明白自己匆匆改行进入保健品行业，是一次"机不逢时"的转行选择时，一切都为时已晚！

第二节　内外交困中的执著坚守

按照公司成立之前杨文龙和林伟明的缜密构想，江西康美医药保健品有限公司将朝着两条并行的路径方向发展。

这两条并行的路径方向即是：一是选择未来市场前景好的厂家保健品产品做区域代理销售；二是选择未来市场前景好的新保健品自己生产。而这两条发展路径中，又以后者为重点。

很显然，从进入保健品行业一开始，杨文龙对于自己的方向思路就是十分清晰的。他对于在这个行业发展的未来目标，是使江西康美医药保健品有限公司成为一家集保健品生产、销售为一体的大型保健品企业。

杨文龙的自信，也有自己的根据。

首先，自己在中药材经销行业历练多年，特别是樟树华东中药材收购站近年来建立起的全国销售渠道，可以很快延伸为全国保健品销售渠道网络。拥有这样的保健品销售渠道网络，江西康美医药保健品有限公司就可以在保健品销售方面先行一步并在同行业中后发崛起。

与此同时，江西康美医药保健品有限公司着手进行保健品的生产。

而且，从九十年代初以来，因为保健品行业发展得风生水起，全国许多科研机构纷纷投入研发保健品，但投入生产的保健品占比却不到研发出的保健品的十分之一，许多研发出的保健品因找不到生产厂家而被束之高阁多年。因此，要选择新的保健品品种投入生产并不难，难就难在生产出的保健品能否在投入市场后"火"起来。

在多年的中药材经营过程中，生意一直做得顺风顺水，这也让杨文龙颇为自信。

思路清晰，方向明确，杨文龙朝着令人怦然心动的保健品行业迈出了自信的步伐。

然而，当杨文龙义无反顾地向着保健品市场奔跑而去时，期待在这片市场蓝海中扬帆远航时，他却怎么也没有料到，全国保健品市场风起云涌发展之势的大潮正开始急速而退。

让时间再度回到1998年的岁末年初。

江西康美医药保健品有限公司成立后，在保健品代理销售方面，选择了一个市场前景看好的保健品产品。同时，又看中了某科研机构研发的一款保健品，在购买其研发成果后着手投入生产。

保健品代理销售先行。但是，市场销售却令人大失所望。尽管市场销售渠道网络拓展情况喜人，可就是产品销售量上不去。

这样的情况在持续了大半年左右的时间后，江西康美医药保健品有限公司逐渐出现了资金周转困难的情况，市场销售由此更加举步维艰。

看来，要彻底扭转公司这种困难局面，就只能寄希望于新保健品生产的投放市场了。

可是，当1999年初江西康美医药保健品有限公司生产的保健品投入市场后，又同样遭遇到了市场销售困难的情况。

杨文龙焦虑不堪，经过一番市场调查后发现，江西康美医药保健品有限公司的产品在市场上的同质竞争十分激烈。

公司起步发展的这两条方向路径都不畅，江西康美医药保健品有限公司几乎找不到生存之地。

"那么问题到底出在哪里？！"面对公司这样的现实经营境况，杨文龙百思不得其解！

杨文龙继而渐渐对自己之前所有的自信质疑。于是，他强烈地意识到，这其中一定有深层次的原因，而这些恰恰就是自己之前忽略了或者根本就没有看到的。

杨文龙开始沿着公司制定的发展思路方向到市场、再到整个保健品行业去重新厘清问题。他知道，自己一定要找到问题的深层原因所在，否则，江西康美医药保健品有限公司将很难走出生存的困境。

事实的确如此，在进入保健品行业之前，杨文龙丝毫未曾意识到这个行业在异常繁荣的市场表象之下正酝酿和聚集着巨大风险。

前面已说过，从二十世纪整个八十年代到九十年代，中国保健品行业的发展一路高歌猛进，其发展之势可谓锐不可当。

尤其是自九十年代初期而始，排山倒海式的广告宣传攻势和强大的"人海战术"等销售模式，在全国范围内刮起了一股持续数年的"保健品旋风"。

保健品企业的数量从历史上看，出现过由少到多，再逐渐减少的过程。八十年代中期，全国的保健品企业不过 100 家左右，随后迅速增长。九十年代末，国内保健品企业数量一度超过 3000 家。

爆发式增长的态势，在 1998 年仍在加剧。在"商机无限"的巨大诱惑力之下，不断吸引着创业者纷纷涌入其中。

"如果有 20% 的利润，资本就会蠢蠢欲动；如果有 50% 的利润，资本就会冒险；如果有 100% 的利润，资本就敢于冒绞首的危险；如果有 300% 的利润，资本就敢于践踏人间一切的法律。"马克思对资本逐利特性的这段话，也许能从一方面解释保健品行业高歌猛进之势不减的原因。

但一个狂飙突进式发展的行业市场，也犹如一艘航行于惊涛骇浪大海中的航船。毫无预测的一波疾风骤浪，将有可能导致樯折船覆。

全国保健品市场的顺风顺水之下，潜伏的危机其实早已聚集。潜伏的危机，首先来自保健品市场发展过程中鱼龙混杂的状况，消费者对保健品的"信誉危机"越来越严重。

同时，越来越火爆的市场发展过程中，保健品行业逐渐进入恶性膨胀和无序竞争的阶段。

这样的发展状况中，1998年前后，全国保健品行业和市场的发展走进了一个巨大转折的时间节点。

这个巨大转折的时间节点，即是全国保健品行业和市场发展极盛急转为极衰的分水岭。

行业和市场的无序竞争、消费者对保健品的"信誉危机"，正快速侵蚀着整个行业的声誉和削减市场需求量。

甚至，保健品开始成为人们口中的"骗子"行业、无良行业，做保健品的开始饱受诟病和不屑……

与此同时，国家管理部门对保健品行业的管束和整顿也骤然而至。

1997年5月，国家技术监督局颁布实施《保健（功能）食品通用标准》，对保健品的生产管理实行严格的管理。

此后，国家正式颁布撤销"药健字"批号的文件，强制性要求所有"药健字"必须在规定时间内停止生产，并不得在市场流通。"药健字"产品必须在"药"和"食"之间作出选择：经严格验证符合药品审批条件的，改发药"准"字文号，正式纳入药品流通系统；不符合药品条件，但符合目前保健食品审批条件的，改发食"健"字文号；两者都不符的，撤销文号，停止生产和销售。

接下来，"三株"和"太阳神"等保健行业领军企业的迅速坍塌，对于全国保健品行业而言，无疑是致命的打击。

以此为标志，全国保健品行业发展形势急转直下，市场快速陷入一片萧瑟之中。

当杨文龙完全看清了市场变化的这一切时，1999年上半年，现实已真切地呈现于眼前。但在这样的市场大势面前，任何想改变现实的一切努力也显得力量极其微弱。

此时的江西康美医药保健品有限公司，犹如深陷突然冰封万里长河中的一叶小舟，进退无路：投资建设的康美大厦已开工近半年，停下来，就成了半拉子工程、烂尾楼；而继续建设，已经没有了资金。

杨文龙找到樟树市当地一家银行，向该银行申请一笔贷款。

1998年前后，全国经济正处于过热的时期，在中央紧缩投资的政策背景下，各大银行也纷纷收缩信贷规模，对民营企业的贷款申请，则更是显得格外谨慎。

一开始，这家银行就回绝了杨文龙的贷款申请。

最后，杨文龙经过多次恳切地向银行负责人陈述并提出，以江西康美医药保健品有限公司办公大楼作为抵押，这样，银行才勉强同意了贷款的请求。

资金终于有了眉目，这让深陷焦虑困境的杨文龙长舒了一口气！

江西康美密切配合银行，信贷手续按照环节程序进展顺利，杨文龙在焦急中静待佳音。

然而，却不料，在办理这笔贷款的过程中，走到最后程序的节骨眼上时，又忽然生出意想不到的变故来——樟树这家银行在所有贷款手续办结完毕，送其上级行进行终审后放款，但上级行给出的意见是，保健品行业已是强弩之末，对"江西康美"的这笔贷款不能放！

最终，这家银行还是否决了江西康美医药保健品有限公司的贷款。

"怎么会是这样的结果！"得到银行工作人员回复的那一瞬间，杨文龙大脑几乎一片空白。

江西康美医药保健品有限公司今后的发展之路如何走？眼前这些一桩桩迭加而来的困难如何解决？

尽管现实带给自己内心常人难以想象的巨大压力，但个性坚韧的杨文龙却始终不肯轻言放弃。他努力思索着，一次次努力着，试图让江西康美医药保健品有限公司这叶深陷冰封万里长河中的小舟驶出困境。

但最终，杨文龙还是感叹无能为力！

对此，杨文龙内心交织着内外交困的无言苦涩。

第三节　"十字路口"果断抉择

公司所面临的现实经营困境、全国保健品市场呈现出的大形势，这些都已十分明朗。

杨文龙十分清醒而深刻地认识到，江西康美医药保健品有限公司已走到了一个存亡攸关的十字路口。

现在，到了不得不要去重新确定公司下一步生存之路的关键时刻了！

在纷繁困扰的痛苦思索中，杨文龙最终认定，摆在自己面前的路只有两条：要么是无奈选择公司关门，因为继续经营保健品只能是坐以待毙。要么是重新找到出路，这样才有让江西康美公司起死回生的可能。

"选择公司关门，那同样是一条深陷困境的路，且不说自己多年的辛苦积累要付诸东流，而且，自己还要将合作伙伴'拖下水'。"

但杨文龙又十分清楚地知道，其实他已别无选择。

"一定要重新找到出路，让江西康美公司走出生存的困境，否则，其他任何的选择都是没有意义的，也是对自己和合作伙伴极其不负责任的，这样对朋友不义的事，绝不能去做！"杨文龙在心里一遍遍告诉自己。

最终，杨文龙下定决心——不管有多么大的困难，自己都要往前走，而且要走一条新路。

而选择后者的路径，似乎就只有一条，那就是——能找到让公司起死回生的"灵丹妙药"！这"灵丹妙药"，就是让江西康美走出生存困境的突破口。

然而，这个突破口究竟在哪里呢？

一连数日，杨文龙陷入了深深的思考之中。

"走代理销售的路子，现在越来越多的制药厂，开始在建立自己的医药产品销售代理商……"

随后，杨文龙开始部分地否定了自己思考的这个方向。

以自己数年来在经营中药材过程中的经验，杨文龙深刻认识到，如果寻找到了一个好的医药产品做区域代理，的确能很快获得经营效益。但是，这只能是短期的效益，因为，一个好的医药产品，很快会在代理商之间形成较为激烈的市场竞争。更为重要的是，产品是掌控在医药生产厂家手里的，自己无法对经营进行长期规划和判断。

"只能是作为补充的辅助出路。"杨文龙的思路继而又朝向另外的方向。

"毫无疑问，最为可靠也是最为有效的，当然是使江西康美医药保健品有限公司拥有自己的好产品……"

杨文龙思考的路径，一步步朝向一个逐渐明朗的大方向。

这个大方向，那就是另辟蹊径，以"产品研发，科技创新"为突破口，纽建一支团队，去研制开发新产品！

产品研发的第一大困难，还是来自于研发资金。

杨文龙心里十分清楚，对于医药行业而言，一个新产品研发的经费投入，往往是惊人的。而且，其医药新产品研发的风险系数较大。因此，即便是一些实力雄厚的医药行业企业，对新产品研发也显得十分谨慎。

更何况，江西康美医药保健品有限公司的现状，不但谈不上具备经济实力，而且连自己最基础的研发技术设备、人员都没有。

这就意味着，公司新产品研发的投入将更多，风险系数也更大。

"进行新产品研发的风险再大，总比坐以待毙要好，因为那样，江西康美公司才有走出困境的一线希望！"杨文龙权衡再三，最终决定背水一战。

九十年代中后期，在医药研发领域，已经出现科研团队和企业联姻，共同进行医药新产品研发的模式。

杨文龙认为，江西康美借鉴这种研发模式走新产品研发的路子，完全可行。

唯一面临巨大压力的，就是巨大研发资金的投入。而且，一旦研发开始进行，后续研发资金必须持续跟进，否则，就有可能功亏一篑。

在确定研发团队之后，杨文龙开始日夜奔波，他必须要筹措到足够宽裕的研发资金，才能使得研发成功概率增大。

与此同时，他还必须亲身参与研发团队，以最大限度地保证研发方向的准确。

杨文龙决定，组成江西康美医药保健品有限公司新产品研发课题组，由自己亲自领衔担任组长成立了产品研发小组，以牢牢把握研发新产品的方向。

"我们的新产品研发，若要不迷失方向，那就必须要透彻地了解市场。"杨文龙提出，不能坐在家里确定新产品研发的方向。

对于江西康美医药保健品有限公司来说，这样的资金投入，就当时的财力与人才技术实力而论，无异需要壮士断腕般的勇气与决心。

康美不走产品研发的路子，那就永远只能是跟在别的企业后面亦步亦趋，否则如此下去，终究会有一天难以为继。

"无论如何，公司就是再困难，对新产品的研发也要上马！"杨文龙以不容置疑的语气，表明了自己的态度。

公司新产品研发，至关重要的是，首先要确立新产品的研发方向，只有方向对了，才有走出困局的可能。

现实的处境，注定接下来所走的每一步都将充满着艰难的抉择。

对此，杨文龙默默告诉自己，必须要在这个决定上慎之又慎！

有时，一个行业或一个产品热火朝天的市场景象，往往只是表象，表象之下的实际情况，必须要冷静透视和观察。

这些年在市场经济中的摸爬滚打，尤其是近两年在保健品行业的真切体验，让杨文龙对市场开始有了更为深刻的认识。

于是，对于再度确定公司产品的转型方向，杨文龙决定，必须首先要深入市场去进行认真考察。

但市场广阔无边，考察的范围必须先行有个大的范畴。

"公司一开始定位的生产保健品，如果在转型过程中，彻底与原先的定位毫不相干，那绝非现实之举，也更非明智之举。"杨文龙的思考方向，慢慢清晰起来，"还是要沿着保健品发展的大方向去开辟新的生存与前行走向。因为，对于正处于深深困境中的康美公司现实状况而言，这样的走向才是唯一现实的。"

渐渐的，市场上的一个现象引起了杨文龙的高度关注：尽管保健品市场一片萧条，但人们对于保健的概念却非但没有减退，反而增强了，这着实让杨文龙没有想到的。

"这一现象在说明什么呢？"

杨文龙似乎意识到，自己在进入保健品行业之前，其实并没有真正弄懂这一行业。

康美市场调查人员，也在广泛的市场走访和调查中，捕获到了这一并不明显，但确实是蕴含着某种重要信息的现象。

"在人们的脑海里，其实并不排斥保健品，越来越强烈的保健意识和需求，让保健由概念已深入人们的现实生活需求之中。"杨文龙确是，自已亲自深入市场考察所得与来公司市场调查团队反馈的信息，都在指向一个重要市场潜在信号——与健康保健相关的医药产品市场！

女性在一生当中感染妇科炎症的概率是 95% 以上；在症发前有阴部瘙痒、灼痛、干燥、白带异常、伴有异味的现象。

挠抓则不雅，不挠抓又十分痛苦和烦恼……私密处瘙痒已成很多女性难于忍受、坐立不安的难言之隐。随着生活节奏的加快和工作等方面压力的增大，瘙痒已成为最常见的妇科问题。据了解，多数情况是细菌感染引起的，比如常用护垫、久坐、穿紧身裤等导致私处不透气，从而导致细菌滋生引起外部瘙痒。

由于许多女性觉得难以启齿，常常导致病情的延误。对此，妇科专家建议：女性朋友要多注意私处的清洁卫生，同时也要掌握一些简单的防护手段，比如选择专业的洗液作为日常护理用品，有效预防细菌感染，科学预防私处问题。

普通沐浴露和香皂大都呈碱性，容易与私处体液发生中和，破坏私处弱酸环境，导致私处自洁功能降低甚至受到破坏，外界的病源生物就会趁虚而入，造成感染疾病。

选择一款含有植物本草抑菌成分的洗液，不管是对自身或是伴侣，都是一种体贴与尊重。

专家的这一建议，立即得到了公司管理人员的一致认同。

随后，抽调公司骨干人员组成的调研小组很快成立，这个调研小组也由杨文龙亲自负责，深入一线市场展开广泛调查，为确定新产品研发方向提供坚实的依据。

经过多轮严谨的反复论证，江西康美医药保健品有限公司新产品研发的方向，最终被确立下来：公司研发的新产品方向，以关爱女性健康领域，确定为女性日常保健护理类系列产品。

在新产品研发的团队上，江西康美公司和科研院所专家共同组建成研发团队，共同组织科技攻关。

随后，组建起的研发小组又精心确定了新产品研发的具体方案——新型妇科保健用品"妇炎洁"系列以天然、安全的草本植物为配方主要成分，萃取自天然苦参、百部、蛇床子等植物本草精华，可以有效去除私处细菌。

公司未来的走向路径已确定，产品研发的产品方向、定位、方案及研发团队等均已明确，而接下来这一切的实施，都要以资金投入为坚实保障。

然而，筹措资金的问题却一直没有解决。一连数月里，杨文龙从未停止在各家银行奔波，却没有落实到一笔信贷资金。

问题仍然是银行对江西康美公司未来发展存在顾虑。

站在银行的信贷业务角度，这又似乎是可以理解的。因为，对民营企业的投资贷款，各家银行本就抱以十分谨慎的态度，更何况是对一个还处于新产品研发阶段的民营企业。

资金的问题，使得杨文龙一筹莫展。

正在这关键时候，从中国农业银行樟树市支行突然传来的消息，让杨文龙所有的困扰云开雾散！

农行樟树市支行在经过认真考察后认为，江西康美公司确定研发的新产品很有市场前景，在公司关键的时候给予支持十分可行。于是，该行决定向公司贷款 260 万元给予资金支持。而且，考虑到江西康美公司的实际情况，这笔贷款只收取 2.4% 的贷款利率。

对此时的杨文龙而言，农行樟树市支行雪中送炭的真情之举，无疑给了他内心最强大的支持。

杨文龙说，此举给了他长久的感动。每当他回忆起这段往事时都会由衷地说："雪中送炭，我永远也不会忘记。"

"我们没有任何理由不去百倍努力！"杨文龙转而带领研发团队投入到紧张而艰苦的新产品研发中。

苦心人天不负！

历经数百次的反复试验和试制，1999 年，"妇炎洁"护理洗液终于成功研发出来。

随后，江西康美公司选择不同地区、不同年龄段、不同职业的女性，请她们免费试用，反馈对产品使用后的效果。

"妇炎洁洗液洗过之后，感觉非常的清爽洁净，没有一丝油腻的味道。"

"带来全天 8 小时舒爽清凉的洗护感受。"

"既清凉，又除菌，没有想到有这样好的护理洗液！"

…………

测试使用者们亲身的使用感受结果显示：对"妇炎洁"护理洗液使用感受最深刻的，就是其快速的清凉感，以及使用之后一整天的舒适感。

而这些，正与妇炎洁科研团队当初提出的"5 秒钟快速清洁杀菌止痒"产品理念，不谋而合。

让洗液可以日常洗护，有效清凉抑菌，是前所未有的尝试——对于"妇炎洁""关爱女性，呵护女性健康"理念倍加推崇

之后，经严格测试，权威科研机构出具了科学认定——"妇炎洁"萃取天然苦参、百部等植物精华，能够快速抑制金黄色葡萄球菌、大肠杆菌和白色念珠菌等致病微生物，具有广普杀菌作用，适合于女性私处因细菌导致的异味、瘙痒等妇科小问题；也可以用于产褥期、经期、性生活前后的清洁，消除异味、减少分泌物以及日常卫生保健。

至此，"妇炎洁"的研发宣告成功！

杨文龙仿佛能真切地感受到，冬日的暖阳照进了自己的内心深处，那样澄明敞亮。

"成功者有其成功的理由，成功者有其成功的哲学，一个企业的发展壮大需要决策者具有独到而长远的战略眼光。"江西企业界中有人说，杨文龙无疑就是这样的人。

时隔近 20 多年，如今回忆起江西康美公司发展关键过程中这一决策的

成功时，当年公司的亲历者们，无不为对杨文龙果敢的胆识气魄钦佩不已！

第四节　峰回路转天地阔

新型保健类医药产品——"妇炎洁"能否打开市场，这是最终决定产品成功的关键所在！

杨文龙更是深知，这也是江西康美医药保健品有限公司能否起死回生、峰回路转的关键一步。

1999 年 6 月，这无疑是杨文龙创业历程中具有标志性意义的一个时间节点。这一年 6 月，妇炎洁洗液产品同时在江西、安徽及湖南等省上市。

对于 1999 年的中国保健类医药产品而言，这是已历经十年市场培育，正处于快速萌发阶段的一个年份。

这实际上就意味着，全国保健类医药产品市场已然形成，人们对保健医药类产品的接纳意识也正在逐步提高和普及。

这对妇炎洁洗液产品打开市场，是极为有利的条件。

但另外一方面，这时全国保健类医药产品市场的现实状况，已有全国性大品牌独占鳌头，这十年之中，不少同类产品纷纷上市，可绝大多数最终仍是寂寥无闻，难成气候，直至悄无声息退市。

面对这样的行业和市场现状，杨文龙对妇炎洁洗液上市，也着实捏着一把汗。

更何况，江西康美医药保健品有限公司没有资金做电视和报纸广告，也没有资金组建起成规模的营销团队。

杨文龙唯一自信的，就是妇炎洁洗液产品的功效和质量。就是靠着这样的自信，杨文龙带领他的同仁们迈出了开拓市场的步伐。

六月的皖赣大地，太阳已显现出强劲的热力，杨文龙带着销售人员走向了开发市场的征途。

在安徽各地市场，为搞好地面宣传，尽可能地节约开支，杨文龙和大家一起住最简陋的招待所。他们每天从早8点到晚6点要刷几百条墙标，从阜阳一直刷到亳州，冒着严寒，化学涂料侵蚀和凛冽的寒风使大家的手都裂开了，又累又乏有时还得忍受当地人的怨气，这种苦是现在的营销员没有经历过的，也是难以想象到的。

在江西各地市，杨文龙和销售人员带着产品一站接着一站马不停蹄地奔波。

很多地方的大小医院和药店，人家一看"妇炎洁"洗液，连名字都没听过，谁也不愿进货。杨文龙和销售人员每到一处，以诚恳之言，最终有些小医院或小药店才答应象征性地进一些，让购买者试一试效果和反应再说。

然后，接着又是湖南、湖北等周边省份市场，每一个地方市场的开拓同样艰辛。

…………

在这样艰难的市场推进过程中，杨文龙尽管内心没有把握，但他始终沉住气。因为，他深信市场会慢慢接纳"妇炎洁"这一产品。

杨文龙和他的同仁们，在热切等待市场的反馈和反响！

那是一个多么煎熬的过程，其中每一天内心里的热望、担忧、猜测并着思索，让杨文龙承受着前所未有的压力。

终于，市场传来了购买者们的反馈：

"使用妇炎洁洗液后主要感受是清爽、凉爽、舒适、止痒，不但不比大牌子产品疗效差，而且还要好。"

"功能很好，用了止痒，身上也没有异味。"

"清洁、滋润、杀菌的功效十分明显。"

…………

江西萍乡、南昌、赣州、九江……

继而是安徽肥东、合肥，湖南浏阳、长沙，湖北武汉、黄石……

来自市场的反馈让杨文龙和销售人员兴奋不已——"妇炎洁"洗液在进入的各地市场无一例外受到使用者们的青睐！

更为重要的是，在没有任何媒体广告宣传的情况下，"妇炎洁"洗液产品靠着口碑传播正在各地热销。同时，使用人群从年龄段上来看，呈现出年轻、中年和老年各年龄段的人群分布特点。

凭借多年的市场销售经验，杨文龙判断："妇炎洁"洗液产品将很快迎来市场销售的喜人局面！

为此，杨文龙立即着手布置加快生产。

此时的江西康美医药保健品有限公司处于创立初期，厂房、设备、办公等各方面的条件都非常简陋。车间里没有空调设备，工人们常常在50多度的高温下工作，公司也没有免费工作餐，大家都是自带饭盒吃冷餐，每天工作都在十几个小时以上。就是在这样的条件下，他们硬是凭借不怕苦、不怕累的精神，日夜加班加点，生产出一批批优良的产品并投放到市场。

企业创业和困难时期，这种传统和作风能使我们在条件艰苦的环境中战胜艰难险阻，在逆境中不断前行。

在营销队伍组建的初期，没有电视广告的支持，完全要通过一个市场一个市场地去跑去推销。

如何能在商海鏖战中所向披靡？

一只狮子领着一群羊与一只羊领着一群狮子进行比赛，结果是一只狮子领着一群羊的团队胜过了一只羊领着一群狮子的团队。

在中药材经营的多年历练中，杨文龙耳濡目染，深谙其中之道，那就是要构建起企业的卓越的销售团队，而其中，团队的领军人物又是核心与关键。

杨文龙亲自领衔，带领他的销售团队在一个个的地方市场创造着奇迹。

1999 年，康美医药保健品有限公司实现销售收入为 340 多万元，上缴税金 6 万多元。

随着"妇炎洁"产品成功在市场打响，江西康美医药保健品有限公司实现了重大转折，一举突破了生存发展的困境。

人们说，于企业重重的困境里，能阵脚不乱、拨云见日，在运筹帷幄之中彻底扭转困局并使得企业在置之死地而后生的境况中再次阔步走向坦途，则更是尽显出一位企业家的卓越智慧和宏大气魄。

最终，杨文龙做到了。通过医药类保健产品——妇炎洁产品的成功研发上市，让江西康美医药保健品有限公司实现了迅速崛起和壮大！

此后多年，妇炎洁产品获得连续多年以倍速持续增长的速度。

对此，业界人士曾有这样的深刻解读：上世纪九十年代末，随着中国医药体制改革大举深入，药店业态迅猛发展，使得非处方药在空前广阔的大市场中，赢得了"以自我诊疗为特征"的前所未有的巨大机遇。正是"自我诊疗"的行为特征背后，隐藏着消费者对医药的需求发生的剧变。于是，我们回过头，开始仔细研究世纪之交市场的时候惊讶地发现，中国女性消费者对于妇女洗液药品的需求发生了质变——我们终于发现了隐藏在中国医药体制改革过程中、隐藏在消费者心智里的那次"地震"。这次"地震"足以让所有非处方药的需求发生一次质变。而当其"震幅"延伸到妇女洗液药品领域的时刻，也正是妇炎洁跳进人们视线的时刻。

"我们从绝望的大山上砍下一块希望的石头。"正如马丁·路德·金这著名诗句中所指出的那样，真正的勇者不但具有奋力走出困境的勇气，而且更有由此而走向成功的智慧。

正是果断转向的决定与果敢走出困境的勇气，让杨文龙在最终成功走出困境的同时，也赢得了在保健医药产品领域的巨大成功。而保健医药产品的巨大成功，为杨文龙打开此后阔大的事业天地奠定了坚实的基础。

第五章

帷幄风云开新局

"上苍赋予一位卓越企业家的，其中一定有永不满足的挑战精神。"人们说，这正是企业家执著前行不竭动力的源泉。

在杨文龙对自己创业历程的深情回顾中，世纪之交的那一次大胆开局，有着非同寻常的意义。

世纪之交，傲立保健医药行业的杨文龙，又开始立于行业一隅，以高度和深度的视角洞察全国整个医药产业发展的风云态势。

从 1978 年到 1998 年，我国医药工业在改革开放走过的第一个二十年中，获得了日新月异的快速发展，并确立了其作为朝阳产业的产业经济地位。

上世纪九十年代中后期的发展态势，无不预示着医药工业国民经济中的越来越重要的地位和意义，同时正促使医药产业逐渐崛起为国民经济的支柱产业之一。

在世纪之交承上启下的重要时期，我国医药工业正面临的中药挑战与机遇，又同时引起了广泛的关注。

不断将目光投向更为宏阔的远方，以图下一阶段更为宏大的发展目标，或许，这是杨文龙一步步将人生事业做强做大的过程中，最为重要的一个诠释视角。

洞察到全国医药产业必将迎来崭新发展格局的过程中，杨文龙于胸中渐次构建、不断丰富起新千年里自己在医药产业的格局蓝图。

那着实是一幅阔大而宏伟的企业愿景蓝图，其产业布局横跨医药产业的生产与销售两大领域，以集团化的企业构架纳入这两大领域中的制药企业、销售渠道，立足江西，纵横全国，目标直指"稳健登顶全国药业行业中大规模的一流企业"。

这一企业愿景蓝图和高远目标，让杨文龙确立了清晰、自信与自豪的人生事业奋斗方向。

而凭借畅销市场的保健医药产品，短短几年间，"江西康美"在保健药业领域异军突起，不仅为杨文龙累积起了一定的经济实力基础，更为他以图大业的事业雄心提供了可能。

这一次，杨文龙以只争朝夕、时不我待的紧迫感和豪迈的雄心壮志，去帷幄风云，纵横捭阖，开创出自己在医药领域全新的事业格局。

第一节　壮志与良机不期而遇

"绝不可否认，机遇起着重要的作用！"举世闻名的美国钢铁大王卡内基，在总结自己的创业历程感悟时曾这样写道。

然而对于机遇，卡内基同时又这样坦言：那些重大机遇其实是呈现在每一个人面前的，但很多时候，真正能把握并抓住它的企业家却总是少数。

对于大多数商界人士而言，一生中会出现几次难得的机遇，需要在雄心抱负和规模上实现一次重大飞跃——也许是一家新工厂，一次大规模收购，或者一次突破性产品的投放。

无论是当年寻找自立谋生的出路，还是后来在中药材经营行业研判决断商机，人们可以清晰地发现，杨文龙的目光总是渐向深远，脑中有市场、心中有方向。

当然，他也因 1998 年前后对保健品行业的发展过于乐观而导致了失误。

然而，正是这一次的失误，让杨文龙深刻意识到保持头脑灵活、与时俱进的重要性，让他汲取了更为丰富的经验，使得他眼光敏锐的商业眼光更加注重环视改革开放背景下行业风起云涌的发展大势。

因此，他更加有意识地接受新事物、关注新概念和了解新行业及新市场。尤其是对那些与自己企业发展大方向相关的国家改革政策、行业大变革等等。

也许正是在商业大潮中历练的一切，注定将赋予杨文龙对世纪之交中国医药行业大调整、大重组机遇的深刻洞悉和准确把握。

让时间定格在 1999 年 11 月。

这是迄今为止杨文龙人生事业发展历程中，最为重要与重大的一个时间节点！

1999 年 11 月，投入市场不到半年时间的妇炎洁洗液，便逐渐在各地市场呈现出越来越火爆的销售形势。

与此同时，在杨文龙"步步为营、稳健拓展"的销售战略部署下，妇炎洁洗液以鄂豫皖赣最初的市场发源地为中心，开始以令人惊叹的燎原之势向大江南北市场拓展。

纵横捭阖的市场拓进之势，使得"妇炎洁"品牌逐步以稳健的姿态，崛起于全国保健类医药市场。

彻底走出进退维谷的杨文龙，在内心无比感慨和珍视这由沉重失误转而成辉煌胜利的同时，重又渐渐生发凌云壮志——将"妇炎洁"品牌打造成家喻户晓的品牌，让妇炎洁洗液产品傲立保健医药市场！

此时的杨文龙，正向全国医药行业和市场的纵深行进。

杨文龙不曾料到，就是在他向全国医药行业和市场纵深行进的过程中，与全国医药大行业在世纪之交的一次重大改革不期而遇了。

这次全国医药大行业在世纪之交的重大改革，即是药品实施分类管理和医药流通市场化改革。

药品分别按处方药和非处方药建立相应法规并实施监督管理，是国际普遍采用的药品管理模式。

非处方药是指为方便公众用药，在保证用药安全的前提下，经国家卫生行政部门规定或审定后，不需要医师或其他医疗专业人员开写处方即可购买的药品，一般公众凭自我判断，按照药品标签及使用说明就可自行使用。非处方药在美国又称为柜台发售药品（over-the-counterdrug），简称

OTC 药。这些药物大都用于多发病、常见病的自行诊治，如感冒、咳嗽、消化不良、头痛、发热等。为了保证人民健康，我国非处方药的包装标签、使用说明书中标注了警示语，明确规定药物的使用时间、疗程，并强调指出"如症状未缓解或消失应向医师咨询"。简言之，非处方药就是患者可自行根据需要选购的药物。

世界一些国家早已实行非处方药品管理制度，随着我国经济发展和医疗改革必须与之接轨。西方发达国家从七十年代开始实行药品分类管理制度，将一些处方药转化为非处方药，鼓励个人承担一些医疗费用，如一些"小伤小病"使用非处方药。

建立并完善处方药与非处方药的分类管理制度，是医药卫生事业发展、医疗卫生体制和药品监督管理深化改革的大事，对促进我国药品监督管理模式与国际接轨，保障人民用药安全有效，增强人们自我保健、自我药疗意识，合理利用医疗卫生与药品资源产生重大作用。

一直以来，我国在药品生产和销售领域都是实行统一生产和管理。

九十年代中期，我国开始启动药品分类管理改革。

根据国务院领导的指示，卫生部于 1995 年 5 月决定在我国开展制定和推行处方药与非处方药分类管理的工作。

1996 年，国家正式提出了药品分类管理的改革计划。同年，由卫生部牵头，会同国家财政部、国家中医药管理局等七部委共同成立非处方药（OTC）办公室。1998 年国家药品监督管理局成立后，OTC 管理工作由药品监督管理局安全监管司负责。

1999 年，国家药监局公布了所遴选的西药部分和中成药部分的第一批非处方药名单。1999 年 6 月 18 日，国家药监局颁布第 10 号局长令《处方药与非处方药分类管理办法（试行）》，规定自 2000 年 1 月 1 日起正式开始实施。

1999 年 11 月 19 日，国家药品监督管理局以国药管安【1999】399 号文，颁布了"关于公布非处方药专有标识及管理规定的通知"。非处方药专有标识图案为椭圆形背景下的 OTC 三个英文字母，是国际上对非处方药的习惯称谓。非处方药专有标识图案的颜色分为红色和绿色，红色专有标识用于甲类非处方药药品，绿色专有标识用于乙类非处方药药品和用作指南性标志。

这标志着我国药品分类改革已进入倒计时！

国家医药分类改革这样密集而紧凑的改革时间进程，随即在全国医药企业中间产生巨大反响。

"这意味着全国医药行业将迎来一次全面而重大的调整！"杨文龙在得知并认真了解国家对药品分类改革的相关政策后，立即这样敏锐而深刻地认识到。

几乎与此同时，杨文龙的目光又为全国医药领域即将启动实施的另一项重大改革所吸引。

这项医药领域的重大改革，即是医药流通体制的变革。

中华人民共和国成立至上世纪九十年代，我国的医药流通领域大致经历了三个大的发展阶段：

首先是上世纪五十年代初至七十年代末。我国实行的是计划经济体制下高度集中的医药流通体制。医药商品采购供应体系由中央一级医药采购供应站、省（地、市）二级医药采购批发站和县级医药公司组成。医药商业对工业的产品包购包销；全国医药商品的供应按一、二、三级批发层次逐级调拨；医药批发企业根据行政区的划分设置；实行条条为主、条块结合、统一管理计划、统一核算财务、统一管理价格、统一安排网点的高度集中的管理体制。

然后是上世纪八十年代初至九十年代初。我国的医药流通格局实现了由封闭到开放、集中到分散的转变，医药商业得到了极大的发展。伴随着改革开放，我国的医药流通领域也打破了计划经济体制下形成的一、二、三级批发层次的流通格局和计划调拨供应模式，医药工业企业开始自主选择销售对象、工业自销现象逐渐增多，形成了多渠道、少环节的医药流通体制。从整体上来说，八十年代我国的医药市场需求增长迅速，医药市场属于卖方市场，医药商业企业的数量开始增加，药品流通秩序较好，市场的竞争程度较低，医药流通的效率较高，促进了我国医药工业和医药商业的繁荣和发展。

接下来是自上世纪九十年代初开始，由于这一阶段我国药品市场环境的许多方面发生了巨大的根本性的变化，如国内药品的产量大大增加，国外药品开始进入我国，药品市场由以前的卖方市场变为买方市场。同时，药品批发企业和网点急剧增加，商业企业由八十年代的 2500 家增加到目前的 16000 多家，导致医药商业企业经营成本高，整体经济效益低下；同时医药流通领域的市场法制弱化。最终导致我国的医药流通领域出现了严重的"多、小、散、低、乱"和药品市场机制畸形问题，成为制约我国医药工业快速发展的瓶颈之一。

"建立适应社会主义市场经济条件的宏观调控、科学管理，统一开发、竞争有序的医药流通新体制，做到流通高效、结构合理、体系完善、行为规范、优胜劣汰。"围绕全国医药流通体制改革的总体目标，国家经贸委和医药监督管理局等有关方面推出如下几个方面的改革思路和设想：

医药批发企业的规模化、集团化、集约化经营进行产权制度改革，提倡产权多元化。允许并鼓励各行各业、各种经济成分以兼并、重组、联合等多种方式参资入股医药流通企业。通过市场来形成一批跨地区、跨行业、跨所有制和跨国经营的集团公司。利用 5 年左右的时间，扶持建立 5 至 10 个面向国内外市场、多元化经营、年销售额达到 50 亿元左右、具有现代营销领先水平和高度文化内涵的特大型医药流通企业集团；建立 40 个左右面向国内市场或国内区域性市场、年销售额达到 20 亿元左右的大型医药流通企业集团。届时这些企业的销售额达到全国销售额的 70% 以上。

发展医药零售，实现连锁经营发展医药商业的连锁经营，是提高经营水平、降低经营成本、确保药品质量、提高服务水平、合理布局网点、方便群众购药的有效组织方式。医药连锁零售企业将实行进货、储运、价格、企业形象、内部管理及经营核算六统一。推动中心城市医药零售企业走连锁化道路并积极发展社区药店，促进医药零售的集中化，改变医药流通企业"多、小、散、低、乱"的状况。利用 5 年左右的时间，扶持建立 10 个在国内外知名的医药零售连锁企业，每个企业拥有分店达到 100 个以上；建立一批区域性医药零售连锁企业，每个企业拥有分店达到 40 至 50 个左右。

发展代理配送制是实现流通现代化的重要途径。代理配送制是现代流通发展的产物，实行代理配送制是流通体制改革的一项重要内容，是我国流通体制的一项方向性改革。

在国家《"九五"计划和 2010 年远景目标纲要》中，明确提出要积极发展配送中心、代理制和连锁经营等新的营销方式。

代理配送制可以使工商企业间按照合理分工、风险共担、利益共享的原则建立起稳定的协作关系，从而保证医药商品快速、高效地流通。目前，美国商品批发总额的 80% 以上是通过代理制实现的。

代理配送制实行统一进货、统一市场营销策略、统一核算和批、零一体化，规模化经营优势明显。它以新的方式，将商贸代理企业与生产企业、配送中心与中小零售商和用户联结起来，形成网络，改变了传统商业企业组织形式，有利于建立大型的商贸企业，发挥大中型国有商业在流通中的骨干作用。代理配送制使商贸代理企业面对多个生产厂家，使配送中心为众多生产企业、超市、连锁店服务。

医药分业是医疗单位的医疗服务与药品经销从管理与经营上完全分开的一种医药流通新体制。

我国"医药合一"的体制是历史造成的。在这种体制下，医疗服务的费用被定得很低。医院的收入主要来自药品销售的利润，导致以药补医，以药养医，甚至靠药创收。这种体制的弊端突出表现在"小病大处方"和"高回扣让利"。前者使医药费用大幅度提高，使医药资源浪费；后者使假冒伪劣商品进入有了可乘之机。更为严重的是，它败坏了医风医德，直接给患者的健康带来不利影响。

长期以来，医药分业的呼声日益高涨。

但因这一变革由于牵涉到各种利益的分配，再加上我国医药管理体制"机构归口，分类管理"的局面，进行的难度比较大。自上世纪九十年代中后期，我国开始循序渐进推进医药分业工作。

中外合资医药连锁店的逐步开展允许外资进入医药零售业，引入国外先进的管理经验和经营方法，是我国医药流通体制改革的一个重要方面。

"全国医药行业的大调整大重组已成趋势，这是百年难遇的历史机遇，也是面临的严峻挑战！"

闻悉和了解国家实施药品分类管理和医药流通体制改革，凭借在中药材经营行业近二十年尤其是一年多来由保健品行业大起大落而转入医药行业的经验见识，杨文龙随即意识到，整个全国医药大行业的深层变革时间即将来临了！

这两大领域如此的深层之变，那将意味着什么？对此，杨文龙再清楚不过了！

"一个是药品生产，一个是药品销售，两大领域合二为一，那就意味着一家医药企业同时在药品生产和销售领域拥有了广阔的空间！"杨文龙看到了这两项改革对于医药行业企业不言而喻的重大发展意义。

建立在经验和见识基础上的敏锐直觉告诉杨文龙——对于自己和江西康美医药保健品有限公司千载难逢的机遇来了！

第二节　阔大蓝图跃然而现

在时光行进轨迹的遥望中，似乎总会有一些惊人对应的时间节点。

对于众多后来取得巨大成功的创业者来说，在他们风雨兼程、执著前行的历程中，往往是这样，数年前的一次令人扼腕失败，就有可能在几年后产生一次辉煌的胜利！

如果说，几年中杨文龙心怀激越选择进入保健品行业却不料深陷进退维谷是机不逢时，那么，这一次面临全国整个医药行业在医药分类管理和流通体制改革呈现出的重大机遇，这将是壮志与良机的不期而遇。

立于时代潮头，站在行业高端，杨文龙敏锐而深邃地意识到，这是自己实现企业跨越式发展千载难逢机遇。

这一次，杨文龙坚信是如此！

杨文龙无法不对这可遇不可求的重大机遇投以深切凝注的目光。

而且，他仿佛那样真切地感到，自己的胸臆间时常会涌动着一种无法抑制的激切之情，夜深人静凝思中，遥望夜空，眼前又仿佛有阔大而开阔的景象正奔涌而来……

他十分明确而深刻地知道，这机遇对于自己的重大意义。

"一定要抓住这千载难逢的重大机遇！"杨文龙告诉自己，抓住这一重大机遇，那将必定会让自己的人生事业真正跃入一个广阔而高端的舞台！

然而，他之所以有无法抑制的激切之情，之所以有奔涌而来的阔大而开阔的景象呈现于眼前，那是因为，他越是立于高处而纵观全国医药分类管理和流通体制改革，就能越发深层解读出改革将给全国医药生产和销售市场带来的多层次、宽领域巨变。

而在这多层次、宽领域巨变之中，各种机遇随之纷至沓来，令人目不暇接又让人一时不知如何面对！

是啊！突然呈现于面前的世纪之交不期而遇的这一机遇，太过宏大了，令人如此心潮澎湃了！

在宏大的思绪纵横驰骋中，杨文龙渐渐又开始意识到，自己必须在冷静而缜密的思考中，将目前和未来自己在医药生产和销售领域中的明确定位，置于全国医药分类管理和流通体制改革中。只有这样，才是真正抓住历史契机从而实现自己事业构想的路径！

杨文龙开始让自己的内心和思绪平静下来，他的思路渐而在准确的思路角度切入中逐渐清晰起来：

"从世界范围看，1993 年世界非处方药销售额为 325 亿美元，1996 年为 373 亿美元，1998 年则达到 571 亿美元，年复合增长率为 8%，预计 2000 年将达到 650 亿美元，平均年递增 9%。目前，世界 OTC 市场在总药品市场中约占 15%~20%，非处方药的利润率一般为 30%~50%，远高于处方药的 10%~15%。"

"1993 年，我国药品零售额为 70 亿元；1994 年为 110 亿元；1997 年约为 130 亿元，预计 2000 年将达到 200 亿元。零售市场占销售市场的比重已由 1989 年的 5% 上升到目前的 15% 以上，表现出良好的增长势头。同时随着我国医疗保健制度的改革，广大农村医药消费水平的提高等，我国的 OTC 市场前景乐观，潜力诱人，预计 2000 年我国 OTC 市场规模在 30 亿美元左右，我国将形成世界上最大的 OTC 市场。"

…………

从国际国内非处方药市场发展的这一切入点，杨文龙在全面深度了解的基础上，对我国未来非处方药市场发展渐向深远分析研判：

"实施改革之后，那大部分药品生产企业既生产处方药，又生产非处方药。可以说，中国非处方药的生产具有广泛的可获得性和广泛的普及性。随之，整个医药市场的未来格局将是另外一个全新的局面。"

"非处方售药是患者根据自身症状，不用医生处方而在药房购买所需的药品。它简便、疗效确切、不良反应小、安全有效。在我国非处方药尚处在萌芽阶段，但从医药市场发展的前景来看是大有作为的，也是势在必行。"

"随着经济的发展和科技知识的普及，全球的人们越来越重视自身的健康，也更乐于采用自我药疗的方式增进健康。如今，在我国，'大病去医院、小病去药店'的消费理念已日益得到人们的认同。那么可以预见，'去药店'今后将是人们购买非处方药实行自我药疗的主要途径。"

…………

"那么，江西康美医药保健品有限公司抓住国家医药分类管理改革的重大契机，以现有的妇炎洁洗液产品为基础，转而进入非处方药生产的领域，这无疑是公司实现发展飞跃的极好路径……"

对于抓住国家医药分类管理改革重大契机的思考，杨文龙最终落点在了以江西康美医药保健品有限公司为基础，进入非处方药生产的领域！

而对于国家医药流通体制改革的这一重大契机，杨文龙的思路也开始随即明晰起来：

"国家医药流通体制改革的重点之一，就是大力发展医药商业的连锁经营，而国家药品分类管理制度的实施又为发展医药零售连锁经营提供了广阔的空间。两个领域的改革实施后，我国医药零售连锁经营势必将迎来蓬勃发展之势，全国医药零售市场将是一片潜力巨大的广阔市场。"

"无论是从当年中药材经营的经验来看，还是就目前妇炎洁洗液产品正迅速拓展市场的情况来说，进入医药零售市场，那也将意味着我们拥有和掌握了非处方药的销售终端。而如何强化对终端的控制能力，又是医药商业企业必须需要解决的一个重大问题。"

"但就目前和今后一段时间来看，大举进军全国医药零售市场还不是我们的重点，我们实力还不够。可以预料到，在国家医药流通体制改革启动实施过程中，全国将有一大批医药零售连锁经营崛起，我们完全可以借助于别人的销售渠道网络，与之合作。"

…………

对于如何抓住国家医药流通体制改革的重大机遇，杨文龙思考的重点，又落点在了自己医药企业进入非处方药生产后的产品销售终端解决上！

至此，杨文龙由此前心潮澎湃的宏大思绪，逐渐完成了他在真切眺望到阔大机遇正从远方地平线向自己奔涌而来的冷峻沉稳之思。

这冷峻沉稳之思的丰盈收获，是杨文龙以敏锐的洞察力、果敢的豪情气魄和令人叹服的运筹谋局智慧，稳稳抓住了这一历史机遇期赋予的重大机遇，并规划和描绘出企业未来发展的宏大蓝图。

运筹帷幄之中，梦想纵横驰骋，宏大的人生事业蓝图呈现舒卷开来，那般壮阔与壮美。

这壮阔与壮美的蓝图，即在做稳做强现有江西康美医药保健品有限公司妇炎洁洗液产品的基础上，全面进军非处方生产，兼而在条件成熟时发展医药零售业，继而成为融医药生产、销售为一体的大型民营药业集团公司！

这一次，杨文龙为自己未来产业的谋局，同样是以他深刻而敏锐的洞察力为基础。

然而此时，已在近二十年市场经济历练中洗礼的杨文龙，运筹帷幄之间，已初显出其作为卓越民营企业家所具备的战略眼光和开阔视野。

第三节　争朝夕而进

"踏准国家药品分类和医药流通体制改革的每一个时间节点，那才可谓是真正抓住机遇的关键！"杨文龙深知，在机遇面前容不得任何的怠慢。

全国医药分类管理改革的时间已经设定于 2000 年 1 月 1 日，现在距离这个时间节点仅一年时间。杨文龙知道，自己实现梦想蓝图的脚步必须和时间赛跑，否则，将有与这世纪机遇失之交臂的可能！

为什么？这是因为，杨文龙十分清楚，对于整个医药行业的大小企业和从业者而言，这实际上是一场与危机挑战并存的良机，也可以说是一场大浪淘沙般的大洗牌。

此所谓良机，自不必言，而同时又可谓是危机。

而所谓大浪淘沙般的大洗牌，则是改革启动实施后，潮涌而来过程中摧枯拉朽式的优胜劣汰、此消彼长、适者生存和强者磅礴崛起、弱者销声匿迹……

因而，杨文龙知道，绝不仅仅只是一部分人看到了这千载难逢的机遇和严峻挑战，而是无数的目光早已聚焦于此、各种深谋远虑的思想也早已交锋于此，并一定有未雨绸缪的先行者。

是的，的确如杨文龙所预料的那样，当国家将实施医药分类管理、市场流通体制改革的消息不胫而走之时，在整个全国医药行业从生产企业到市场经营者中间就开始引发了强烈的反响，敏感的人更是嗅到了重大变革即临的端倪。

1999 年国家正式公布改革的时间节点后，犹如"一石激起千层浪"，全国医药行业几乎所有大小企业都迅速以积极的姿态应对，不管是国有医药企业还是民营医药企业。

进入 2000 年，形势已十分明朗。

再看，决意抓住并借助这重大机遇崛起、避免滞后而陷入被动困境的先行者，已迈出了令人惊叹的步伐。

2000年6月，为适应医药流通体制改革后新的市场状况，金陵药业和南京医药在短短的3个月内实现了强强联合，共同成立了南京医药产业集团公司。联合后的两家企业将实现资源共享，大大增强了实力，必将在市场中表现出更强的竞争力。

2000年9月，面对医药零售连锁店规模化、集团化、集约化的发展趋势，上海的几家"雷允上"医药连锁店开始着手实现联合，共同成立了上海雷允上药业有限公司，从而成为上海最具实力的中药企业。而上海最大的医药零售企业——上海市第一医药商店有限公司在不断做大"第一医药"的品牌中，已与哈慈集团强强联合共同组建了上海哈慈一医药业有限公司，并力争成为全国最大的药品总代理。

2000年10月，在四川省政府的主导下，对省内7家市场竞争力不强的国营医药企业实施重组，引入民营医药企业。而四川省此举的战略意义十分明显，即为即将启动实施的国家医药分类管理和医药流通体制改革做好应对政策，探路先行。

…………

进入2000年，一种时不我待的紧迫感仿佛在时时催促着杨文龙。

"如果我们现在不加紧把握形势，抓住机遇谋求突破，那么，我们将很快被残酷的市场竞争所淘汰。"

"尽管我们江西康美医药保健品有限公司的妇炎洁洗液产品的发展突飞猛进，如果我们不在这次大洗牌过程中借机崛起，那将来我们还是会无法生存发展下去。"

"中国医药行业的大调整、大重组已成趋势，这既是百年难遇的历史机遇，也是仁和面临的严峻挑战。仁和不尽快做大做强，就无法在这个大调整、大重组中求生存、谋发展，这才是真正的生死攸关。"

"危机危机，有危险有机会。实际上危机这两个字放在一起是有深刻含义的，就是危险有的时候会变成机会，但是机会有的时候也会变成危险，永远是相辅相成的一个概念。"

············

2000年元月，在江西康美医药保健品有限公司新年工作部署的第一次管理层会议上，杨文龙出人意料地完全置公司过去一年发展、新的一年部署展望而不顾，其会议讲话的重点全部都在如何加紧实施、实现企业新蓝图的进程。

杨文龙的每一句话，分明都能让人那么强烈地感受到他内心的紧迫感！

对企业发展具有重大而关键意义的战略，在管理层形成一致的共识，将产生强大的凝聚力和执行力。

在深刻认识到这次重新谋局对于企业今后发展非同寻常的深远意义后，江西康美医药保健品有限公司所有人员开始分成两支工作各有侧重点的队伍——一支负责江西康美医药保健品有限公司的生产销售，力争使妇炎洁洗液产品在2000年取得骄人的市场业绩；另一支负责按照既定的发展布局蓝图全面推进这项工作。杨文龙作为总负责人，同时兼顾这两大工作而又重点在后者。

缜密的部署之下，与时间赛跑的各项工作紧锣密鼓随即展开：

未来进军医药生产领域，那就必须首先成立一家医药生产企业——2000年9月26日，江西仁和药业有限公司正式组建成立。

按照对接国家药品分类和医药流通体制改革的机遇构想，江西仁和药业有限公司横跨医药生产和销售两大领域。

之所以在组建医药生产企业取名中取"仁和"二字，这是杨文龙经过深入思考的。而在这样的公司名称里，实则蕴含了杨文龙自己对未来在医药事业领域中的全部人生与事业价值追求。

"仁和"的企业理念——人为本，和为贵。

"仁"，是儒家文化的核心。简单地说，"仁"就是仁者爱人，就是以人为本。

　　"和为贵"，句出《论语》："礼之用，和为贵。"是人本理念的延伸，包含着自然的和谐、人与自然的和谐、人与人的和谐以及自我身心的和谐。

　　仁和企业徽标，由一轮红日和有力的"人"字构成，简洁明了。它由红色、白色、黑色三种颜色组成，有着极强的视觉冲击力，便于传播。

　　"红日"则代表着一种真挚的热情和丰收的喜庆。它冉冉升起，光芒万丈，是一种蓬勃、奋进的力量。太阳代表光明，红色代表爱心，日出象征着仁和人以澎湃的激情和勇于探索的精神，在追求中不断进步，致力于人类的健康事业。

　　"人"体现仁和的核心精神理念："人为本，和为贵。"人之为本，源于儒家"仁者爱人"的学说，可谓历史渊远。当今企业的竞争，就是人才的竞争，利润要靠人来创造，市场要靠人来开拓，企业要靠人来管理，因此公司以"人为本"作为公司的企业理念；"和为贵"指的是公司内部员工和睦相处，团结一致，也指企业与客户、合作伙伴关系的融洽。这一理念高瞻远瞩，极大地增强企业的凝聚力和向心力。

　　"人字一捺，跨出红日"，象征着仁和人勇于挑战、勇于创新、积极开拓的精神。同时也体现了一种对自我的突破和超越。

　　仁和企业吉祥物，被命名为"笃笃"——一只可爱的、小巧玲珑的啄木鸟。它取药都"都"的谐音。啄木鸟卡通形象，穿着绿色大衣。绿色代表着环保和健康、手持仁和旗帜，体现企业"以人为本，知人善用"的企业理念。机灵的笃笃大踏步向前迈进，充满朝气，象征着企业不断进步，蓬勃向上的精神面貌。可爱的笃笃，右手高高举起，象征着仁和的大门为所有有志之士敞开，海纳百川、有容乃大。欢迎有识之士加入仁和大家庭，创造一片属于自己的天空，实现自己的人身价值。

　　后来，杨文龙还专门请全国著名词作家秦庚云到仁和公司进行实践，创作了《仁和之歌》。歌词中这样写道——"在那美丽的赣江边，有一棵古樟树，在好大的树荫下，有我可爱的家……我为人类健康服务，把最美的蓝图精心描画，仁爱亲和，精诚团结，双手浇开世纪之花……以人为本，以和为贵，把永恒的事业做强做大，求真务实，开拓进取，筑起仁和宏伟大厦……"

中国传统文化历史悠久，厚重博大。儒家文化是中国传统文化的主流。儒家文化不但形塑了几千年来中国人的意义世界和生命世界，也形塑了中华民族的民族特征和文化个性。诞生于古代中国的中医药文化，是中国传统文化的组成部分。

在一开始谋划未来的人生事业蓝图中，杨文龙就决心秉承"为人类健康服务"的宗旨，遵循"人为本、和为贵"的理念，弘扬"精诚团结、与时俱进"的精神，为振兴祖国医药事业作出积极的贡献。

杨文龙深知，医药行业有别于其他任何行业，唯有心怀敬畏，用爱心去耕耘，用爱心去创造，实现奉献于人类健康事业的崇高理想，把振兴祖国医药事业作为自己的神圣使命，才能真正立足于这一行业，继而去开创一片广阔的事业天地。

时光行进到了世纪之交，杨文龙正是在这样具有历史性意义的重大时间节点里，完成了自己波澜壮阔般的事业谋局。

第六章
仁和药业航母扬帆启航

有胆有识，是杨文龙成功创业的一个重要因素。

在为进入医药生产和经销两大领域做好充分部署之后，从 2001 年起，杨文龙带领仁和药业集团团队，开始了卓尔不凡的奋力前行。

杨文龙眼光胆识兼备，同时更具稳健风格。他深知，凡成功必须有远见卓识，但还得一步一步踏实前行。为此，他制定仁和药业集团从 2001 年至 2005 年发展的第一个"五年计划"。

首先在销售网络上精心布局拓展，让仁和医药得以在很短的时间里拥有广阔的基础市场。随后又通过大胆的兼并收购，不断建立并壮大仁和药业集团在医药生产上的强大实力。

新千年之首，在机遇与挑战并存的医药行业，仁和药业航母由此破浪启航。

"不但要注重外延规模扩大，更要注重技术内涵提高"的战略决策。

从 2001 年开始，在杨文龙的主持下，仁和药业集团累计投入上亿元资金对所属工业企业实施了全面的 GMP 改造。

与此同时，具有敏锐市场洞察力的杨文龙更是深刻意识到，未来市场的竞争不仅是产品的竞争，更是品牌的竞争。中国是世界上品牌快速成长的最后一块处女地，仁和药业集团必须抓紧机遇，必须不惜代价做好品牌建设，必须瞄准"百年企业"的目标打造仁和品牌。

为打造仁和品牌美誉度和影响力，2004 年，仁和药业集团品牌管理团队整体迁入北京。2005 年，杨文龙亲率团队二下合肥、两上沈阳、坐镇北京，被仁和员工誉为连打了"辽沈""淮海""平津"三大战役，一举夺得华东五省卫视台"金牛品牌工程"标王，与全国 17 家卫视台签订了广告联合播放协议，获得了中央电视台"焦点访谈"等 5 个黄金时段的优质广告资源。三大战役，连战皆捷，仁和从此在中国传媒界风生水起，仁和品牌的知名度和美誉度得到大幅度提升。

实力和品牌的稳健崛起，让仁和药业集团在发展的第一个五年计划里于全国民营医药企业中开始异军突起。

"一五计划"期间，仁和药业集团的销售收入由 2001 年的 5000 万元增长为 2005 年的 10 亿元，年均增长率 109.3%；贡献国家税收由 2001 年的 135 万元增长为 2005 年的 6000 万元，年均增长率 143.6%。取得了令人瞩目的成绩。

第一节　振奋人心的成功第一步

"从 2000 年开始，初步建立起符合社会主义市场经济体制要求的处方药与非处方药分类管理制度和与之相适应的新的药品监督管理法规体系，再经过若干年，建立起一个比较完善、具有中国特色的分类管理制度……"

这是国家医药分类改革的重要起始时间节点和未来规划。

毫无疑问，经过前期的精心准备和一系列举措的实施，杨文龙在组建成立江西仁和药业有限公司上，踏准了这一重大时间节点。同时，杨文龙对仁和药业未来的发展远景也有了深入的思考和较为充分的准备。

那接下去，就是为实现已绘就的仁和发展蓝图而付诸努力了。

时间悄然行进到了 2001 年。

"凡成功必须有远见卓识，但还得一步一步踏实前行！"在近二十年尤其是在从创立樟树华东中药材收购站到江西康美医药保健品有限公司的十多年过程中，杨文龙深深懂得了一点，那就是首先要明确前行的方向与目标。

"我们要制定阶段性的方向与目标，然后按照这个阶段性目标和方向一步步去实现，那么我们向着未来发展的大方向和大目标才能得以实现。"经过深入思考，杨文龙决定以每五年为一个阶段性的时间节点，立足现实而又放眼未来，确定仁和医药在十五年时间里的发展方向目标。

在杨文龙的内心深处，一个企业最重要的是要确立明确的、长远的企业使命和企业文化，这是企业能成长百年的根本。用高远的理想来凝聚团队、指引未来，企业才能走得更高、更远与更稳健。

按照这一总体思路，仁和医药在未来朝着集团化大方向发展的基础上，即自2001年至2015年，将实行分"三步走"的发展总体战略：

仁和"一五计划"的重点，是"建设高素质的销售团队和遍布全国的销售网络，建立现代化的医药生产工业基地"。

接下来的"二五计划"，核心是以企业品牌和产品品牌建设为核心战略，全力推进企业的规模化、品牌化、科技化、管理科学化和运营资本化。

"三五计划"主攻方向，是在充分利用成功实施第一、第二个"五年计划"所获得的实力条件和丰富资源基础上，瞄准国际市场，全力打造仁和企业从技术研发、产品生产到经营管理的高科技核心竞争力，从而走向更为高远的发展目标。

大方向和总体目标清晰，阶段性重点业已明晰。至此，杨文龙认为，全面实施仁和发展蓝图的时机一切已水到渠成！

"建设高素质的销售团队和遍布全国的销售网络，建立现代化的工业基地。"杨文龙在制定仁和"一五计划"发展的重点时，之所以将高素质的销售团队的建设和遍布全国的销售网络的建立放在首位，是基于这样两大重点考虑：一是因为"妇炎洁"产品已开始在局部市场显示出强大的市场认可度与美誉度，在组建仁和药业之后，"妇炎洁"将是公司起步发展过程中具有中流砥柱作用的产品，"妇炎洁"产品销售迅速扩大将为仁和医药在第一个五年起步发展阶段蓄积强大的实力。因此，当建立建设高素质的销售团队和遍布全国的销售网络来快速扩大"妇炎洁"产品的市场份额。第二，仁和医药确定是在医药生产和销售两大领域同时发力，遍布全国的销售网络的建立，是仁和医药生产获得成功保障的关键前提。

实际上，在2000年上半年，杨文龙将"江西康源药业有限公司"变更为"江西仁和药业有限公司"，就是在为仁和药业集团商业体系的构建与发展奠定组织基础。而且，从当年起，仁和药业就广泛延揽营销人才，进行营销专业学习培训，公司第一期47名营销员培训班在樟树市武警中队开班，实行封闭式培训学习。

2001年初，仁和药业建立建设高素质的销售团队的工作正式展开，广泛延揽营销精英人才的力度空前。与此同时，对营销人员开展专业学习培训的工作有条不紊地进行。

历经多年市场营销的历练，此时的杨文龙对于布局全国的销售网络已具有丰富的经验。

在仁和药业公司内部，2001年1月3日，商业总部成立，下设营销一部、营销二部、营销策划部、业务部等机构，每一个部门和机构都建立具体而清晰的职责和具体分工。商业总部的成立，使得仁和医药的营销管理有了高效统一的指挥调度中枢系统。

随后，在全国市场的布局中，杨文龙按地域将仁和医药在全国的销售版图划分为十二个大区域，每一个大区域设立办事处，配置大区域经理及一整套工作人员。大区域之下，又按照同样的设置方法拓展构建销售区域。而且，对于公司重点销售区域，在区域办事处的人力、物力和财力的调配上还给予重点支持。

经过3个月紧张而有序的精心组织，仁和药业销售团队建立及公司内部销售机构设立、全国市场布局各项工作初步完成。

尔后，从商业总部各个部门机构到全国大区域办事处，所有经过严格专业培训学习的行销人员全部有序到位。

杨文龙深信，自己一手建立起来的仁和药业这支人数达数百人之众、拥有高素质的销售团队，必将是一支能征善战的营销铁军。

而这支已做好各方面充分准备的营销铁军，也犹如枕戈待旦的将士，只待杨文龙一声令下，将以纵横捭阖之势去开疆拓土，打开仁和药业通向前方成功的发展之路。

这样充满期待的时刻终于来了！

2001年4月26日，仁和药业有限公司全国营销工作电话会议在樟树市电信局召开，这是仁和企业首次在全国范围以远程形式召开的营销工作会议，也是杨文龙正式下达命令，开始率领他的仁和药业销售铁军在全国营销版图上去征战的开端。

事实上，这次全国营销工作电话会议远不只是下达全国营销开始的征战令。更为重要的是，杨文龙要将自己在多年营销实践中形成的丰富经验传授给每一位销售精英。

…………

作为仁和药业起步的营销开局，在某种意义上是承载着仁和事业远大抱负和梦想极为重要的开端。因而，从杨文龙到公司的每一个人都充满着深切期待。

而接下来，整个仁和销售团队果然没有让杨文龙失望！

首先是从华东、华中和华南这些销售区域，销售业绩的捷报不断传来，继而是西南、东北再至西北……代表销售业绩的喜人数据不断在攀升，一个又一个销售记录每个月都在打破纪录。

到8月，仁和药业集团商业营销总部实现当月销售回款900万元，创历史新高。

短短几个月，仁和"妇炎洁"产品在全国的销售全面铺开，而且每进入一个新的销售区域都无一例外地迅速得到当地广大消费者的认可。仁和"妇炎洁"这个区域性保健医药品牌，正日益成为全国性区域品牌。

全国营销出现的良好开端局面，无不让仁和药业每一个人为之振奋欣喜！

"我们当这良好的开局为契机，向市场纵深发展！"杨文龙认为，仁和药业销售要真正在纵横两个维度打开和拓进全国医药市场，那就必须在销售的规模和力度上有力推进。

由此，仁和药业"营销奋战一百天动员大会"的计划悄然开始在杨文龙脑海中形成。

2001年9月25日，仁和药业召开"营销奋战一百天动员大会"，集团销售人员、总部机关员工及生产一线的员工代表参加了大会。杨文龙在会上宣布2001年百天营销大战开战并提出："任何时候我们都是创业阶段，任何一个月我们都要创历史纪录！"

在"营销奋战一百天动员大会"上，各级负责人员签定"军令状"，纪律从严、奖励从优、处罚从重。正是从这一次"营销奋战一百天动员大会"开始，仁和药业开始建立形成了一整套严格细密的销售激励机制。

这一整套严格细密的销售激励机制，激起了仁和销售团队全体人员空前高涨的激昂斗志，从公司营销总部到全国各区域销售办事处，齐心协力，攻坚克难，掀起了规模空前的营销大会战。

一位仁和药业销售精英，在回忆当年开展"营销奋战一百天动员大会"情景的一篇日记——《仁和人在春城》中，记录了那100个激情满怀的日夜：

春城——昆明，地处低纬度高原，天气常如二、三月、花开不断四时春，所以叫"春城"。三年前，我自豪地以"仁和人"的身份走进了这座陌生而美丽的城市。

不知不觉，我在这个城市呆了近四个年头。春城，这个城市在我的心里已不再是当初的那种陌生，而是现在的这种熟悉得不能再熟悉的亲切。昆明的大街小巷到处都有着我们仁和人留下的足迹。正是因为这些足迹见证着我在仁和的成长。工作中遇到了太多让我感动的点点滴滴，也让我更加体会到'仁和'的企业文化和人文精神，是它一直在指引着我成长、进步。

云南省，地处偏远，地理文化差异以及人们的消费观念等因素，一直都影响着我们营销工作的开展。云南属于内需型市场，且山高路险，交通极为不便，境内多为崎岖的山路，很多的时候，为了下到一个县级市场拜访客户，天没亮就哼着《仁和之歌》赶班车，一般都是在悬崖峭壁的山上迂回盘旋5至6个小时才能抵达目的地，可兄弟们从不畏艰险、起早摸黑拓市场，谈分销，访终端。尽管这样，每年逢大战，我们省区阵地的堡垒还是被震得摇摇欲坠，但省区的兄弟们从不言弃，迎难而上，正是因为我们的这种对工作的执著精神，感动着客户，得到了大家对我们工作的大力支持与肯定。工夫不负有心人，我们最终意外又幸运地收获着。总结后才发现，原来这些幸运的背后都得益于省区汪总对市场客户的掌控，以及对我们兄弟式的教诲及管理。而完美的管理有七成理性三成感性，或者说，七成规则三成艺术。回想去年，金融危机席卷全球的时候，我们在OTC一部张部长的正确指挥下，在省区汪总的带领下终于以超600万的业绩完成了全年各项目标任务，为省区今年的工作打下坚实的基础，这个成绩的取得归根到底是遵循营销规则的产物，更是管理艺术下的产物。

奇迹是人创造出来的。9月，总部下达大战精神后，省区汪总科学部署，在省区例会上确定本月目标任务500万。而我们都清楚地知道要完成这个目标任务谈何容易。会上，汪总语重心长地对我们说：奇迹是人创造的。当然创造奇迹的准备条件是必不可少的，常言道"预则立不预则废"。有些准备是需要我们长期的积累，有些准备是对对方必要的了解，掌握好度，该出手时就出手，我们就一定能达成目标。

为了这个目标，整个省区的兄弟们不约而同地进入紧张而有序的准备，汪总指导大家重新分析市场，调整战略战术，找准客户需求，确保分销渠道畅通，整个省区大战氛围融洽，省区兄弟们团结一心，在张部长的领导下，在汪总的带领下，兄弟们各尽其责，尽情发挥，本月终于又重新书写了云南的历史，实现了单月600万元回款，取得了大战开门红。这个成绩的取得又一次激励着我们向前进，同时也告诉我们，整个云南市场前景是乐观的。

9月的昆明，阳光明媚，气候如春，景色宜人。而兄弟们，并没有因为这样怡人的景色而驻足观赏。因为我们知道后面还有更艰巨的任务在等着我们去完成，只要我们齐心协力，坚持不懈，我们就一定能在省区汪总的带领下完成全年各项目标任务。因为我们是在春城的仁和人，把仁和的产品扎根在春城是我们的责任和义务！

这是仁和销售精英在"营销奋战一百天动员大会"里的一个缩影，但折射出的，却是仁和整个营销团队坚韧不拔、攻坚克难的集体精神。

而在杨文龙眼里，具备了这种拼搏精神的仁和营销团队，未来广阔市场又何愁不能开拓！

一百天之后，"营销奋战一百天动员大会"如期结束，销售总业绩再创历史新高。

"'营销奋战一百天动员大会'是仁和药业市场纵深开拓中的重要举措，其成效足以证明这一点。"从此，每年的9月至12月，仁和"营销奋战一百天动员大会"都如期展开。而仁和商业总部在每一年中又配以组织展开各个销售区域的"营销奋战动员大会"。

从2001年到2005年，仁和销售团队建立和巩固了遍布全国30个省市自治区、设有56个省级办事处、486个地级工作站的营销网络，累积开展"营销奋战动员大会"达数百次。

具有强大市场开拓力的营销团队的建立，在营销活动开展上的高效和气势，让仁和药业在短短几年时间里打下了坚实的市场基础。

"销售以渠道为王。"遍及全国的销售网络，成为仁和药业随后磅礴崛起的至关重要的市场前提。后来，以至于有人愿出价3亿元购买仁和药业集团这个富有价值的营销网络。

第二节　演绎"蛇吞象"惊人之举

建立现代化的医药生产工业基地，这是杨文龙要在仁和第一个"五年计划"中实现的重大目标。

2001 年 3 月，江西药都仁和制药有限公司顺利成立，这就是后来的仁和药业集团第一家药品生产企业。

医药生产企业的组建成立，标志着仁和药业准备开始全面进入非处方药品的生产。

但这并非意味就可以从事药品生产了。因为，国家对于从事药品生产的企业，从获准具备生产资格、批准药品生产再到药品检测合格投入使用等一系列环节的要求极其严格。

为此，江西药都仁和制药有限公司需要在生产设备、技术等方面投入巨大的人力、物力和财力。

而要实现完成这一切的基础，一开始，杨文龙不得不靠企业自身实力的蓄积。

然而，渐渐的，杨文龙发现依靠企业自身实力蓄积来实现医药生产工业的完成，其速度和规模都受到极大的限制。尽管，依靠成功的营销"妇炎洁"产品在全国市场快速发展。

"怎样才能实现弯道超车，让我们的企业尽早进入药品生产？"杨文龙明白，如果依据仁和药业现有的企业实力和按照正常流程时间，那么江西药都仁和制药有限公司开始药品生产起码需要两年左右。

这样的时间长度等不起，必须另辟路径。

那么，到底有着怎样的路径呢？

这路径就是对具备医药生产资格、拥有成熟生产的国有医药企业进行兼并重组，从而使自身企业获得药品生产的一切合法资质和条件。

而恰好在此时，杨文龙又敏锐地发现，自己有可能走这条路径的机遇也水到渠成。

杨文龙敏锐发现的情况是这样的：

众所周知，改革开放过程中，自八十年代以来随着改革的深入，国有经济布局和结构调整力度加大，大多数国有企业进行了公司制改革，企业改制和产权转让逐步规范，国有资本有序退出加快，国有企业管理体制和经营机制发生深刻变化。

1996 年 3 月，第八届全国人民代表大会第四次会议又对国有企业改革提出了新的思路，除了继续推进现代企业制度外，提出"抓大放小"的改革思路，加快国有中小企业非国有化的过程。

国有企业，尤其是大中型国有企业，是中国社会经济大厦的重要支柱。新中国成立五十一年来，国有企业为中国经济的恢复与发展作出了重大贡献。然而，经历了半个世纪的发展，特别是面对中国社会经济的转型和新经济时代的到来，由于体制的、经营的、管理等诸方面积淀下来的问题，中国的国有企业面临着举步维艰的困境。国企这艘大型航空母舰不"突出重围"，中国的经济改革将无法继续前行。

回顾国有企业改革的路程，从"扩权让利"开始，逐步深化，走向改革整个国有企业管理体制，是从"点"走向"面"，从力图搞好每一个国有企业走向整体上搞好国有经济的改革历程。

1998 年，全国三分之二以上的国有企业亏损，全国国有企业所有利润相加，只有区区 213.7 亿元。

1999 年 9 月 22 日，党的十五届四中全会通过的《关于国有企业改革和发展若干重大问题的决定》，对国有企业改革的目标、方针政策和主要措施作出了全面部署，提出公司制是现代企业制度的一种有效的组织形式。

这是国家发出的对国有企业进行大刀阔斧改革的强烈信号，一场涉及全国各地的国有企业改革即将全面启动。

世纪之交，江西国企改革进程再次提速。

按照国家对国有企业改革的总体部署，在推进全省国企改革的进程中，为适应国家即将实施的药品分类管理和医药流通体制改革需要、做大做强江西医药产业规模实力，江西省委、省政府将加快推进全省国有中小医药企业的改革列入了这一轮国企改革的内容之一。

上世纪六七十年代，江西是国家医药生产的重点省份之一，国家在江西投建了一批医药生产企业。

但改革开放后尤其自九十年代初以来，江西这批国有医药生产企业特别是中小医药生产企业在越来越激烈的市场竞争中渐显发展乏力，加之设备陈旧，管理落后，存在严重的不规范经营，逐渐开始陷入生存发展困境。

对全省国有中小医药企业改革的主要思路，其中的一方面，就是希望通过兼并重组的路径，让其重焕生机活力。而兼并重组过程中，重点又是引入一批规模实力强、发展潜力大的民营医药企业对这批国有医药生产企业特别是中小医药生产企业实施兼并重组。

在改革开放近 20 年的发展中，江西全省已崛起一批优秀的民营医药企业，民营医药企业已成为江西医药产业发展的重要力量。

这也正是江西省委、省政府借国企改革之机、顺应药品分类管理和医药流通体制改革大势，希望全省医药产业形成国有和民营医药企业互促发展，让全省医药产业规模实力在新千年有一个崭新发展开端的良苦用心！

就樟树市而言，本地国有医药生产企业不少且大多规模也较小。在世纪之交，樟树市市委、市政府也希望通过引进一批实力规模都较强的民营医药企业，在对当地困难中小医药国有企业实施兼并重组的过程中，培育和壮大本地医药生产企业实力。

"这对我们来说是较好的机遇！"杨文龙敏锐意识到，通过走兼并重组国有困难医药生产企业这条路径，是快速建立仁和药业生产工地基地的一条可行路径。

看准了这条路径可行性极大的杨文龙，随即开始与有关部门展开沟通，真诚恳切地表达自己的想法和意愿。

然而，一开始却并不顺利。

"一个注册资金仅 600 万元的小型保健品医药公司，居然想对国有医药生产企业搞兼并重组，还计划将要形成现代化药品生产基地和全国范围的市场营销网络。"起初，相关方面和部门的不少人认为，杨文龙这样的想法近乎狂妄之举。

产生这样想法的一些人，也并非没有道理。因为当时，在民营医药企业兼并国有医药企业的案例中，几乎没有一家不是具有雄厚实力的民营医药企业。

"仁和的'妇炎洁'产品已开始显现出强大的品牌实力，如果看到这一点，我相信别人会改变对我们的看法！"杨文龙依然这样自信地认为。

不久，樟树当地一家国有制药企业——樟树奇力制药厂进入了杨文龙的视野。

樟树奇力制药厂曾是一家效益不错的国有制药企业，但是，从九十年代中后期开始，这家制药厂却在越来越激烈的市场竞争中因为技术、管理等各方面落后的原因而导致连年亏损。到 2001 年，樟树奇力制药厂已处于停产闲置状态。

"如果仁和药业能兼并收购樟树奇力制药厂，不仅盘活了国有资产，而且在注入资金投入生产技术改造后将使得仁和药业的实力很快增强。"杨文龙在向樟树市政府提出的兼并收购方案中，对于如何盘活樟树奇力制药厂也给出了自己的详细方案。

尤其是杨文龙在方案中提出，仁和药业在对樟树奇力制药厂实施兼并重组后，该厂的员工按照自愿原则，只要愿意继续留在企业的，仁和药业热忱欢迎。

"这是具有社会责任感的一家民营企业！"最终，樟树市政府提出，对仁和药业的成长发展前景进行深入考察评估，着重从企业成长性角度来考虑仁和药业的企业实力。

在接下来的经过考察评估中，各方对仁和药业的发展前景不但给予了充分肯定，而且认为，这家医药民营企业完全具备在未来成为樟树市本土实力品牌医药民营企业的可能。

2001 年 8 月，在樟树市政府的支持下，杨文龙投入资金 528 万元，成功地收购了长期闲置的原樟树奇力制药厂。

杨文龙让自己的设想变成了现实！

2002 年，在杨文龙的努力下，仁和药业又先后收购了铜鼓威鑫制药有限公司、峡江三力制药厂。

这两家国有困难制药厂之所以被仁和药业成功收购，同样是当地政府看中了仁和药业极具成长性的发展未来。

2004 年 8 月，仁和药业又成功参股了樟树市最大的国有医药企业——樟树医药集团，成为新组建的药都樟树医药实业发展有限公司最大的股东之一，占有 42.5% 的股份。

通过对这些国有制药厂的收购兼并，又成功参股国有医药企业，短短几年时间，仁和药业集团已粗具规模。

仁和药业集团的兼并、收购运作就像出鞘之剑一样锋芒眩目而令人钦叹！

与此同时，仁和药业集团又投资在南昌高新开发区组建了江西闪亮制药有限公司，打造了现代化的生产基地。

不但要注重外延规模扩大，更要注重科技内涵提升——杨文龙从企业未来发展的战略高度，在对国有制药企业完成一系列兼并收购后，提出了仁和药业集团的随后发展思路。

在市场竞争中，品牌的有无和大小越来越成为竞争的决定性因素。没有品牌就没有市场，就没有竞争力。创品牌、创名牌，是仁和做强做大的根基。在产品品质日趋同质化的情况下，品牌就成为制胜的核心竞争力。

从仁和制定五年计划以来，战略重点已转移到品牌建设中了。仁和坚持以创新为标准的"多品牌发展战略"。通过产品研发创品牌、创名牌，斥巨资投入对企业和产品的推广，不仅推动了仁和自身的发展壮大，也在潜移默化中为整个中国民族医药产业树立了优质的形象。

创品牌、创名牌，是仁和做强做大的核心竞争力。仁和只有不断地开发新产品，打造新品牌，做到"人无我有、人有我优、人优我奇"，才能满足消费需求，掌握竞争的主动权，使名牌产品永葆青春，使企业越做越强。仁和是一家年轻的企业。年轻，则意味着求新思变、敢作敢为。在制药行业中，仁和讲究"术有专攻"，以自己的核心技术赢得市场的主动权。

面对企业创立之初资金周转缓慢、市场竞争激烈、产品销量不佳等现状，杨文龙决定以"产品研发，科技创新"为突破口。

市场竞争是质量的竞争，更是技术实力的竞争。为提高企业的技术水平，从2001年至2005年，仁和药业集团先后投资6000多万元，对药都仁和、峡江仁和、铜鼓仁和三个制药子公司的20个剂型进行GMP改造。

GMP是一套适用于制药、食品等行业的强制性标准，要求企业从原料、人员、设施设备、生产过程、包装运输、质量控制等方面按国家有关法规达到卫生质量要求，形成一套可操作的作业规范帮助企业改善企业卫生环境，及时发现生产过程中存在的问题，加以改善。简要地说，GMP要求制药、食品等生产企业应具备良好的生产设备，合理的生产过程，完善的质量管理和严格的检测系统，确保最终产品质量（包括食品安全卫生）符合法规要求。

到2004年，仁和药业集团已有17个剂型通过了国家食品药品监督管理局的GMP认证，是宜春市首家通过GMP认证的制药企业，也是江西省通过认证剂型最多的药品生产企业。

大规模的GMP改造，使得仁和药业集团在药品生产领域奠定了雄厚的技术实力基础。

在巩固"妇炎洁"等龙头产品的基础上，仁和药业集团先后开发出眼洁液、蛇胆川贝胶囊、健心片、参鹿补片、红花油、风油精等一系列药准字号产品。

经过不懈努力，集团公司研发生产的中西药产品、保健产品已达到13个剂型、100多个品种。

2003年到2004年，仁和药业集团开发的新产品占全省制药企业新产品开发总量的四分之一，受到江西省药监局的表彰。其中，开嗓喉宝、眼洁液等一批产品获得江西省优秀新产品奖，高科技产品"健心片"被列入国家"863"计划。"伊康美宝"、"仁和"商标先后被评为江西省著名商标。

一个企业最重要的是要确立明确的、长远的企业使命和企业文化，这是企业能成长百年的根本。用高远的理想来凝聚团队、指引未来，企业才能走得更高、更远。理想抱负固然重要，但考量一个企业成长更关键的是事无巨细的执行力。不管是在哪个行业，都要"用专业的人做专业的事"。仁和药业集团在延伸规模与构筑内在强大实力的同时，又着手引进一批优秀人才，建立自己的人才队伍。技术改造与新产品开发，一大批优秀人才的引进，为仁和药业集团参与市场竞争奠定了坚实的技术基础。

第三节　未雨绸缪图大业

随着仁和药业航母的组建成功，杨文龙开始意识到，建立一整套高效科学的管理制度来实施对集团的管理已摆上了重要日程。

而且，杨文龙更深知，面对激烈的国内外市场竞争，仁和药业集团要想实现战略发展目标，保证可持续发展，就必须对传统的企业管理制度进行创新。

"必须按照现代企业管理制度的理念，同时又结合仁和药业集团自身实际来构建高效科学的管理制度和体系。"在这样的思路下，杨文龙最终构建起了仁和药业集团建立在现代企业管理制度基础上的科学管理体系。

在这套管理体系之下，与许多民营企业不同，仁和药业集团有两套领导班子，一个是决策班子，一个是经营班子。决策班子由杨文龙亲自主持，抓战略、抓决策、抓执行监督。经营班子抓决策执行、抓经营运作、抓日常管理。决策与执行分离，有利于决策者谋大事、谋长远、谋战略，也更有利于实施监督。

这是杨文龙学习国有企业管理长处的创新之举。他认为，国有、民营、外资，体制不同，各有优势，只要适合于仁和，有利于仁和，就值得学习借鉴。

企业文化的形成是企业管理成熟的标志，一个企业要想做大、做强、做优，就必须从经验管理向科学管理、文化管理过渡，实现人、财、物等资源的最佳整合，全面提升企业的核心竞争力。

在着力构建仁和药业集团现代企业管理体系的过程中，杨文龙以一位现代企业家与时俱进的时代精神，对仁和企业文化建设给予了高度关注。

"企业文化核心内涵在企业文化的结构上属于精神思想层，即我们的企业宗旨、企业理念和企业精神。我们所做的每一件事、制定的每一项计划、企业的外在形象、每一个制度、报告，甚至我们的衣着、每一个动作都不经意地体现出仁和企业的文化内涵。"2000 年 11 月 1 日，第三期《仁和事业》报首次刊登了仁和"企业宗旨""企业理念"和"企业精神"。

紧接着，经杨文龙董事长亲自指导，第四期《仁和事业报》发表了题为《倡仁爱、贵和睦、重诚信，创仁和伟业》的署名文章，对仁和企业的宗旨、理念、精神进行了基本诠释。这是在仁和企业文化的发展过程中具有里程碑意义的重要事件。

在创业伊始的弱小阶段，即确立"为人类健康服务"的企业宗旨，为仁和企业文化注入了仁和人志存高远的共同愿景与理想，"人为本、和为贵"的企业理念，奠定了仁和企业文化以"人本"为核心的精神基石，而

"精诚团结""求真务实"的企业精神更是创业期广大员工与企业风雨同舟、荣辱与共的精神提炼。

杨文龙认为，企业文化不是一朝一夕形成的，企业文化建设成效如何，关键在于企业文化的理念和精神能否内化到员工心中，转化为员工的自觉行为。要做到这一点，关键要将企业文化予以固化，将无形的理念转化为有形的制度，这也是企业文化理念得以贯彻执行的有力保障，通过制度、规范、考评等措施，使企业文化的理念渗透企业经营管理的各个环节。

依照惯例，每天早上和下午上班前，当每一个员工走进办公室时，优美动听的《仁和之歌》便会在办公室响起——"康美创业一路歌，仁和伴我走天涯"……动听的歌声令人热血沸腾、精神振奋。在仁和药业集团，有个不成文的规定，每一次大会或重要活动第一项议程就是全体与会人员同唱《仁和之歌》。

集团成立企业文化建设领导小组，负责策划、组织、实施、协调等工作。集团宣传部负责具体的日常工作，下属的各子公司也分别成立企业文化建设小组，按照集团的部署实施企业文化建设具体工作。集团每年划拨专款用于企业文化建设，使企业文化建设工作得到落实。

组织开展形式多样、丰富多彩的企业文化建设活动——包括下企业进基层巡回宣讲、授课，广泛开展了向先进典型人物学习的活动；开展征集企业文化故事、企业文化心得体会、企业文化心语的活动；组建了篮球队、业余文工团等活动团体，开展篮球、乒乓球、象棋、歌咏比赛等文体活动；举办各种形式的演讲、歌咏比赛。通过一系列的形式多样、丰富多彩的企业文化建设活动，仁和药业集团进一步在员工中掀起讲学理念、争做先进的高潮，使企业文化的理念变得可听、可视、可感，形成了独具特色的企业文化环境。使员工在愉悦中感到企业的温暖，极大地激发了员工的工作热情，形成了企业关心员工，员工勤奋敬业，企业文化氛围温馨如家。

开展一系列教育实践活动，深入开展诸如"目标一致才能得胜利""爱国、爱企、爱岗""讲贡献、比效益；讲务实、比创新"等一系列主题实践活动，让企业文化内化于心，外化于行；开设企业文化大讲坛，对集团企业文化实施培训，对集团企业文化理念进行宣贯和推广，组织开展了对员工行为礼仪规范进行教练式训练；组织员工参加上级政府开展的各项比赛、活动，提高员工的团队精神和企业凝聚力；节假日组织走访困难员工和退休职工，将企业文化由员工个人向员工家庭延伸，以最大限度地发挥激动作用。

与此同时，仁和药业集团还出台了企业文化示范建设达标标准，各单位安标准布置了《仁和药业集团企业文化》理念标识牌，在内容、颜色、字形、字号、布置场所等方面规范统一；统一了集团 CIS 文化标识，强化企业文化视觉导入；结合员工岗位实际，陆续编印下发了"仁和药业集团企业文化建设手册"；在《仁和事业》报、仁和药业集团网上开辟了"企业文化专栏"，员工可查阅、学习相关内容。同时，集团还把涉及企业文化内容等资料刻制成企业文化光碟发放到每一位员工手中，提高企业文化的传播力。

…………

仁和企业文化正是在这个重要时期开始形成、奠定基础并不断发展的。

"我们任何时候都不会忘记历史。我们企业能有今天的成就靠的就是大家艰苦奋斗的精神与作风，它是我们创业与发展的根本。"在杨文龙的理解里，仁和药业集团组建成立伊始对于企业建设的高度重视，从一开始就为集团的发展注入了强大的精神动力。

作为一个成功的企业家，杨文龙具有一种深刻的忧患意识。他是赤手空拳从市场中闯出来的，深知市场竞争的激烈与残酷。

"经营企业犹如一场需要耐力的长跑，一时走得快并意味着成功，关键是能否走得远？"

怎样让仁和药业集团这艘药业航母稳健远行，直达既定的未来蓝图目标，又成为杨文龙深思的问题。

这其中，人才首先成为杨文龙深思的第一个关键问题。

为了培养仁和药业集团自己的优秀人才，最终建立起一支优秀的人才队伍，从 2002 年开始，仁和药业集团在资金紧张的情况下，依然设立人才培养转向经费，展开了有计划的人才培养目标。这一年，仁和药业集团选派了 9 名管理人员到北京、南昌等地高校攻读 MBA 课程，并计划以后每年都增加选派学习的人数。

同时，仁和药业集团还组建起仁和管理干部学校，常年实施有针对性的、多层次的专业培训，为各级管理人员提供了在岗进修的良好条件。

不断延揽优秀人才并培养建立自己的人才队伍，让仁和集团得以拥有了发展中的不竭动力。后来，在谈及仁和药业集团的超常规发展时，杨文龙对此总是自豪地说："我们最大的财富，不是拥有多少资金和市场，而是拥有一大批与仁和共同创业、共同成长的高素质的员工。"

仁和的目标在未来要走出樟树，走出江西，走向全国乃至国际。因此，杨文龙深刻意识到，必须提前谋划，充分利用沿海和发达地区的人才、资源优势。

2003 年，杨文龙先后在北京、广州、深圳、南昌注册成立了不同领域的子公司，并且进军法国，在巴黎注册成立了子公司，为公司上市作准备。

从企业现代管理制度的逐步建立，到企业文化的构建再到人才队伍的建设，从 2001 年到 2005 年杨文龙未雨绸缪，为仁和药业集团未来远景的实现打下了坚实基础。

经历几年的风风雨雨，仁和药业集团也由一条不起眼的小船，壮大成了一艘"药业航母"，形成产、供、销一条龙的现代医药企业集团。

第四节　品牌美誉声名渐起

"假如可口可乐的工厂被一把大火烧掉，全世界第二天各大媒体的头版头条一定是银行争相给可口可乐贷款。"这是可口可乐人最津津乐道的一句话，这来自于可口可乐人对于品牌的底气。

杨文龙深知品牌对于企业发展的重大作用，更懂得打造品牌是一项系统工程，要根据不同的企业和不同的产品做很具体的分析研究，确定不同的品牌调性，制定不同的推广策略，选择不同的传播渠道。

从 1999 年到 2004 年，凭借仁和"妇炎洁"的成功推广，仁和药业集团规模迅速扩大，在群雄逐鹿的医药行业中，已由一家医药保健品企业发展到产品众多、门类齐全的集团公司，成为江西省的知名医药企业。

然而，就像大多数中国高速成长的企业一样，销售先行突破、品牌随后跟进的发展模式对企业品牌管理提出了更高的要求。2004 年前后，杨文龙意识到仁和药业集团与旗下产品品牌关系松散的弱点渐渐暴露出来。

总的来说，"仁和"只能算是一个区域强势品牌。仅仅是区域强势远远不是胸怀远大的杨文龙的梦想，面对来自外界和内部的双重压力，他深感"仁和"品牌一直在媒体的视野之外。

"市场的竞争就是品牌的竞争。中国是世界上品牌快速成长的最后一块处女地。我们一定要抓紧机遇，不惜一切代价做好仁和的品牌建设，尽快打造仁和企业品牌与仁和产品品牌。"杨文龙提出，仁和品牌战略必须依靠媒体在全国范围内强势推进。

中国医药市场正处于历史性的大调整时期，一方面，市场的持续高速增长将为企业带来前所未有的空间；另一方面，医药行业企业间的竞争将更加剧烈。因此如何在硝烟弥漫的市场中，突破重围，抢占并不断扩大市场份额，成为行业内企业共同关注的焦点。

事实上，目前国内医药企业高达 6000 多家，加上实力雄厚的国外企业，市场竞争日趋白热化。如何在竞争中快速突围，将品牌的概念植到消费者的头脑中，已成为医药企业尤其是 OTC 产品的发展关键。

综观市场上佼佼者如哈六药、哈三药、脑白金、东盛药业、修正药业，它们均为品牌建立的先行者，借力媒体传播平台，成为深入人心、历久弥新的优质品牌。这些成功范例为仁和药业集团提供了绝佳参照。

仁和布局全国，势在必行。一方面"仁和"借势可以顺利完成从区域品牌向全国性品牌的逐步扩张；再向深一层次推进，完全可以演变成一场企业内部的品牌运动。

2004 年，仁和药业集团品牌管理团队整体迁入北京，开始着手布局全国范围内的品牌宣传格局。

"仁和药业集团的目标是塑造医药行业全国性的强势品牌，而这必须借助强势媒体的广告力量。"杨文龙认为，以强势媒介广告塑造品牌，形成居高临下的势能，可以对品牌建设产生更大的动能推动。此外，央视覆盖面大，渗透力强，是上传下达的强势通道，也是企业树立品牌、打造市场的强力助手。与中央电视台同行，就意味着品牌和产品具有国家级的权威，国家级的信誉、国家级的实力。

因此，杨文龙首先把仁和品牌打造宣传的重点选在了中央电视台。

2004 年 11 月，仁和药业集团在央视当月的招标时段投放了广告，产生了很大的影响。

与此同时，为提高广告传播效果，中央电视台出资在《销售与市场》《21世纪经济报道》等十多家媒体发布标题为《明日之星，冉冉升起》的广告，为仁和药业等企业的品牌发展鼓与呼，大大提升了仁和的品牌形象。仁和药业集团对央视传播价值的准确把握，与央视广告部提出的'媒介是企业的战略资源'不谋而合。

一个月后的一天，杨文龙在与中央电视台广经中心负责人进行长达数小时的会谈后，双方在 2005 年进一步加强合作的"神龙计划"浮出水面。

"神龙计划"的内容为：仁和药业集团 2005 年广告投放的重点转移到中央电视台，加大在中央电视台重要时段尤其是黄金招标时段的广告投放。并在几个销售黄金时期全力投放央视广告部推出的特殊广告节目，将仁和药业集团的骨干企业"仁和药业"打造成医药行业的一条"神龙"。

在打造企业整体品牌和单个产品品牌，还必须以地方电视台为辅助平台，这样从中央到地方电视台形成强大品牌宣传合力。

2005 年，杨文龙亲率仁和药业集团品牌团队，二下合肥、两上沈阳、坐镇北京，被仁和员工誉为连打了"淮海"、"辽沈"、"平津"三大战役，一举夺得华东五省卫视台"金牛品牌工程"标王，与全国 17 家卫视台签订了广告联合播放协议。同时，还获得了中央电视台"焦点访谈"等 5 个黄金时段的优质广告资源。

2005 年，仁和药业集团在品牌宣传上如此大手笔、大气魄的全面发力，令业界瞩目。

2005 年 1 月 20 日，仁和"妇炎洁""闪亮"的广告新片同时亮相央视。2 月末，仁和"妇炎洁"在药店的指名购买率迅速提升，比原来 20.4% 翻了几番；3 月末，仁和"妇炎洁"的销售额直线上升；这一年年末，仁和"妇炎洁"单品销售已突破十亿元，比 2004 年仁和所有产品的总销售总额还翻了一番。

同时，仁和"闪亮"已经成为一种校园时尚的标志。

三大战役，连战皆捷，仁和品牌从此在中国传媒界风生水起，仁和品牌的知名度和美誉度得到大幅度提升。

短短的几个月，仁和药业集团的两个单品就实现了终端的快速突破，创造了有史以来的一个销售奇迹！

而"仁和"作为这些产品的背书品牌，也正以破竹之势向全国市场发出冲击。

在品牌效应初步显现的过程中，杨文龙又注意到，企业内部品牌的迅速裂变，也向仁和药业集团提出了更高的要求：旗下品牌单兵作战的局面对"仁和"品牌的长远发展极为不利，需要塑造"仁和"强大的知名度以及强势的品牌形象，使其凝聚成一个知名的巨人，进而为旗下的品牌起到背书作用。

尤其值得一提的是，仁和药业集团与央视的合作，对正欲思考求变、急欲脱颖而出的业内企业来说，可谓点燃一盏明灯。

仁和药业集团与央视合作品牌宣传的"神龙计划"在业界传出后，随即有多家医药企业与央视广告部联系，纷纷表示要加大与央视的广告合作，以应对即将到来的行业洗牌。

而在仁和药业品牌打造中，最为人称道的是其娱乐营销上的深厚功力。

2005 年 7 月，广告审查暂行规定和新的行业政策出台，加大了对药品企业广告的限制，同时，国家相关机构和新闻媒体对各类不法产品、不法行为的宣传和曝光力度逐渐加大，加上各种营销手段的不断渗透引发的逆反效应，消费者对医药产品的消费心理开始从感性向理性转移。原有的社区推广、宣传炒作、软性广告的营销方式必须要做出修改。

在这样的背景下，越来越多的医药保健品企业意识到，娱乐营销以其互动性、参与性、影响力正在成为新的市场武器。2004 年，随着《超级女声》在全国的热播，张含韵的一句"酸酸甜甜就是我"让蒙牛酸酸乳传遍了大江南北，也给在守旧和突围中徘徊不定的医药企业们提了一个大"醒"。

于是，新的"娱乐营销"思路，开始在以仁和药业为首的一批药品企业中闪现。

事实上，自九十年代初以来，以《正大综艺》《综艺大观》为代表的综艺节目类型开始兴起。这类综艺节目将歌舞、相声、小品等艺术形式有机地结合起来，可谓开创了我国综艺节目的先河。

通过对中国电视媒体传播趋势和特点的研究，杨文龙早已注意到综合性娱乐栏目是收视率和观众群体增长最快的电视媒体栏目，其中孕育着难得的商机，与传统的硬性广告相比，可以取得更大的效果。

2005 年末，一股"闪亮风暴"以湖南卫视为主要载体，在全国迅速掀起一场品牌风暴，这是继哈药集团 10 亿元地毯式轰炸的广告运作之后，另一场在医药界高调上演的营销神话。

但这一次神话的主角仁和药业，采用的却是医药行业很少采用的娱乐营销手法。医药产品大规模采用娱乐营销手段，这无论对于医药行业本身还是对于营销界，都是一个新鲜的话题。

仁和药业的高明之处在于，它借助了湖南卫视这一强大的娱乐媒体平台，不仅为其主打产品做了强势宣传，而且巧妙地将企业精神融入其中，在节目热播的同时让自身的企业文化价值也得到认同。仁和药业的主打产品"闪亮滴眼露"通过"仁和闪亮新主播"的强势传播，迅速由一个地方品牌跻身于全国品牌之列，知名度和美誉度空前提高，产品销售更是达到前所未有的强劲势头。"闪亮滴眼露"供不应求，在北京、上海、西安、长沙等地曾多次断货。而隐藏并投射于"闪亮新主播"光环之外的，是仁和药业所倡导的"闪亮精神"，也就是：个性、创新、勇敢、自信、超越、奉献、乐观、和谐、坚持等等，这也正是这个选秀节目所体现出的精神文化内涵，仁和的名字与仁和所倡导的企业文化价值也随之传遍了千家万户。

2006 年，仁和药业成功举办"闪亮新主播"大型选秀活动，2007 年又独家冠名湖南卫视"想唱就唱，我最闪亮"《快乐男声》。其对品牌的巨大推进和提升作用，几乎可以比肩往年的蒙牛冠名《超级女声》。

随后，仁和药业集团又签约周杰伦为代言人，为其品牌在目标消费人群的心目中灌注了非常深厚的时尚先锋元素。

仁和药业与周杰伦的联手，无论是代言费还是明星本身的影响力都称得上行业"代言之最"。

网络时代的高速发展，中国拥有上亿的互联网用户，时代的娱乐营销最大的特点就是互动性高和传播性快。

于是，本世纪初年，借助于网络手段的营销方式应运而生。

从 2005 年 9 月开始，仁和药业集团借助国内第一大即时通讯商腾讯的网络平台，展开了一场大规模的置入式网络营销。

这又是一次成功的尝试。

仅仅两个多月的时间，加入"闪亮新主播"QQ 群的用户有 600 多万，每天关于"闪亮新主播"活动的留言有 8000 多条，下载"闪亮新主播"的用户有 30 多万，而在 QQ 宠物商店里购买了"闪亮滴眼露"的用户都达到 20 多万，参加了 QQ 对对碰游戏仁和专区的用户也达到了 80 多万。

《同一首歌》是由孟欣导演在 2000 年从中国音乐电视栏目"东西南北中"里创新策划的一个特别节目，孟欣导演成功执导 1998 年的央视春晚，收视率创新高，节目精彩纷呈，成为最为老百姓喜爱、艺术性极高、多种艺术形式荟萃的一届春晚，成功推出了众多新人新作，如《相约九八》《好日子》《走进新时代》等，广为流传。同时，孟欣还主张以歌会形式贯穿始终，用不同年龄的歌手唱响自己年轻时代的旋律，激发观众共鸣。《同一首歌》走进城市、农村、工厂、校园、营房、哨所、矿山、油田、非典现场、抗洪、抗震一线、敬老院、孤儿院，其脚步遍及全国，同时走进美国、加拿大、澳大利亚、韩国等国家，其影响面遍布全球，是全世界华人心中的歌，成功地打造了一个国内最大的精品演出品牌。

2006 年 10 月，在第 37 届全国药交会举办期间，仁和药业集团赞助央视品牌栏目"同一首歌"走进樟树市。

在这次"同一首歌"演唱会上，古巨基、莫文蔚、光良、赵传等众多明星唱响药都樟树。同时，作为仁和药业集团的形象代言人，付笛声、任静夫妇应邀参加由仁和药业集团主办赞助的《同一首歌》走进药都樟树节目，并在现场献唱《知心爱人》《你是幸福的，我是快乐的》两首歌。

再往后，2009 年仁和药业在娱乐营销上更是席卷了整个娱乐圈。

借助春晚人气暴涨的魔术才子刘谦成为仁和的代言人，而赵本山、小沈阳等代言的清火胶囊广告也深入人心。仁和闪亮联合校内网举办的《仁和闪亮星歌榜》也得到了近5万大学生的广泛参与，无数才子通过这个平台被更多人熟知。此外，又与云南卫视联手打造的《谁最闪亮音乐现场》娱乐节目的开播，更是开创了国内选秀的新模式。通过娱乐营销的方式，仁和的品牌知名度、美誉度都得到了极大提升。

在媒体的选择上，仁和不但关注电视这种快速、受众多的媒体，也关注报纸、杂志、广播、网站等媒体和车体、灯箱，全国重大药品交易会、招商会、新产品展示会等。

靠品牌产品打造企业品牌，靠企业品牌孵化产品品牌，仁和药业集团正在凭借这样一种良性循环的产品开发系统，保证产品的精品属性，提升产品的品牌影响力和品牌价值，使仁和成为名牌产品的孵化器。正是因为名优产品品牌的积累，拉动仁和药业集团企业品牌的提升，提高了消费者对仁和药业集团品牌的信任；而正是因为对企业品牌不断地完善和坚持，才使得仁和药业集团旗下的优秀产品品牌层出不穷。

实践证明，仁和在发展初期就制定了长期的品牌战略目标，有品牌意识和长远品牌经营理念，促进了仁和产品的销售和企业的不断壮大与持续发展。

鲜为人知的是，杨文龙不仅对广告宣传策划的创意极为看重，其实他本人已具备了一个创意人所需的一些特质，思维跳跃不已，奇思妙想不断。

例如，杨文龙亲自参与创意的《仁和可立克——镇纸篇》堪称经典：中式场景、中式演绎，尤其是泼墨挥毫的情节既符合陈道明的形象，又吻合他的气质，治疗感冒的产品被当作了"镇纸"使用，一个喷嚏下去，宣纸飞得老高，陈道明胸有成竹地用一盒"仁和可立克"稳稳一压，配上一句气定神闲的"感冒，没什么大不了"——这四两拨千斤的功夫，恰到好处地全体现在这一动一静之间！

"好风凭借力，送我上青云。"品牌打造使得强势品牌更加强势，成功进军全国市场，完成仁和药业集团发展历程中一次次重要的质的飞跃。

优质的产品和遍布全国 30 个省、市、自治区的营销网络，是仁和商业凸显市场竞争力的坚实基础。先进的市场营销和营销管理模式、大规模的广告支持、周到的售后服务、快速有力的物流保障，构成了仁和商业"争天时，取地利，倡人和"的经营特色，以优异的营销业绩受到业界赞许与关注。

仁和药业集团的起步一开始就带有明确的战略性和目标性，通过强大的品牌宣传造势和推广，仁和旗下的所有品牌逐渐凝聚成一股力量，并通过连锁反应在中国医药市场上稳步产生巨大的冲击力。

实力和品牌的稳健崛起，让仁和药业集团在发展的第一个五年里于全国民营医药企业中开始异军突起。

在仁和药业集团发展的第一个"五年计划"期间，集团的销售收入由 2001 年的 5000 万元增长为 2005 年的 10 亿元，年均增长率 109.3%。贡献国家税收由 2001 年的 135 万元增长为 2005 年的 6000 万元，年均增长率 143.6%。

从组建药业航母到破浪启航的五年里，仁和药业集团取得了令人瞩目的成绩！

第七章

铸就药业民企崛起传奇

　　历经破浪启航的第一个五年，仁和药业集团超常规的发展态势强有力地证明，杨文龙气势如虹的全面战略布局和推进，在仁和药业集团的发展史上，具有里程碑式的非同寻常意义！

　　2006 年，稳健前行的仁和药业集团宏大战略实施进程，推进到了第二个"五年计划"的激情开端。

　　"充分利用通过成功实施第一个五年计划所获得的物资条件和丰富资源，坚持以工业为基础，市场为龙头，科研开发为先导，大力提升仁和企业和产品品牌，实现规模化、品牌化、科技化、管理科学化、运营资本化，把仁和建设成为中国医药行业的大型现代化企业。"

　　朝着这一坚定目标，在杨文龙的引领下，仁和药业集团步履铿锵坚实，其崛起于业界的姿态强劲而引人注目。

　　到 2010 年第二个"五年计划"结束，仁和药业集团凭借雄厚的科研实力，先后研制开发了 200 多个医药、保健、日化产品。其中，由集团公司独立研发并享有知识产权的"妇炎洁"系列产品，已经成为中国女性保健护卫市场的领先品牌产品。"仁和可立克""优卡丹""闪亮眼洁滴眼露""闪亮亮瞳舒缓明目液"等产品也分别荣获"江西省优秀新产品奖""江西省名牌产品"等荣誉称号，是国内同类产品中的名牌产品。集团公司独立研发的"仁和健心胶囊"产品被列为国家"863"高科技项目，填补了江西省医药"863"高科技项目的空白。

与此同时，在集团规模上，拥有十大工业生产基地、十大商业销售队伍、四家商业物流公司、千家全国连锁药房。三家科研开发中心和十项高新技术项目，构筑成仁和药业集团强大的后发优势。片剂、颗粒剂、滴丸剂、胶囊剂、软胶囊剂、滴眼剂等 24 个剂型获得国家 GMP 认证证书，是江西省通过国家 GMP 认证剂型最多，产品涵盖中成药、化学药、生物制品的综合型医药生产企业。集团实现年销售收入 40 亿元至 50 亿元，跻身中国医药行业 20 强。

…………

仁和药业集团的这些发展业绩，被业界誉为是书写了"中国药企发展的一部传奇"。

"仁和"又一个里程碑式的发展轨迹，为改革开放进程中江西乃至全国民营医药企业的磅礴发展，做了精彩的注释。

同时，仁和药业集团卓越的发展历程中所凝聚的杨文龙的商道精髓、商海智慧及商业品格，不仅赋予了业界内外对于创业、治企、管理及战略的典范商业样本，而且是催生创业者激情追梦的强大力量。

第一节　创新研发凸显核心竞争力

历经破浪启航的第一个五年，仁和药业集团稳健而超常规的发展态势强有力地证明，杨文龙气势如虹的全面战略布局和推进，在仁和药业集团的发展史上具有里程碑式的非同寻常意义！

"仁和是一家年轻的企业。年轻，则意味着求新思变、敢作敢为。"2005年初，杨文龙在企业工作总结会议上说："中国医药行业正面临又一次大洗牌，很快又将面临跨国公司的进入，现在，不是'狼来了'，而是'虎来了'！国外跨国公司是要不惜代价，甚至可以亏几十个亿来抢占中国医药市场的，仁和面临的就是这样的挑战。"

为迎接未来更加严峻的挑战，杨文龙提出了仁和药业集团顺势而为，在科研、品牌、管理三大领域全面应对机遇和挑战的决策。

此时的仁和药业集团，按照既定的发展战略，即将进入第二个"五年计划"发展阶段。第二个五年计划发展阶段，仁和的目标是要实现发展的全面崛起。

"充分利用成功实施第一个五年计划所获得的物资条件和丰富资源，坚持实业发展与资本运营双轮驱动的战略方针，坚持以工业为基础，市场销售为龙头，科研开发为先导，大力提升仁和企业品牌和产品品牌，实现规模化、品牌化、科技化、管理科学化、运营资本化，把仁和建设成为中国医药行业的大型现代化医药企业集团。"

如从 2001 年到 2005 年的第一个五年发展阶段一样，对于仁和药业集团即将开局的第二个"五年计划"，杨文龙的思路格外明晰。

对杨文龙了解颇深的人也知道，引领企业创立和发展一路而来，他运筹帷幄、从容稳健。

"没有垄断的市场，只有不断提升企业在市场经济中的核心竞争力，才能有自己的一席之地！"在杨文龙的全局思维中，依托第一个五年打下的坚实发展基础，从 2006 年开始仁和药业集团将要首先以自主原创新药研发创新为突破点，带动集团发展全面发力。

杨文龙布局的第一个棋子，就这样在清晰的格局中落定。

因为，他深知技术优势对于一个医药企业发展至关重要，只有通过技术创新，自主原创新药研发，才能保持产品的特点和优势，在同行中脱颖而出，推动企业持续发展。

回望仁和药业集团发展中的第一个"五年计划"，之所以在短短几年间实现了超常规发展，其中决定性的因素也就在于"妇炎洁"这一产品的成功研发。

由此，产品研发成为仁和药业集团第二个"五年计划"开局的一个重要着力点。

但起初，杨文龙的此举，却令不少人尤其是同行们颇为费解！

这是为何？

这还得从 2002 年 12 月颁布的《药品注册管理办法（试行版）》说起。

2002 年 12 月，国家颁布了《药品注册管理办法（试行版）》。在《管理办法》中，由于规定改变剂型的药品也可被列为新药，由此，全国医药研发迅速进入了以修改剂型为主的爆发式增长期。

从 2002 年一直到 2005 年，众多改变了剂型的"新药"大量涌现，比如片剂改胶囊、分散片、颗粒，小针改冻干粉针、输液等，还有大量的中药保护品种被修改成剂型。

甚至，一些药品的代理商也开始委托研发公司通过改剂型来注册药品批文。

2005年5月1日，《药品注册管理办法》正式版实施，几乎很少有企业肯埋头做试验，大多都进入了编造数据、复印资料的阶段。

通过改变剂型注册新药，实际上就是同一种药，由针剂变成粉剂或是液剂，然后换个名称，换个包装，换个批号，"马甲一换"身价就可翻上几倍甚至几十倍。

这样的新药"研发"方式，不但投入少、风险小，而且获利十分可观，难怪《药品注册管理办法》出台之后从众者趋之若鹜。

实事求是而言，其实没有哪家民营医药企业不深知新药研发对于企业发展的重要性。然而，一项全新药品的研发周期漫长、耗资巨大、风险极高，这对于民营医药企业而言又是一个不得不慎重三思的问题。正是因为如此，在2002年12月国家颁布《药品注册管理办法》之后，很多民营制药企业尤其是规模实力较小的民营制药企业选择了通过修改剂型来获得"新"药产品的路径。

对于杨文龙这样深谙医药行业之道的人来说，他不可能不知道这是仁和药业集团的一个机遇。那他为何舍易求难，执意要将着力点放在原创新药的研发上？

"于做药者而言，要达到'为人类健康服务'之目的，不仅要有一颗仁爱之心，而且还要拥有核心技术，人无我有，人有我优，这样才能真正提升企业产品的竞争力！"

杨文龙认为，一家制药企业在原创新药研发能力上形成的核心竞争力，将最终会在时间上得到验证。

2006年，仁和药业集团与国家重点科研院所共同组建了江西省现代中药制剂及质量控制"联合实验室"，这是仁和与国家重点科研院所强强合作的一个重大举措，标志着集团的技术研发水平上了一个新台阶。

当时，在全国医药民营企业中，如仁和药业集团这样在自主研发创新上大手笔投入尚不多见。仁和药业集团在新药自主研发上的惊人之举，着实令业界为之瞩目与敬佩。

这是一种筚路蓝缕的开拓，奋斗只为研发原创新药；这是一种苦心孤诣的探索，所有努力只为唤得春回大地归，推动中国原创药产业的发展；这是一种质朴深沉的感情，百折不挠只为驶向梦想的远景目标。

在杨文龙的内心深处，自己赋予仁和药业集团发展的全部梦想，是自己人生事业的高远理想！

"一家制药企业在新药研发能力上形成的核心竞争力，将最终会在时间上得到验证。"就在仁和药业集团朝着研发创新方向坚定而行的过程中，杨文龙当初的判断很快得到了印证。

2007 年，国家新的《药品注册管理办法》出台。最为引人瞩目的，当属对"新药"的概念作了重新界定。

根据新出台的《药品注册管理办法》："新药"指未曾在中国境内上市销售的药品。而已上市药品改变剂型、改变给药途径或增加新适应症，不能再按照新药管理，不再视为新药注册审批。

从 2002 年到 2007 的五年之间，对于"新药"的认定标准和注册规定之所以发生如此大的变化，关键原因就在于，管理部门已经充分意识到，原创新药才是未来形成中国制药核心竞争力的关键。而在医药企业层面，只有激发企业对原创新药研发的动力才能培育未来具有强大核心竞争力的医药企业，中国医药行业亟待原创新药的"春暖花开"。特别是中国加入WTO 后世界制药巨头纷纷加大在华投入，强化技术优势，使中国医药市场竞争日益白热化。积极进行技术创新，以打造质量和疗效优势，成了中国制药企业突出重围的必经之路。

在这样的发展趋势和政策背景之下，从国家到地方，开始大力鼓励和支持医药企业通过提升自主研发能力增强企业的实力与竞争力。

至此，杨文龙对仁和药业集团坚持走自主研发之路的执著，也随着2007年国家新出台的《药品注册管理办法》得到了高度的肯定！

在新药研发创新之路上先行的仁和药业集团，企业的竞争力也开始逐渐凸显！

对于医药制药企业而言，构建企业自己的研发团队，打造研发技术平台，必须具备三个条件，即雄厚的资金实力、专业技术人才优势和经验丰富的研发基础。

"到现在，我们'仁和'应该说已是三者齐备。"有别于以往新年开局首次集团高管层会议上对集团在新的一年发展上的全面部署，2008年新年伊始，"仁和药业集团"的首次集团高管层会议，会议主题只有一个，这就是"构造'仁和药业集团'中药集成创新技术平台"。

杨文龙决定进一步加大仁和药业集团的创新研发力度。

再回到新千年以来江西省级层面对医药行业发展寄予的厚望上。自2003年江西在实施"中部崛起"战略过程中对全省支持性产业规划，中医药行业成为六大支柱性产业之一。

江西医药产业早在上世纪六七十年代就处于全国领先地位，因而具有大力发展医药产业的良好基础。然而，到九十年代末期，江西医药产业相比全国而言，无论是在医药产业的规模上还是在整体实力上都显得薄弱。因而，当新世纪初年江西把现代医药产业列为全省支柱产业后，做大规模和做强实力也就成为全省现代医药产业发展取得突破的两大关键方向。

随着仁和药业集团在第一个"五年计划"中的强势崛起，江西省政府已将仁和药业集团列为重点扶持民企之列。对于仁和药业集团等一批新兴而走的现代医药企业，也开始成为全省重点培育的现代医药龙头企业。

在这样的时间节点上，仁和药业集团的自主研发科技创新战略备受省级层面关注。

2008年，在杨文龙的亲自主持下，汇总形成的《仁和药业集团中药集成创新技术平台》总课题，自江西省级层面而上，向国家科技部门予以呈报。经科技部组织专家评审，并经"重大新药创制"专项领导小组审定，获立项支持。

仁和药业集团自主研发科技创新战略，得到了江西省级层面的高度重视和大力支持。

大力支持的重要方向，是力推仁和药业集团的自主研发科技创新进入国家 863 计划，取得更为丰富的成果。

863 计划即国家高技术研究发展计划。

上世纪八十年代初，经邓小平同志批示，以政府为主导推进的国家高技术研究发展计划，选择生物技术、航天技术、信息技术、激光技术、自动化技术、能源技术和新材料 7 个领域 15 个主题作为我国高技术研究与开发的重点方向和目标。

早在 2005 年 4 月，仁和药业集团健心胶囊的开发与创新研究，就被列入江西省人民政府高新技术产业重大专项，后通过国家科技部专家组验收，被列为国家十五重大科技专项、国家高技术产业化重大专项，填补了省内医药行业空白。

2008 年下半年，一场全球性的金融危机席卷而来，给全国各地企业带来不小的冲击。

越困难时期越要坚定信心，稳住阵脚。

2008 年，仁和投入巨资搞技改，完成了对所属生产企业的技术改造和产品升级换代。如仁和抗感冒系列药品生产线技改项目快速提升了企业的生产能力和现代化水平。还通过引进、合作、自主研发并举等方式，相继推出了"清火胶囊""复方门冬维甘滴眼液"等一批具有较强市场竞争力的新产品。仁和技术中心已经通过省级认定评审，并充分利用国家医疗体制改革的机遇，努力使仁和的产品进入了国家医保目录。

其中，由集团公司独立研发并享有知识产权的"妇炎洁"系列产品，已经成为中国女性保健护卫市场的领先品牌产品。"仁和可立克""优卡丹""闪亮眼洁滴眼露""闪亮亮瞳舒缓明目液"等产品也分别荣获"江西省优秀新产品奖""江西省名牌产品"等荣誉称号，是国内同类产品中的名牌产品。

在此基础上，仁和药业集团建立了 3 个药品研发机构，引进了数十名医药博士、硕士和科研人员。同时，与中国中医药科学院等著名科研院所建立合作伙伴关系。

短短几年时间，"仁和药业集团"何以能如此迅速地崛起壮大？只要梳理一下省内外大量的媒体报道便可发现，实际上从 2002 年开始，几乎所有的媒体都在试图解码这一"仁和"现象。

事实上，如果不纵观杨文龙创业的完整历程，便很难发现其中最为关键的根本所在。

"对于自主创新研发的重大意义，杨文龙早在成立'仁和药业集团'的几年前，就体会极其深刻。"在中国医药制造领域，有对"仁和药业集团"展开过纵横两个维度深入研究的专家，言简意赅地指出了其关键所在。

的确如此，正是切身体验到了企业自主研发的强大力量，才使得杨文龙在谋划布局"仁和药业集团"远景发展蓝图的一开始，即把自主创新研发放在了首要的战略地位。

在自主研发领域里的一步步艰辛探索，不断把仁和药业集团引向新的方向和广阔空间。坚持走科技创新之路，始终用现代化的理念管理企业，促进企业研发、管理、生产、销售一体发展，使得仁和药业集团核心竞争力不断提升。

截至 2011 年，仁和药业集团在科研方面取得各类新药证书和生产批件 200 余个，药物临床试验批件 39 件，获得国家授权发明专利 46 项。拥有"成都天地仁和药物研究有限公司"和"江西仁和药物研究所"两家科研机构，并在北京组建了"科技创新管理中心"，在成都、南昌和樟树分别组建了"科技创新研发和成果转化基地"。

同时，与中国科学院上海药物研究所等国内著名科研院所合作建立了"新药开发联合实验室""中药制剂和质量控制联合实验室""中药新药研究与开发联合实验室"等科技研发中心，承担了国家"863计划"、国家科技支撑计划、国家重大新药创制专项、国家高技术产业化、产业振兴和技术改造等重大科技项目近20项，省市级科技项目40余项。

第二节　成功上市赢来发展里程碑

铸药业航母，做百年企业，是杨文龙矢志不渝的奋进方向。

把仁和药业集团打造成效益一流、贡献一流、员工福利待遇一流的现代企业，发展成为跨地区、跨行业、跨国境的大型股份集团公司，是他不懈的追求。

尽管仁和药业集团已经进入了一个快速的发展期，但是杨文龙却还是觉得慢了。在他看来，仁和药业集团快速发展的潜能远没有发挥出来。

企业上市是企业形象和企业治理水平全面提升的契机，尤其对"草根出身"的大多数中国民营企业而言，上市更是一次内外兼修、脱胎换骨的过程。新千年以来，资本市场这种创造财富的神话，激励着越来越多的未上市企业加入资本市场的大军中来，这也意味着企业家与资本市场的结合将会不断诞生出新的财富故事。

在第一个"五年计划"期间，为解决制约公司发展的瓶颈，杨文龙就开始积极谋划企业上市并为此而在各方面展开筹备。

杨文龙同时也认为，仁和药业集团只有站在上市公司的平台上，对公司的发展战略、品牌战略、营销策略进行一体化规划，才能利用资本市场孕育出世界级的民营企业。

2006 年是仁和药业集团第二个"五年计划"的开局之年，仁和药业集团迈出了企业快速发展的关键一步——筹备仁和药业的上市。

2007 年 3 月 29 日，仁和药业股份有限公司在深圳证券交易所隆重上市并创出年度涨幅 1600% 的惊人纪录，实现了在中国证券市场排名第一的佳绩。

当年 9 月，仁和药业集团商业总部单月实现销售回款 2 亿元，一举刷新历史纪录。营销将士的骄人业绩和拼搏精神，也给予了集团各条战线广大员工以极大鼓舞。

这一年，仁和药业集团贡献国家税收 1.8 亿元，仅在樟树市即上缴税收 1.3 亿元，比上年增长 49.6%，继续保持快速发展。

成功上市，给仁和药业集团注入了发展的强劲动力，带来了腾飞的双翼。在强大的资金实力支撑下，仁和药业集团发展的血脉更加旺盛，对各项规划蓝图的实现具有重大而深远的战略意义。

成功上市，由此成为仁和药业集团发展历程中又一个具有里程碑式意义的起点！

第三节　打造仁和高科技工业园

日渐强大的研发创新实力和成功上市，使得仁和药业集团开始具备了规模化扩张的条件，企业发展的全面提速已水到渠成。

与此同时，一个仁和药业集团为之努力筹备了数年的建设规划项目，也随之摆上了议事日程。

这个建设规划项目，就是建设仁和药业集团高科技工业园。

而这一项目的最初由来，正是发端于杨文龙在仁和药业集团第二个"五年计划"发展过程中，对以自主研发创新促使集团全面跃入高端发展平台的深度布局。

"现代医药工业建立在高水准的科技基础之上，仁和药业集团的创新研发和生产科技水准以及企业管理的现代化等等，都需要一个具有高水准的科技工业园区作为承载平台。"这就是杨文龙思考的关于建设仁和高科技工业园项目的核心战略意义所在。

2005年4月，国家科技部将仁和药业集团"健心胶囊的开发与创新研究"列为国家"十五"重大科技专项"创新药物和中药现代化"课题。

这一课题填补了江西省医药"863"高科技医药项目的空白。因而，受到了樟树市及江西省有关方面的高度重视。

"能否以这一自主研发新药创新重大课题为契机，建设一个全面承载仁和药业集团未来科技创新项目成果投入生产的现代医药生产平台？一方面，未来研发创新成果投入生产有了保障，而另外一方面，以这一高科技工业园促使仁和药业集团在医药工业硬件设施上全面跃入高端平台。"2006年下半年，随着仁和药业成功上市，杨文龙认为，全面启动仁和药业集团高科技工业园建设的条件已趋于成熟，时机业已到来。

杨文龙的这一构想，随后得到了樟树市和江西省有关部门的高度认可和支持。

为此，樟树市和江西省就批复立项仁和"863"高科技工业园项目，同时呈报国家科学技术部。

2007年初，仁和"863"高科技工业园项目有了突破性进展——鉴于"健心胶囊的开发与创新研究"重大课题对促进国家现代医药工业发展的重大意义，科技部批复同意仁和药业集团在这一课题研发攻关的基础上，筹建未来承载课题成果转化生产的科技工业园项目。

对此，江西省政府高度重视。江西省发改委将仁和高科技工业园项目列为全省高新技术产业重大专项并展开环境评估。随后，仁和"863"高科技工业园项目又被国家发改委列入国家高技术产业化重大专项。

至此，仁和"863"高科技工业园项目建设迈出了实质性的关键一步。

仁和"863"高科技工业园项目，年设计产量为健心胶囊100000万盒，健心片8500万瓶，健心滴丸6000万盒，健心软胶囊8000万盒。该药是以江西省主产、地道药材毛冬青为主要原料的纯中药复方制剂，针对心脑血管疾病、心肌劳损、心绞痛、动脉硬化的独家品种。是仁和药业集团在其原创的国家中药保护品牌——健心片的基础上，应用现代中药提取、分离、粉碎及制剂制备等先进技术生产出来的。其产品质量标准得到提升，使健心胶囊与原片剂相比具有服用量小、释药速度快、生物利用度高、药效明显提高、生产成本低及无糖等优点，具有广阔的市场优势。而随着未来仁和"863"高科技工业园项目建成,对于整个仁和药业集团在医药生产、研发和企业管理水平上的全面提升，又具有重要的边际效应。

一项新药研发创新项目与一个高科技工业园之间，承载的是仁和药业集团借助科技跃入高端发展平台的梦想。

在仁和"863"高科技工业园建设项目得到批复后，杨文龙以极大的热情投入到对项目的推进工作，聘请设计经验丰富的专家对项目进行了总体规划和设计。

根据规划设计，仁和"863"高科技工业园位于樟树市105国道与葛玄路交界处，占地面积三百余亩，建筑总面积7.2万平方米，项目计划总投资为1.6亿元。前3年将实现销售收入近8亿元、上缴国家税收1.1亿元，解决600余人就业问题，将为地方经济建设作出新的更大的贡献。

整个仁和"863"高科技工业园集中国传统园林文化、药都樟树二千年药文化、仁和企业文化于一体，项目建成后，将成为宜春市乃至江西省一流的医药高科技园区，成为药都文化、仁和文化的一个标志，药都樟树市的形象工程。该项目立足于高起点、高标准、高科技，融药都文化、企业文化、传统文化为一体，将成为仁和药业集团科研、生产的重要基地，将进一步推动仁和药业集团向规模化、品牌化、科技化发展，也将有力提升药都樟树在全国的知名度和影响力。

仁和"863"高科技工业园项目工程分三期建设：

一期工程按欧盟和美国 CGMP 标准设计建设，主要生产健心胶囊、清火胶囊、"可立克"、"妇炎洁洗液"及缓释、控释制剂及软胶囊等高科技医药产品。

二期工程主要建设内容为园林景观建设、颗粒和胶囊车间、软胶囊和缓释制剂产品车间等，主要生产高技术品种和大品种。

三期工程为现代医药生产一流生产流水线的延伸留下空间。

与此同时，在三期工程建设过程中，仁和药业集团的研发创新平台、企业现代管理平台和先进的物流平台等将不断融入仁和"863"高科技工业园这一大平台之中。

"目标十分明确，仁和药业集团是要通过'863'高科技工业园项目的建设，真正打造一艘在现代医药工业发展蓝海中乘风破浪远征的具有雄厚科技实力的大型药业航母！"当仁和"863"高科技工业园规划蓝图完整呈现于人们面前时，业界评价，这将成为仁和药业集团发展史上的又一个里程碑！

2007 年 4 月，仁和"863"高科技工业园一期工程建设开始启动，标志着仁和药业集团的工业生产向科技化、规模化迈出了重要的转折步伐。

加快工程建设，实施集团医药工业科技水平的全面升级。在杨文龙的部署下，仁和药业集团成立了"863"高科技工业园项目建设办公室，加强组织，实行项目制，倒排时间，强化考核，将每一项工作内容、进度、时间、指标落实到各专业小组、每一位成员，抓紧项目建设。

经过 15 个月的建设，仁和"863"高科技工业园一期工程竣工，包括面积达 5800 平方米的全省最大的物流车间，以及两个 5000 平方米的生产车间和动力车间全面建成。

2008 年 7 月 4 日上午，仁和"863"高科技工业园一期正式点火投产，一期工程顺利投入使用。

仁和"863"高科技工业园一期工程的竣工和顺利投入使用，使得仁和药业集团在拥有药都仁和制药、闪亮制药、吉安三力制药和铜鼓仁和制药等多家制药企业的基础上，开始成为一家具有现代科技水准的大型医药企业，为集团加快发展奠定了坚实的基础。

2013年10月，仁和"863"高科技工业园二期工程顺利竣工并投入使用。

二期工程主要建设内容为园林景观建设、颗粒和胶囊车间、软胶囊和缓释制剂产品车间等，主要生产高技术品种和大品种。

由此，仁和药业的规模化生产大大向前迈出了一步，同时，集团的工业化、科技化、现代化和自主创新能力得以在整体上实现有力提升，使仁和二业从传统生产模式，转向以高科技为核心的跨跃已成为现实！

仁和"863"高科技工业园是仁和药业集团建设周期最长、设计标准最高、投资规模最大的项目。三期工程完工后，整个园区将达到60亿元的生产规模，实现销售收入100亿元。

如今的"863"高科技工业园，整个园区呈一个巨大的葫芦造型，设计取悬壶济世、杏林春满之意，形象地体现了仁和药业集团传承药都千年文化和"为人类健康服务"的企业宗旨。徜徉其间，令人不禁为全面承载医药高科技的仁和药业航母而由衷地赞叹：

科技园中心广场正面的宏伟建筑，是仁和"863"科技园最核心的工程——仁和综合制剂大楼，设计和承建单位是承接过北京故宫重修工程的湖北大冶景园仿古建筑有限公司。

综合制剂大楼是仁和企业优卡丹、可立克、清火胶囊、强力枇杷胶囊、正骨胶囊、妇炎洁洗液等品牌品种的规模化生产基地，也是仁和企业缓释控释制剂、软胶囊等新剂型、新产品的研发生产基地。园区投入的设备自动化程度高，可有效提高劳动生产率，发挥规模效益。

仁和综合制剂大楼的南侧，是已经交付使用的仁和制药有限公司万吨药材提取车间。

仁和"863"高科技工业园，同时也是仁和药业集团商业销售公司成品的总中转基地。物流区建筑总面积 10 万平方米，其中仁和 863 高架仓库可以容纳 20 万件货物；仁和 863 窄通道超高架仓库单层高 16 米，货架叠放 7 层，引进德国设备，是目前国内单体层高最高的物流仓库，一次可以容纳 30 万件货物，通过仁和物流将企业产品源源不断地发往全国各地。

…………

作为江西省一流的医药高科技园区，仁和"863"高科技工业园项目集科技研发、工业生产、现代物流、指挥调度、文化展示及信息化技术等功能区于一体，目前已经成为展现药都文化、仁和文化的一个标志。

而对于仁和药业集团而言，"863"高科技工业园的建成无疑使得集团拥有了在医药工业发展领域的强大助推器，是其发展历程里第二个"五年计划"中，开始朝着未来走向全面崛起的重大标志！

第四节　驶向广阔的纵深蓝海

在第一个"五年计划"发展成果的基础上，以研发创新突破为切入点，借助于上市和高科技工业园的打造，仁和药业集团全面渐入发展的高端。

在江西乃至全国民营现代医药企业领域，2008 年前后的仁和药业集团，正以纵深崛起的姿态引人注目：

加大研发投入，加快新产品上市，大力引进和消化吸收国内外先进技术和专利成果，大力引进高端科技人才和创新人才，把智力优势转化为核心竞争力和现实生产力，推动着仁和药业集团又好又快发展。

以"863"高科技工业园区投产为契机，仁和药业集团开始全面调整医药生产布局。在做好品牌品种、大品种管理的同时，集团大规模化生产全面启动。

在切实提升产品品质和快速响应能力，确保向营销市场提供优质合格的产品的基础上。仁和药业集团全面加强成本核算与控制，努力降低成本，提高企业效益，工业基础管理水平和自主管理能力稳步提升。

仁和药业终端建设的强化，品牌产品拓展和商控销售建设，重点产品推广和市场风险控制系统的建设等一系列方面，又强力推动着仁和药业集团在市场纵深层面的发展。

在此基础上，仁和药业集团全面推进科技创新、管理创新、模式创新、体制创新、机制创新等一系列创新活动，致力打造创新型企业。

首先是企业管理架构的创新，对集团、股份公司、子公司的管理进行了调整，明确了各自的管理范围，职责，并缩减了股份公司管理层级。同时，根据"年轻化、专业化、知识化"的原则提拔了一批管理干部。

对各子公司的年度考核方式作出了较大调整，明确商业、工业子公司的考核指标，也明确了奖励方案。

同时，仁和药业集团不断加大人才队伍建设力度。按照年轻化、知识化，专业化的要求，人力资源部门系统开展基层等级技术评定、车间班子建设、核心干部培训、梯队人才培养等工作，建立各专业、各模块的培训体系，加强培训师队伍建设，着力培养综合型、知识型、技能型、实用型人才，打造一支符合集团发展需要的管理团队。

…………

2010 年，是仁和药业集团实现"二五计划"发展的完美收官之年。

在北京人民大会堂举行的仁和药业 2010 年全国商业峰会上，杨文龙在讲话中指出，"仁义走天下和谐兴万年"，是仁和企业的核心价值观。坚持与客户"和合共赢"的理念，是仁和药业快速发展的最重要的基石。"只要我们坚定信心，与全国合作伙伴精诚携手，必将开创'和合共赢'的崭新局面，仁和的合作伙伴们也必将获得更加丰厚的回报。"杨文龙在会上深情地说道。

此时，当人们向仁和药业集团投以关注的目光时，无不为其不同寻常的第二个"五年计划"而惊叹不已：

集团已拥有8000多平方米的实验室和中试车间，拥有价值6000余万元的先进的科研仪器设备及功能配套较完整的中试车间。

拥有一支200余人，以博士、硕士为核心技术骨干，多学科、多层次的创新实用型科研人才队伍。自成立以来，先后承担了国家863计划、国家科技支撑计划、国家973计划、国家发改委高新技术产业化、国家重大新药创制等重大科技专项，取得了科技成果进步奖、高新技术产品奖项等各类奖项。

凭借雄厚的科研实力，先后为公司研制开发了300多个医药和保健产品。公司以化药三类、中药六类开发为主，后期将大力开展一类、二类新药研究，目前1个创新药物在进行临床前研究，4个三类化药和3个六类中药申报临床，3个六类中药和10多个缓释制剂申报生产。

"术业有专攻"，构成了仁和强劲的产品核心竞争力。集团拥有发明专利近200项，注册各类商标1100余件，其中仁和、可立克、妇炎洁、优卡丹、闪亮等被认定为中国驰名商标。仁和坚持走产学研相结合的道路，先后与中科院上海药物所、中国中医研究院、北京中医药大学、山东中医药大学、沈阳药科大学、中国药科大学、上海中医药大学、中科院生物物理所等国内多所知名院校和科研单位建立了良好、稳定的协作关系。实现了企业向研发为动力的高科技产业的战略转轨，优化重构了企业的发展战略，提升企业技术创新能力。

在一个企业品牌之下拥有多个产品品牌，开始成为仁和品牌战略的特色。

"妇炎洁""优卡丹""可立克""闪亮"这些人们耳熟能详的品牌产品，共同构成了具有强大市场竞争力的仁和品牌集群。2007年9月，"仁和"

商标被国家工商总局认定为"中国驰名商标",这是仁和品牌具有标志性的一次飞跃。而仁和所属的"闪亮"品牌也经司法认定为"中国驰名商标"。

2009年,仁和的新产品"清火胶囊"上市,仁和利用"春晚"事件的营销模式,与赵本山、小沈阳团队合作,做了非常有效的营销推广。很快,仁和"清火胶囊"就与"妇炎洁""优卡丹""闪亮""可立克"等这些仁和旗下的知名产品一样,在全国家喻户晓。

这些中国驰名商标,成为仁和最耀眼的名片。

充分利用成功实施第一个五年计划所获得的物资条件和丰富资源,坚持实业发展与资本运营双轮驱动的战略方针,坚持以工业为基础,市场销售为龙头,科研开发为先导,大力提升仁和企业品牌和产品品牌,实现规模化、品牌化、科技化、管理科学化、运营资本化。这一系列目标的初步实现,使得仁和药业集团开始具备了建设大型现代化医药企业集团的坚实基础。

引领仁和药业航母纵深驶向更为广阔的发展蓝海,杨文龙的眼光更为开阔和具有前瞻性,他开始思考如何把仁和药业集团发展成为跨行业、跨国境的大型股份集团公司。

根据总体发展战略,仁和药业集团将面向国内外市场发展以及医药产业前沿技术领域的需求,围绕中药、化药、生物制品、保健食品、化妆品等领域开展新品种和新技术的研发及产业化,通过科研资源的优化、整合和合理布局,成立仁和药物研究院。研究院下设中药研究(北京)所、中药研究(江西)所、化药研究(北京)所、化药研究(成都)所、新剂型研究所、临床研究中心、江西技术中心。通过资源整合与科技创新,打造以高科技为内涵的核心竞争力,努力将仁和推进成为公众型、国际化大企业。

仁和药业集团将坚定不移地以打造高科技为内涵的核心竞争力作为重点战略方向,通过人才领先、科技领先、模式领先、机制领先战略方针的深入实施，用国际化的新视野敏锐地把握机遇，勇敢地面对挑战，实现仁和新的历史跨越，将仁和建设成为公众型、国际化的现代医药企业集团。

　　…………

　　历经第二个"五年计划"发展，仁和药业航母正驶向一片广阔的蓝海。而在杨文龙的眼前，前方仁和药业集团更为壮美的发展蓝图也正跃然而现！

　　而历经两个"五年计划"，在十年之间，仁和药业集团已从一个靠租用厂房、店面经营、纳税不过 300 万元的小型保健品公司，异军突起为以科研生产为基础，集科、工、贸于一体，产、供、销一条龙，纳税 2 亿多元的现代医药企业集团。

　　仁和药业集团先后荣获"农业产业化国家重点龙头企业""国家商标战略实施示范企业""全国就业与社会保障先进民营企业""中国优秀民营科技企业""全国守合同重信用企业"等国家级荣誉称号。这些荣誉，也是对仁和企业实力和品牌另一角度的诠释。

　　在某种程度上，仁和药业集团正逐渐成为樟树、江西乃至全国医药企业的"代言人"。

　　身处江西的仁和药业集团，开始崛起于江西乃至全国民营医药阵营，演绎出中国医药行业的一个新奇迹！

第八章
互联网背景下的顺势转型

激情与汗水成就了过去，智慧与坚韧铸就着未来。

如果说在第一个"五年计划"中通过并购组建仁和药业航母，并借势品牌、人才及市场一系列战略开启了仁和药业航母的启航之路，那么，第二个"五年计划"中仁和药业集团在企业规模化、品牌化、科技化、管理科学化及运营资本化领域里的全面华丽转身，无疑为仁和药业集团跃居国内医药民企领军阵营奠定了最为坚实的基础。

实力不断壮大、正纵深向着发展蓝海扬帆前行的仁和药业航母，从2011年开始的仁和药业第三个"五年计划"，开始驶向更为阔远壮美的发展之境。

杨文龙深知，自己宏大的事业目标任重而道远！

从2011年开始，随着第三个"五年计划"的全面实施，仁和药业集团再次步履稳健地迈向了领跑现代医药业的铿锵步伐。

而在这一次乘风破浪纵深驶向发展壮阔蓝海的征程中，渐行渐近的互联网时代、中国新一轮医改深化推进与大健康产业的磅礴崛起，又为仁和药业航母带来了前所未有的机遇和挑战。

在互联网大潮的冲击下，中国新一轮医改深化推进的过程中，无论是医药行业，还是消费者，都在呼唤传统医药行业与互联网的深度融合，以更为高效、更为便捷的方式，向百姓提供专业、便捷与经济的全面健康服务。线上与线下的结合，不仅为传统医药企业开辟了新的发展崛起途径，更打开了前所未有的广阔发展空间。

洞察先机，顺应发展大势。面对"互联网＋医药"的机遇，杨文龙感知敏锐，深远谋划。

"传统企业要拥抱互联网，需要把自身传统核心资源与互联网充分结合，将核心资源效用最大化。仁和药业集团立志于做掌握传统资源的互联网企业，整合资源是企业的必然路径。"

在传统资源优势的基础上，仁和药业集团抢抓机遇、快速布局，构建起大健康生态圈，为传统药企互联网转型树立起了成功范例，也实现了互联网时代下仁和药业集团发展的全面转型升级。

历经企业的第三个"五年计划"，仁和药业集团就这样开启了顺势转型大发展的又一个新春天！

第一节　四大产业板块强势崛起

2011 年，仁和药业集团迎来了第三个"五年计划"的强势发展开局。

今天回望，人们可以清晰地看到，仁和药业集团的"三五计划"是其第一、第二个"五年计划"的纵深拓展延伸，又是新形势下对集团整个医药产业发展的创新突破和全面崛起。

而这一创新突破和全面崛起，缘于仁和药业集团把握准了时代大潮之变下的机遇，果敢实施了企业全面转型升级的发展战略。

经过新世纪第一个十年的坚实发展，仁和药业集团已经逐步跃升为国内医药行业的一线代表。而能否在医药行业第一集团军中站稳脚跟，实现企业未来的长足发展，"三五计划"无疑是一个至关重要的机遇期。

杨文龙就是这样，引领仁和药业集团一路发展而来，从不敢有任何的松懈。他深知，日趋激烈的行业竞争不允许仁和药业集团的发展有任何停滞，更深知大时代不断呈现的挑战和机遇需要企业不断调整自身发展的战略。

对此，经过缜密而反复的深思，在 2010 年 7 月前后，杨文龙就已在脑海中规划形成了仁和药业集团在"三五计划"期间发展的宏伟蓝图——全面实施和推进集团"一三五"战略目标。

这是仁和药业集团厚积薄发，谋求各大产业板块均衡发力、强势崛起的战略蓝图，对确立仁和药业集团未来发展目标具有重大深远的意义。

"一三五"战略目标,是仁和药业集团第三个"五年计划"的高度概括,具体包括一个总纲,三大战略任务和五大战略支撑。

一个纲领：秉承"为人类健康服务"的企业宗旨,遵循"人为本、和为贵"的企业发展理念,坚持以经济效益为中心,推进实业与资本的双轮驱动,加速集团各大板块发展,实现企业效益、社会效益、员工利益以及各级客户利益的最大化。

三大战略任务：一是优化工业整体布局,提高工业产能,提升现代化水平；二是健全商业运营体系,打造品牌集群,实施多模式销售；三是把握资本时代脉搏,开展多元投资,实现裂变式发展。

五大战略支撑：完善法人治理结构,强化集团管控,实现管理科学化；健全有效激励机制,深化目标管理,激发员工事业心；坚持科技创新发展,加强科研合作,提升核心竞争力；树立人才唯先理念,引进培养并举,形成人才梯队化；建设特色企业文化,营造和谐氛围,达成共同价值观。

根据第三个"五年计划"的规划,到"三五计划"末期,仁和药业集团将实现年销售收入 100 亿元,资本市值 300 亿元,跻身中国医药行业50 强之列,续写仁和药业集团新的发展传奇。

尤其值得一提的是,2011 年是新医改启动的第三年,也是医药产业变革最为关键的一年。

在杨文龙看来,仁和药业集团的第三个"五年计划"开局,既要承接前面十年发展所打下的坚实基础,又要顺应国家医药改革发展的大势。

顺应改革的时代发展大势,就需要谋变创新。

杨文龙以更为深远的眼光洞察未来,最终选定了以"四个领先"为具体路径,来全面推进仁和药业集团第三个"五年计划"的发展战略实施：

人才领先——将引进和培育一大批高素质的专业、营销、管理人才梯队,实施仁和药业集团的高端人才计划,把智力优势转化为核心竞争力和现实生产力,推动企业又好又快地发展。

科技领先——将继续加大科技创新的研发投入，将研发经费投入从第二个"五年计划"的 1%~2% 提升到 3%~5%，新产品的贡献率将达到 10%~20%。

模式领先——利用 OTC 渠道的对终端直供加服务的模式，加大对渠道和终端的营销力度，全面提升服务水平。

机制创新——以共赢的合作机制，进一步扩大与合作伙伴的合作，加快促进仁和药业集团持续快速扩张。

"四个领先"的具体路径，紧密围绕"转变经济增长方式、转变集团管控模式，创新商业经营模式、创新工业运营机制"的战略任务，大力推进科技创新和增长方式的转型。

一年之后，仁和药业集团的"三五计划"开局发展成果证明，杨文龙对仁和药业集团在第三个"五年计划"发展中的全面部署与各项战略举措的推进实施，运筹帷幄精准而卓富成效。

且看仁和药业集团在 2011 年取得的丰硕发展成果：

在医药商业领域。2011 年，仁和商业发展精彩纷呈，一路高歌。大力推行自主经营，不断完善制度建设，变革薪酬体制和激励机制，加强营销队伍建设，实行商业统筹管理，强化市场管控，各项改革举措顺利推进，普药销售翻番增长，品牌 OTC 销量稳步提升，处方药、基药销售取得突破进展，全年销售任务完成率 109.1%。

在医药工业领域。2011 年，仁和工业系统按照集团"大工业一体化"管理思路和"创新工业运行机制"的要求，在用工成本和原辅、包装材料、中药材价格涨幅较大的情况下，全面优化生产组织、优化物流管理、优化资源配置，取得了经济效益较快增长。集团工业产值同比增长 39.9%，其中 5 家子公司产值过亿元，创造了仁和药业集团工业发展的新丰碑。

在科研创新领域。2011 年仁和药业集团获得新药生产批文 2 个，新药临床批件 2 个，取得国家局注册批件 10 个，省局注册批件 253 个，洁阴康、三七止血、贝敏伪麻等产品被认定为"江西省重点新产品"，天香丹胶囊被列为江西省"生物和新医药产业发展关键技术研究专项"。

在投资领域。2011年仁和成功对江西制药实施了改制、重组和江西水泥持有闪亮制药股权的收购，并启动了非公开发行股票议案，于2012年1月6日获得国家证监会发审委无条件通过。通过对江西晶昊盐化等多个企业的改制、重组，取得了在新业务领域拓展的重大突破。同时，成功收购并组建了成都天地仁和药物研究有限公司，拥有了一支具有较高的专业知识、丰富的研发经验和高学历的人才队伍。

商业、工业、科研和投资四大重点战略板块的强劲发展，让仁和药业集团赢得了"三五计划"的强势开局！

2012年，是仁和药业集团"三五计划"承前启后的关键一年。为全面实现各项既定目标，这一年，仁和药业集团在科学发展的道路上一步一个脚印地稳中求进。

从2012年开始，仁和药业集团一方面统筹整个仁和旗下的所有资源，科学规划、规范运作。另外不断加强对外合作，不仅与国内企业合作，还积极走出去与美国、欧洲、日本、韩国的企业展开合作。

与此同时，在医药商业领域，"仁和药都"是进军终端市场的新生铁军。

2012年，在不足一年的时间里，仁和药都事业部迅速组建了营销市场和终端推广专业队伍，重点推广复方虫草口服液、正胃胶囊等一批医药产品，为仁和药业集团2013年品牌化发展打下了良好的基础。此外，在积极调整经营思路之下，以大活络胶囊为核心，打造临床主导品牌，销售量突飞猛进。

"和力药业"以仁和品牌为依托，紧紧围绕丰富产品结构，实现品牌价值有效延伸这一中心，重点加强儿科、妇科、感冒咳嗽、心脑血管品种的培养，全年超额完成目标任务3000万元，同比增长136%，创造了较好的经济效益。

在医药工业方面，2012 年仁和药业集团继续把新产品开发作为战略重点工作，加快新产品的上市。同时，强化仁和的质量管控体系，全面加快仁和"863"高科技工业园的建设和工业技术改造。

在科研和投资领域，仁和药业集团一方面抓好仁和科研基地建设，另一方面加强与国际科研机构的合作，快速打造仁和以高科技为内涵的核心竞争力，并通过包括资本运营在内的多种途径，形成仁和非处方药、处方药原料药和日化品、保健品的大产业格局。

…………

企业研发、管理、生产、销售一体化发展，四大产业板块强势崛起，使得仁和品牌在全国的知名度和影响力不断提升。

第三个"五年计划"在头两年里的稳健而进，让杨文龙信心满怀，他的战略眼光也渐渐由仁和药业集团立足国内发展而投向了更为广阔的国际市场领域。

立足国内市场，加快与国际医药市场的发展水平全面接轨，让仁和药业集团朝着"公众型、国际化的大型企业"奋进。

在第三个"五年计划"实施过程中，仁和药业集团国际化战略目标定位日渐清晰：通过资源整合与科技创新，打造以高科技为内涵的核心竞争力，并依此启动仁和药业集团的全球化进程。

一是统筹整个仁和旗下的所有资源，科学规划、规范运作。二是加强对外合作，不仅与国内企业合作，还加快推进与国外企业合作，走出去，跟美国、欧洲、日本、韩国的企业合作。

2011 年 9 月和 2012 年 5 月，杨文龙先后率"仁和科技考察团"出访美国和日本，深入考察他们的医药科技发展情况，洽谈合作。

2011 年 12 月初，仁和药业集团与中国非处方药物协会共同在海南博鳌举办了"中国国际 OTC 产业创新与发展峰会·2011 博鳌论坛"。这次峰会的主题是"创新、整合、转型、跨越"，就是为了贯彻强化全面深度合作、加快推进仁和药业集团的国际化战略实施进程。

2013年10月，受杨文龙邀请，韩国制药协会会长李京浩、韩国宝宁制药公司金银善会长一行6人到访仁和药业集团参观考察。参观考察期间，李会长一行考察了仁和"863"科技园、仁和制药、樟树制药、江西制药和闪亮制药，并高度评价了仁和在发展中取得的成就，高度肯定了仁和药业集团为人类健康服务所作的贡献。韩国客人的此次仁和之行意义重大，双方承诺共同为人类健康事业作出积极的努力。此举不仅增进了双方的了解，加深了友谊，还推动了双方未来加强生产工艺和产品研发等方面的交流的进程。

"走出去"和"请进来"，进一步验证了仁和药业集团"全力打造高科技内涵的核心竞争力"战略思路的正确性，也进一步完善了集团的国际化战略。

善谋者，必成大器。

科学的谋划，使仁和插上腾飞的翅膀。江西省领导层评价说："仁和是近几年江西省发展最快的医药企业，是近几年江西省发展最快的民营企业，是近几年江西省发展最快的工业企业！"

第二节　顺势而为的思维之变

我们深刻地意识到，在互联网与传统行业的交融中，新时代的巨浪正潮涌而来，用新一代互联网信息技术改造传统产业，一个更加激动人心的时代到来了。我们已越来越无法忽视互联网的存在，每一个人都无法远离互联网所带来的深远影响。这是挑战，但亦是机遇！

——题记

对于 2014 年前后互联网与传统行业、传统产业和传统商业渐向深度的大融合趋势，在一篇媒体报道文章中，有这样的形象描述：

"忽如一夜春风来——仿佛一夜之间，空气中到处都弥漫着'互联网+'的味道。"

是的，时代行进的这种大趋势以锐不可挡之势，正奔涌而来。

"互联网+"这一经济形态，已然呈现于人们面前，在现实生活的众多领域让人可触可感。互联网正如此深刻地改变和影响我们的生产和生活方式，尤其对传统行业、传统产业和传统商业而言，互联网就像是催化剂，快速催生着新的行业、产业与商业格局之变。

从 2014 年在浙江省嘉兴市乌镇召开的首届世界互联网大会，到 2015 年全国"两会"政府工作报告描绘的"互联网+"宏伟蓝图，再到制定推进实施的"'互联网+'行动计划"，大力推动移动互联网、云计算、大数据、物联网等信息技术与传统产业融合，促进电子商务、工业互联网和互联网金融新兴行业和产业健康蓬勃发展，引导互联网企业拓展国际市场……"互联网+"时代，正由概念快速走进经济社会现实的各个领域。

由此，作为实施创新驱动发展战略的有效手段，"互联网+"的概念也开始迅速普及。伴随着技术进步和模式不断创新，人们对互联网的这一"风口"充满着期待……

不过，从感知到拥抱时代趋势，并非易事。

虽然"互联网+"带来了腾飞的翅膀，但对一些传统行业而言还是"船大难掉头"。

从这个意义上来说，"互联网+"中的加法，不仅是增加，更多的是提升，而且是从量变到质变。

鸡蛋如果从外部被打破，只能是食物；而从内部打破，则意味着一个新生命的诞生。

"对于企业来说，在互联网时代，如何运用'互联网+'来推动优势传统产业可持续发展，推动网络和产业之间的融合，形成新的价值链、产业链与新的服务模式和业态，这是最为关键的挑战，也是巨大的机遇。"

诚如专家们所言，互联网如果仅仅被用来卖产品，那不过是一个网上店铺，但如果企业能用互联网思维完成"＋品牌""＋产品""＋营销""＋渠道""＋消费者"等资源的整合重组与创新，进而将其转变为企业转型升级发展的催化剂，那带来的裂变将不可估量。

的确如此，2014 年前后，人们发现，从小微企业到规模企业、从传统制造业到服务业，"互联网＋"带来的裂变效应令人惊叹。

这种裂变效应，最初更为显著的是对传统商业、服务模式引发的巨变：电商购物、滴滴打车、在线服务……

"互联网＋"在转变行业和企业服务及创新营销理念模式的同时，也在悄然改变着整个社会的生产与生活方式。从融入第三产业催生形成的互联网金融、互联网交通、互联网医疗、互联网教育等各种新业态，互联网也正在以蓬勃之势逐步向第一和第二产业强力渗透。

阿基米德有句名言："给我一个支点，我就能撬动地球。"

对于互联网与传统产业的跨界融合，有人这样说，如果把促进传统产业转型升级、提质增效比作地球，把科学与技术比作杠杆，那么"互联网＋"就是"那个支点"，选准了支点，就可以"四两拨千斤"，推动传统产业实现爆发式增长的转型升级发展。

反之，滞后于"互联网＋"时代的大趋势，在"互联网＋"时代大趋势面前徘徊观望，那最终将落伍。

换而言之，任何企业都有可能超越最强的竞争对手，但有一个竞争对手却难以与其抗衡，那就是趋势。而趋势一旦爆发，就不会是一种线性的发展，它会积蓄力量于无形，最后爆发出雪崩效应。任何不愿意改变的企业都有可能会在雪崩面前被毁灭，被市场边缘化。

如何在"互联网＋"时代大背景下正快速萌发的新兴市场中，成为最显眼的新变量？如何把握新方向与新市场？在潮涌而来的"互联网+"时代大趋势面前，这是任何一位企业家都不得不去思考和面对的一个重大问题。

事实上，对于很多企业家来说，这种思考一开始来自于他们越来越清晰感受到的压力：随着"互联网+"时代大潮涌来，传统企业面临着互联网渗透、融合而带来的行业、产业和商业创新的冲击，很多企业家感到竞争压力日益增大，自己的企业越来越难经营。

传统企业如何能够更好地适应互联网大潮，借助"互联网+"成功实现转型，成为众多企业不得不去面临的一个新挑战。

…………

无论哪种时代的发展趋势，都有一个聚量渐变的过程。

让时间再回到 2012 年。因为，对于互联网潮涌而来，促进和推动行业、产业创新融合，这是一个重要的年份。

从南方日报的《互联网 2012 年终盘点：热闹非凡纷争不断》一文中，我们可以看到，这一年互联网已初呈异军突起之势。

"在即将过去的 2012 年，中国互联网领域可谓是精彩纷呈，在互联网发展的历史上留下了重要的一笔。用《人在囧途》概括 2012 年的互联网行业，是因为这一年，这个行业有太多突发事件，让人始料未及：手机病毒日渐增多，让用户们担心不已；互联网厂商'不务正业'做手机，几家欢喜几家忧……"

…………

"无论是在 9 月举行的中国互联网大会，还是在 12 月举行的广东互联网大会，如果从传统的互联网向移动互联网进行转型，已经成为互联网业界各位老大们最热衷发言的选题，在 2012 年，移动互联网的"江湖地位"可谓是正式地得到了确立，在互联网业界中也开始就向移动互联网转型的这个趋势达成共识：不向移动互联网转型真的会死。"

眼光敏锐者，往往能在某种趋势显露但还不是十分明显之时，就能预见其今后的走势。

"做企业就像打牌一样，什么时候出什么牌很重要。"在布局企业发展的过程中，尤其是在对企业下一阶段发展战略谋划的过程中，杨文龙向来格外注重从宏观市场发展中研判趋势，从而把握准企业发展的时机。

正因为如此，当2012年互联网发展已初呈异军突起之势之时，杨文龙不可能不对这一趋势投以关注的目光。

事实上，杨文龙已不但投以关注的目光，更在思考如何调整仁和药业集团第三个"五年计划"的整体发展战略，以顺应渐变而起的大趋势。

人们注意到，仁和药业集团与中国非处方药物协会共同在海南博鳌举办的"中国国际OTC产业创新与发展峰会·2011博鳌论坛"，主题就是"创新、整合、转型、跨越"。

只是，"创新、整合、转型、跨越"的大思路和具体路径还不明确。

然而，杨文龙的思维已开始发生悄然转变，这是一切创新的重要前提！

2013年，对于医药行业来说是艰难的一年，也是不平凡的一年。很多人都在讨论医药行业不好做，政策不够利好。让众多企业感到艰难的还有互联网对整个医药行业的冲击，以往的医药控销模式已不再是医药企业业绩增长的利器。

仁和药业集团也面临着同样的问题。

"互联网所带来的众多变化，已那样真切地呈现在我们的现实生活中，几乎在很多方面都让人可触可感，没有人不会被这种变化所影响。"一开始，杨文龙对互联网发展趋势的关注，就是来自于互联网对传统商业模式和市场格局的影响变化。

他开始大量阅读关于互联网对传统商业、行业及企业发展产生深刻影响方面的资料书籍，尤其是互联网催生传统商业模式变革方面的资料书籍。

同时，杨文龙广泛地接触互联网行业的专家学者和精英人士。

"要多和年轻人在一起，要学习互联网创业企业员工那种蛮拼的精神，要形成共同创业的合伙人机制、平等的创业伙伴关系……"跟上大时代，杨文龙内心充满着喜悦与新奇。

就这样，杨文龙一步步走近了互联网大领域。

在此后近 3 年的时间里，人们也慢慢注意到，杨文龙似乎淡出了公众视野，而在一些关于互联网发展主题的研讨会和读书会上，却常能看到他的身影。

在仁和药业集团，杨文龙也在逐渐减少集团内部事务，他把主要时间和精力越来越多地转向互联网的学习研究之中。

是的，杨文龙对互联网的学习研究日渐潜心深入。

在深入学习研究中，杨文龙越来越意识到，互联网正催生出的一切快速变化，这是未来从商业模式、市场格局到各个行业和产业将产生颠覆性变革的一个强烈信号！

比如，传统行业运营以企业为中心，首先考虑如何让企业盈利，根据企业的投入产出比和盈利模式设定产品、市场和品牌，不会考虑用户是否赚钱。但互联网行业不一样，互联网运营一定是以用户和用户体验为中心。

再比如，传统医药企业无法细分用户市场，企业对于用户的统计分析不够彻底，最多能够知道用户区域分布，但是更细化的分析，传统医药企业就显得无能为力了。但是互联网的介入，却使得医药企业与用户之间，可以形成与建立直接的联系，并且能够对用户的用药习惯进行深度分析，如此就能将单纯的消费者转变成用户。

…………

一头扎进互联网，让杨文龙内心产生了深深的震撼。

"我已将过去的成就感归零！"杨文龙这样说。

"触网"之后的杨文龙又渐渐感受到：一位传统老板和一位互联网老板的思维完全不一样。

传统老板从产业的角度，讲销售业绩、利润和盈利，不赚钱就不做，天下没有做亏本事的；而互联网老板讲的是用户、速度，讲的是用户的体验，讲究的是你怎么颠覆这个行业。

　　"人的思维变了，仿佛换了一个人，以前的想法、情况完全改变了，所以以前的业绩不叫成就。"在杨文龙看来，互联网时代每个产业、每个企业都存在被颠覆的可能，成就迭代越来越快。面对互联网，个人和企业都要正确对待，快速融入，改变运营策略，最快地转变传统企业经营思路。

　　"一切的变化将超乎想象！"2014 年前后，正如杨文龙两年来所研判的走势那样，"互联网 +"正以前所未有的广度和深度改变着传统商业模式的格局，演进创新令人目不暇接。

　　仅在医药行业领域，2014 年 5 月 28 日国家食品药品监督管理总局公布了《互联网食品药品经营监督管理办法（征求意见稿）》，网售处方药将有望放开，政策打开的将是一扇通往千亿级体量市场的大门。

　　由此，杨文龙更加强烈地认识到，仁和药业集团顺势而为，把握"互联网 +"的风口，以强大的执行力和求变、创新的思维助力集团互联网战略转型，这一切已势在必行。

　　仁和要大象转身，向互联网科技创新公司融入，要携手走在行业前列的领导者，带动行业更高、更快、更强地迈进！

　　大趋势变化背景下的思维之变，促使着杨文龙心中生发出越来越强烈的紧迫感——在任何集团发展的现有优势基础上，把握住"互联网 +"时代所带来的机遇，谋求仁和药业集团全面转型升级发展的创新发展格局。

　　"互联网时代每个产业、传统企业如果不转型就有被颠覆的可能，仁和药业集团顺应'互联网 +'时代潮流，以促进互联网布局和产业转型升级。"

　　2014 年底，仁和药业集团向外界高调宣布——集团将全面拥抱互联网，大力推进"互联网 +"背景下的转型升级发展战略！

在这个互联网变革大时代，杨文龙希望仁和在发展传统业务板块的基础上多线运营，既和合共赢，又超越自我！

第三节　创新模式开启全面转型之路

互联网技术和工业融合带来的新业态、新模式，给工业互联网带来的一个巨大的产业变革，互联网领域发展的产业变革将很快影响工业领域，这已经成为众多业界不争的共识。

但对于仁和药业集团这样一家传统而庞大的医药企业，该怎样去与新兴的互联网模式融合与创新？在与互联网融合创新之后，仁和药业集团未来呈现出的将是怎样的发展图景？当仁和药业集团对外高调宣布，将借助互联网实施转型升级战略之后，这一切无不让各界感到耳目一新。

尤其是对全国医药企业界而言，仁和药业集团即将开启的互联网转型之路更是让他们充满着热切的关注。

这样的热切关注有其深层原因。

其中一个重要的原因就是，到 2014 年，全国众多行业都在尝试做互联网，特别是包括家电行业、服装行业、餐饮行业等涉及人们生活、服务每个角落的行业，几乎全部被互联网覆盖。然而，整个医药行业对互联网的概念和思维却来得相对晚一些。

就在两三年前，很多医药行业人士还那样认为：医药行业谁也颠覆不了——没有医生看不了病，没有药店买不了药，因此，传统的品牌建设、渠道建设和促销活动依然是医药行业的发展思路。

然而，随着两三年来互联网对传统行业、产业的强势渗透与融合，互联网所带来的社会生活、生产和服务领域里的诸多创新变化，越来越多的医药行业企业已深刻认识到，在互联网大趋势面前，或许没有任何一个行业可以轻言将来不被颠覆的可能。

正因为如此，对于仁和药业集团的率先实施互联网转型战略，在全国整个医药行业同仁们看来，是有着探路者的开创性意义的！

对此，全国医药行业同仁们在热切的关注中拭目以待。

2015年1月12日，椰风海浪映衬下的海南三亚，令人感到格外清爽。

这一天，杨文龙与老百姓大药房连锁董事长谢子龙、多家互联网健康企业、SFDA南方医药经济研究所、中国医药商业协会、中国中药协会、中国OTC协会、中国化学制药工业协会的相关负责人以及200多家医药企业家代表，在海南三亚共聚一堂，同庆仁和药业集团携手制药工业企业与医疗机构开创的FSC（Factory Service Customer）药企联盟健康服务工程发布及"和力物联网、叮当送健康"加盟仪式。

这注定是仁和药业集团发展历程中具有不同寻常意义的一天。

经过前后近3年对互联网趋势的深度研究，历经从宏观到微观层面的反复深思，在2014年底，当仁和药业集团对外高调宣布将大力推进"互联网+"背景下的转型升级发展战略时，杨文龙对仁和药业集团在互联网背景下实施的转型升级战略大构思，就相对完整形成。

这一天，仁和药业集团在海南三亚向外界隆重推出其互联网转型战略模式：携200家药企，整合行业资源，组建"和力物联网"以实现医药工业4.0升级；"叮当健康"联盟国内外医疗服务机构以及互联网健康企业，实践健康4S服务。

这标志着，仁和药业集团率先转型以消费者为核心的用户体验，打造惠民、便民工程，正式开创大健康产业链互联网化的"FSC"模式。

在"FSC"这一模式中：

"F"代表和力物联网。200多家联盟医药企业通过创新思维模式，整合各方资源，优化供、产关系，引领行业发展，打造全国原、辅、包材及药品供应商B2B示范平台，以实现医药工业4.0智能化升级。联盟药企计划通过和力物联网这个平台，引入大数据分析及共享，在未来几年内逐步实现采购金额 300 亿元的规模，在医药产业链最前端实现原辅料和包材集中采购，降低联盟成员的采购成本，进而降低药品价格。同时，通过减少中间环节，以最优惠的价格直供消费者，让消费者得到更多实惠，真正实现产品直达。例如，很多药企的口服固体制剂外表的糖衣，用的是白糖，但由于药企的产品结构不同，用量大的企业，每年可以采购几吨，价格相对低一些，而用量少的可能还不到几十公斤，价格就很高。怎么办？大家组成工业采购联盟，集中和供应商统一购买，内部再根据各自需求调配。这样，大家都愿意集中在一块，利用各自资源展开深度合作，当然，这就包括了药品的供应。

同时，由于标准化和统一化的采购，保证联盟内的成员都可以共享高品质的原材料，确保最终产品的品质。此外，类似的工业互联网联盟的发展还将带来联盟会员整体质量管理水平的拉升，以及联盟内部企业资金整体使用效率的提高和占用成本的下降，为我国医药制造业整体转型升级提供支持。

S 代表大健康服务。即仁和等企业推出"叮当送健康"服务平台，联盟国内外医疗服务机构以及互联网健康企业，建立包括大健康商品直供、智能设备实时监测、健康大数据管理、远程医疗服务、家庭医护、送药上门等大健康 4S 服务体系。仁和等药企联合各大连锁终端资源，结合自建物流团队，保证在服务范围内 28 分钟免费送药到家。

C 代表以消费者为核心的客户体验。运用互联网思维和互联网营销模式，并借助联盟优势，以更优质、更可靠的产品和更高效、更专业的服务，来满足互联网时代消费者的新需求。这将是未来最为核心和具有战略意义的发展方向。

大健康产业链互联网化的"FSC"模式，被业界视为是杨文龙亮出了仁和药业集团的互联网战略发展底牌：仁和药业集团要在未来做出一个产业互联网模式，包含多个开放性联盟，覆盖工业产品、健康产品，有良好用户体验的健康 4S 店标准，形成大健康产业链闭环，完全去中间环节化，工业产品直达消费者。

至此，仁和药业集团的互联网转型战略蓝图也呈现在社会公众面前。

在未来的转型发展过程中，仁和药业集团不仅要完成从工业到连锁、到消费者、到健康服务的全产业链整合，还将完成从传统生产型企业到互联网企业的跨界整合，用互联网思维来调动庞大的传统实体，用先进的理念来突破现有的行业发展格局。

对此，外界感叹，杨文龙深度转型的互联网思维，是要用互联网思维来调动庞大的传统实体，启动从工业到连锁、到消费者、到健康服务的全产业链整合，以及从传统生产型企业到互联网企业的跨界整合。

"该模式不只是一种简单的商业模式布局，通过药品产业链的优化，可以直接创造价值，同时该完整的链条会带来巨大的数据商业开发价值。"

是的，这绝不是囿于仁和药业集团企业自身发展的互联网转型，更不是仁和药业集团某一产业板块和某一发展层面和互联网结合的创新尝试，而是跟上大时代，开启仁和药业集团企业自身发展并引领整个医药行业互联网实施全面转型的宏远蓝图。

出席 FSC（Factory Service Customer）药企联盟健康服务工程发布及"和力物联网、叮当送健康"加盟仪式的专家指出，在当前互联网大潮的冲击下，在中国新一轮医改深化进程中，无论是医药行业，还是消费者，都在呼唤传统医药行业必须与互联网深度融合，以更高效、更便捷的方式，为百姓提供专业、便捷、经济的全面健康服务。线上与线下的结合，不仅为传统医药企业开辟了新的行销渠道，也成为市场大势所趋。"和力物联网"的推出，代表着仁和药业为首的一批传统药企已经率先启动了面向互联网时代的转型。

而在当天的仪式现场，在面对几百家合作伙伴讲述仁和新战略时，杨文龙引用了马丁·路德·金的名句——"我有一个梦想"和"中国梦"的引言，讲述了自己的健康服务工程 4.0 梦想。会议高潮时，几百位伙伴上台和他同启项目的场景，让你真真切切地感受到，在互联网大潮冲击下的中国医药产业，受政策、消费变革、竞争压力、需求反馈等多方信息的刺激，企业家们携手实现梦想的渴望有多强烈。

"仁和在 15 年的时间里，有 1 家上市公司，3 个医药研究机构，13 家药品保健品生产企业，有 260 家工业企业跟我们是战略联盟合作伙伴，是股份合作，不是简单的合作。还有 5 家医药商业流通企业。还有 32 万家的合作药店。我们有 1.8 万人的销售队伍遍布全国各地，甚至到各个乡镇。这就是仁和的资源。"在杨文龙的战略思维里，为什么仁和药业集团要做互联网，正是因为仁和有这个资源去做互联网。

2000 年到 2005 年，仁和做的一件事是抓住了一个机会，叫渠道为王。建队伍，建渠道，把全国的销售渠道网络建立起来。通过五年时间建立了全国的营销网络。有了销售渠道以后，后来就有了工业生产基地，配套的产业就上去了。

2005 年到 2010 年，所有购药的人都要买品牌产品，谁的品牌做得响、谁的广告打得好、谁的产品做得好，就买谁的。当时用五年时间，仁和药业集团做了五大全国知名品牌，这些品牌的广告词——"洗洗更健康""谁用谁亮""家有儿女常备优卡丹"等等，早已在全国叫响。

2010 年到 2015 年，仁和的广告少了，但仁和的销量却上升了。

"当时我们是转向了终端。因为广告做得越多，药店的销量越少。为什么？因为你把钱都放在广告上，终端没有利润，没有人给你卖。现在达到了 1.8 万人的销售队伍。我们的终端促销活动都是在各个地区、各个县级城市、各个乡镇、各个药店的附近，带动了仁和的快速发展。"仁和药业集团通过前 15 年的发展历程，在每一个环节上都抓住了用户需求的痛点。

而现在，立于"互联网+"时代的风口浪尖，仁和药业集团这艘医药企业航母再度定准了乘风破浪前行的航向！

"互联网+"不是对传统商业的替代，也没有改变商业的本质，"互联网+"强调的是融合和共赢，意义在于帮助传统产业提高效率，优化服务体验，让全社会的信息流动更快，信息更透明，社会资源的匹配和经营效率大幅提升！

掌握传统产业资源是仁和药业集团最有利的条件，没有资源，也就无法搭建联盟机构，更谈不上工厂直接服务到用户的能力，这是其他行业投资者跨界健康领域很难快速实现的。

这是因为，从医药行业价值链上看，最有价值的环节居于首尾两端，即上游的产品资源和下游的终端资源。这是传统的产业的核心价值观，无论互联网公司展开何种打法，药品总是人类所需不可或缺。然而一个药品研发的成本高昂且注册报批的过程缓慢，全世界概莫能外，这是无法改变的客观现状。价值链的另一端，终端资源，却是存在莫大的变数。

业界专家评估，类似 FSC 药企联盟健康服务工程模式有望成为未来健康产业的大趋势，也是传统药企迎接互联网、运用互联网的必然选择。FSC 药企联盟健康服务工程通过医药产业链上下游的自主联盟和互联网技术融合，从根源上满足老百姓对优质健康服务的需求，支持政府惠民、便民工程打造，也必将推动医药健康产业的纵深发展。

第四节　"互联网+"模式下的精彩蜕变

医药是关乎国计民生的基础工程，直接关系到人民群众身体健康与生活品质。自"互联网+"提出以来，"医药互联网+"在全行业迅速激起共鸣，传统医药产业与互联网产业相互渗透加速，市场资源要素不断优化重组，改革红利不断释放。

加速推进"医药互联网+"，将有利于推进医药产业转型升级。

杨文龙深知，仁和药业集团要实现互联网转型的战略蓝图，这既要找准创新突破的契合点，同时又必须紧紧依托仁和自身的优势。

新兴的健康产业互联网企业，不足之处在于传统资源环节的薄弱，在实施跨界健康的发展中更多的是做信息平台，涉足实际运营平台的则较少。

显然，仁和药业集团实施的互联网转型战略，一开始就是牢牢立足于自身的传统资源优势，这即是，要做掌握传统资源的互联网企业，整合资源是仁和药业集团的优势和最佳路径。

随着"和力物联网"这一最核心产业转型支撑平台的构筑，使得仁和药业集团的互联网转型有了坚实的基础。

充分利用传统核心资源开创全新物联模式，通过与医药企业、连锁药店、医疗机构和医疗信息企业的整合，开创全新的物联模式，打造大健康产业链平台，向创新科技型药业集团转型。

仁和药业集团的互联网转型战略实施由此拉开序幕。

2015年2月6日，叮当快药上线。

同一天，叮当快药举行新闻发布会，这是叮当快药最具里程碑意义的发展历程。杨文龙率队正式向外界宣告：叮当快药问世！

在用户习惯了网上购物的时候，唯独医药领域相关产品无法便捷、快速地通过互联网获取，叮当快药发起药店联盟填补市场空白，力求以专业服务抢占市场先机。

仁和药业集团的叮当快药，首先从"医药+互联网"这一端切入，打开了进军健康产业互联网大市场蓝海的路径。

"叮当快药一定要求它的专业性、它的服务质量、它的时间速度都要做到极致。"杨文龙的目标就是这样，要做就做到最好！

在率先启动市场运营的北京市，叮当快药根据合作药店所能辐射的最远距离和实际路况划定了电子围栏，科学精准地规划了配送范围，用户可根据自身的 GPS 位置得到最近药店的深度服务。

为了最大化地节省时间，叮当快药在前期还进行了空跑测试和压力测试。在确定区域点以后，派实验员骑电动车去虚拟电子围栏的最边缘地带，在早晚班高峰和平时不同时段，根据道路的情况做时间测试。测试完成之后确定电子围栏的最精准的边缘地带。

在服务核心区域，叮当快药 365 天向用户提供 24 小时服务，向用户承诺 28 分钟将所购药品免费送到家。

在医药品类方面，叮当快药提供药品、中药饮品、健康保健、成人用品、医疗器械、母婴用品、个人护理方面等品类的展示信息。配送过程，使用专业的恒温、恒湿进口保温箱，保证整个配送过程中的专业和安全。

用户只要打开叮当快药 APP 的终端，浏览药品信息，专业药师为其提供用药咨询服务，用户确定所需药品后下单，由线下合作实体药店完成 28 分钟免费送药上门。

OTC 药品销售，过去是一车一车地卖，现在是一盒一盒地卖。快的速度和齐全的医药产品，必须要以线下实体药店的通力支持合作为强大基础。

至此，业界才真正明白，为何杨文龙一开始就通过和力物联网建立起强大的医药企业联盟，这是构建起仁和药业集团互联网战略的前提和基础。仁和药业集团从上游最前端的时候就已经埋下了伏笔，将采购话语权集于一家，影响到下游医药公司，顺着链条集散，终端，最终传导到用户。

在叮当快药运营过程中，与叮当快药合作的药店当接到线上的订单时，系统就会有"叮当"的提示音发出，提醒工作人员对订单进行确认。随后，配送员在配送前会将药品放置在保温、保湿箱当中，确保药品在配送的过程中，不会受外部环境影响，用户也可以在订单详情中查询到药品温、湿度的实时数据。这一系列的动作，都源于叮当快药与线下实体药店合作中贯彻的五大措施。

首先，通过 28 分钟的互联网配送方式，让药店扩大了商圈范围。原来一家线下的药店平均覆盖的商圈五百米，现在最远可覆盖五公里。实际上一家店相当于几家店的覆盖范围，使得原有的药店商圈在无形中被放大。

其次，在电子围栏的区域范围内，叮当快药只选择一家药店，具有排他性，避免了同区域内几家药店相互竞争。

三是有些线下单体药店缺乏真正的系统规范，叮当快药提供一套符合 GSP(Good Supply Practice 药品经营质量管理规范) 法规的 ERP(Enterprise Resource Planning 企业资源计划) 进销存系统，以此规范药店的运营，提升进销存管理。

四是运用大数据指导药店运营。原来一家药店只清楚自己一家药店的数据，现在可以通过叮当快药的大数据，知道这个城市的 TOP 商品是什么，为药店引进合适的药品提供有效依据。

五是所有合作资源都与药店共享。叮当快药在线上展开的合作，不论是美团外卖，还是百度外卖，或者其他平台，都将免费接入合作药店，这表明双方合作不是松散型的合作，而是最紧密的合作。

在与药店合作的同时，物流方面，叮当快药所用快递人员均为合作药店的工作人员。叮当快药有一整套服务规范体系，为药店的配送员进行培训并设置监察机制，以保障药品安全及时送达。

庞大而坚实的线下供应、配合机制，为线上通畅的运营流程提供了强大保障，这样的高效运行和优质服务体系，使得叮当快药随即以"互联网＋医药"的全新姿态崛起。

"大多数人认为，没有医生看不了病，没有药店买不了药。但来自江西的一家药企，打造了一款名为'叮当快药'的手机 APP，却正悄然改变着这一格局。"叮当快药一经启动，立即引起了广泛的社会关注！

而在随后的亲身感受体验中，对叮当快药接受、认可和赞誉的用户与日俱增。尤其让用户赞叹的，是叮当快药的方便快捷。

在北京市，叮当快药的用户群迅速扩大，美誉度和知名度快速攀升。

更有一件这样的事曾为媒体报道，并引起强烈反响：叮当快药上线之初，一名用户抱着检验服务效果的态度，下了一个仅一元钱的订单。令这名用户感到意外和感动的是，即便是如此廉价的订单，药店的配送人员也在 28 分钟内将药品送到了他手上。

叮当快药的用户数量过万、十万、百万、千万的增长……日单量从几百到过千再到突破万单……一串串数字的更迭和刷新，时时拨动着叮当团队的进取之心。

令人惊叹的是，仅仅用了 100 天时间，叮当快药就实现了对北京市场的全覆盖，并且完成十多次产品升级迭代，App 从 1.0 版本精进到 4.0 版本，平台功能从实现下单购药到行业内率先与百度地图无缝衔接，开通症状自诊、药师服务等功能，极大提升了用户的使用体验。

与此同时，叮当快药在北京市场的运营过程中，快速测试产品，完善模式，打磨团队，也为拓展其他城市做好了充足准备。

继在北京市场实现成功运营发展的同时，2015 年下半年，叮当快药又快速稳健向广州、深圳、上海、成都等一线城市挺进，并迅速实现了全城覆盖。

在向全国城市稳健拓展、快速布局的过程中，叮当快药还相继与美团外卖、百度外卖、生活消费平台大众点评、360 生活服务导航页及饿了么等展开战略合作，从线上服务深耕到移动端流量、PC 流量抢占，完成多方位布局。

…………

此外，叮当快药还与百度鹰眼进行合作，使叮当快药更清楚掌握道路的交通情况以及药店配送员的位置，可以根据实际路况进行合理的调度，确保 28 分钟到家的服务标准。

互联网医药呈现的爆发式增长态势，在 2015 年令人注目，"互联网 +

医药"发展的异军突起竞争格局也开始显现。这一年，"双十一"一天线上营收即达百亿规模。其中，仅叮当快药一家就取得全网销售 8.7 万单、销售额 1167 万元的骄人成绩。

而此时的仁和药业集团，在互联网医药领域的崛起之势日渐强劲。

2016 年 11 月，叮当快药对外宣布，其北京市场日订单突破两万单，率先实现盈利。

对此，业界有这样的评价："这并不是一场互联网对传统行业的降维攻击，而是一场传统行业对互联网发起的升维进攻，叮当快药从一开始便背靠大树，将从上游到下游的产业链牢牢把握在自己手里，盈利模式也早已敷布每一个链条，全国范围的布局也非常清晰。"

在"互联网+"战略不到两年的实施过程中，仁和药业集团已领跑于互联网医药领域。

同时，人们还注意到，仁和药业集团的"互联网+"战略实施，"非常低调，除了公交广告上经常可以看到，几乎看不到市面上公关稿的宣传"。

事实证明，仁和药业集团的叮当快药已逐步形成互联网医药市场的成功模式。

2015 年底到 2016 年，叮当快药凭借一系列出彩的表现，接连斩获新华社最具人气 APP"新锐奖"、新华网"2015 年度中国互联网+健康创新企业奖"、易观智库"易观之星奖"、21 世纪药店"2015 中国医药电子商务创新人气奖"等多项大奖。

同时，各类投资机构也对叮当快药的未来发展前景十分看好。

按照杨文龙的部署，叮当快药在完成快速布局一、二线城市并形成相对成熟的运营模式后，将逐步向三、四线城市下沉，进一步扩大市场布局。

在杨文龙看来，经过近两年时间的探索，叮当快药从 2017 年起向三、四线城市布局的计划将到了水到渠成的时机。

为此，叮当快药为新的市场布局展开融资。

2016 年 12 月 28 日，叮当快药正式对外发布消息，公司获得投资机构同道共赢 A 轮融资。

此次获得的 A 轮融资，也说明资本对叮当快药新零售模式的认可。而叮当智慧药房作为医药零售新模式的着力点，将是未来打造的重点。叮当智慧药房，是叮当快药有意在打造统一品牌、统一标准、统一流程、统一服务的健康管理，为优化服务流程提供"土壤"，并在此基础上，逐步扩展到更多城市、更多人群当中。

其一，重构线上线下资源。通过叮当快药赋能线下，扩大门店服务半径，实现从 500 米到 5 千米的跨越。并且，通过叮当智慧药房整合线上线下资源，重构传统药店价值，赋能线上，提升用户体验。

其二，提供用户极致的服务体验。继续深化 7 × 24 小时、28 分钟的健康到家服务，加强 24 小时药师专家服务。

其三，应用会员健康大数据。叮当智慧药房将为用户建立其电子档案，采集健康数据，打造"C2B"模式，真正满足用户的需求。

除了终端平台的技术创新外，仁和药业集团也将信息化融入传统生产工艺中。

比如，对设备进行信息化技术改造，以提升使用效率；在工业层面做大数据分析，让研发、生产、销售关系更为协调；在管理方面用互联网思维提升集团的管控能力，打造"智慧仁和"等。

随着网购时代的到来，虽然医药零售业并不是高频次消费，但消费者在用药习惯上也在悄然改变，基于医药 O2O 平台引发的零售大战也在孕育中，这其中包括正受着各种医改影响的传统医药企业，还有时下热门的 AI 机器人。

2017 年，叮当快药又继而升级了 FSC 药企联盟，已聚集了包括中美史克、拜耳等 466 家中外知名药企。FSC 药企联盟即药企直接供货，打造源头直达终端的全产业链。叮当快药是希望进一步拓展了大健康品类，并围绕大健康这一中心，从非处方药、医疗器械、保健品、中药饮片、药妆、个人护理及家庭护理等不同消费需求出发，完成从低频刚需，向高频冲动需求拓展，满足需求和引领需求并重。

此前，阿斯利康、默沙东、赛诺菲、广州医药、云南白药（000538）、修正药业等多家药企已经自建零售队伍涉足零售终端。在 2017 年海南博鳌西普会上，人们看到恒瑞制药、广西梧州制药、正大天晴也都在积极地接触零售市场，尤其对 DTP 药房 (零售药店直接将创新特药销售给患者的模式) 青睐有加，武田制药甚至直接将旗下 6 个处方药产品授权百洋医药，通过全新的处方药营销模式覆盖零售终端。

杨文龙提出医药新零售中，不仅仅是因为传统药企的直接加入，还有互联网科技、人工智能等应用，而这实际也是未来智慧药店发展的趋势之一。在海南博鳌西普会发布会上，叮当快药一口气推出了叮当大白 AI 机器人、自动售药机、智能药房 3.0 三个产品。

叮当大白 AI 机器人，借助"人工智能 + 医药"的模式满足消费升级，具备自然语言交互功能，收集并学习了近 4000 万条健康医药知识库，可识别与理解 2 万组药品名称及关键字，并能够实现整套机器人对话语境上的语言交互，并通过 PASS 系统以 CRM 和大数据分析为基础，为用户提供智能化的专业服务，包括线上用药提醒、用药咨询和跟踪、慢病管理、保健预防等。

叮当智慧药房则可以通过人脸识别系统，获取叮当大白健康体检服务，监测体温、血压、血脂、体脂等常规身体健康数值，遇到轻症状时，叮当大白将给出智能推荐，帮助用户选择合适的药品。

…………

从"+ 互联网"到"互联网 +"的精彩蜕变，仁和药业集团正致力打造和引领传统医药企业实现互联网全面转型的典范！

第九章
领跑大健康产业

　　实施转型升级的一系列战略布局表明，仁和药业集团正着力打造大健康全产业链。

　　事实上，在2014年杨文龙思考互联网大趋势下企业发展战略的调整时，他就敏锐意识到了大健康产业未来发展的广阔前景，并未雨绸缪地布局企业进军大健康产业。

　　随着我国经济平稳较快地发展，人民生活水平的稳步提高，对健康服务的需求正在从传统的疾病治疗转为疾病预防和保健养生。特别是在十八届五中全会公报中，建设"健康中国"上升为国家战略，与大健康相关的产业正进入蓬勃发展期，大健康产业也将引领新一轮经济发展浪潮。

　　每一个大时代的变迁，总是使这个时代的产业发展呈现出不同的特征。

　　在整个大健康产业遇到前所未有发展契机的背景下，健康产业出现了重要的转折点：一是大健康产业开始逐渐形成不断延伸的产业链，并且其商业模式的创新开始凸显——整个行业从粗放式发展模式向精细化发展模式转变；二是以移动医疗、云计算、大数据、物联网为代表的互联网信息技术已经开始渗透到产业的各个环节。

在引领企业发展的过程中，杨文龙总是把目光聚焦时代大潮，紧跟时代步伐。

"大健康产业面临的机遇、传统医药制造行业迎接的互联网大趋势挑战以及如何打造大健康产业，为仁和药业集团的全面转型升级发展确立了清晰的大方向。"从2014年开始，杨文龙付诸引领仁和药业集团面向未来发展的所有探索，都旨在推动企业朝着大健康产业这一方向领跑。

从2014年到2017年初，当仁和药业集团一端通过健康产业延伸和产品研发，一端通过"叮当大健康生态圈"的努力打造，企业逐渐呈现出线上线下的大健康全产业链时，人们也惊喜地发现，在大健康产业应运而生的大背景下，仁和药业集团又一次以行业领跑者的姿态稳健行进在大健康产业的广阔天地间。

在杨文龙深远的战略目光中，这将是仁和药业集团发展历程中的一次全新出发！

一

2014 年 4 月 29 日，北京钓鱼台国宾馆。

这一天，仁和药业集团与国家体育总局运动医学研究所在这里举行合作签约仪式。

根据合作协议内容，双方将在运动营养研究、运动营养身体机能测评及相关产品开发推广等方面开展全面合作，进军体育健康产业，将运医所的研究和服务内容从专业领域拓展到全民科学健身范围，共同探索国民健康及运动营养产业化的发展道路，共建经济实体，将国内顶级运动营养研究机构的科研力量和一流企业的市场化能力结合起来，实现合作共赢。

"作为一家以中药为核心、集药品研发、生产和销售于一体的大型现代医药企业集团，仁和积极推动集团在大健康领域的发展，并将不断加大在科研方面的投入，重视科研成果的产业化转换。"杨文龙在合作签约仪式上的致辞中向外界宣布，仁和集团正式进军大健康产业。

对于医药界企业而言，"大健康产业"这一概念从新世纪初年开始提出后，就逐渐受到关注。

有研究报告显示，"大健康"产业正以强劲发展之势，有望成为全球最大的新兴产业。

然而，到新世纪初年，与美国、日本等发达国家甚至一些发展中国家相比，我国的大健康产业还处于起步阶段。2010 年前后，美国的健康产业占 GDP 比重超过 15%，加拿大、日本等国健康产业占 GDP 比重超过

10%。而我国的健康产业还仅占 GDP 的 4% 至 5% 左右。

大健康产业由医疗性健康服务和非医疗性健康服务两大部分构成，在国际上已形成了四大基本产业群体：以医疗服务机构为主体的医疗产业，以药品、医疗器械以及其他医疗耗材产销为主体的医药产业，以保健食品、健康产品产销为主体的保健品产业，以个性化健康检测评估、咨询服务、调理康复、保障促进等为主体的健康管理服务产业。

自新世纪初年以来，我国大健康产业迅速发展，产业链正在逐步完善，新兴业态正在不断涌现，大健康产业领域已出现的新兴产业包括养老产业、医疗旅游、营养保健产品研发制造、高端医疗器械研发制造等。

早在 2008 年前后，杨文龙就已对大健康产业的发展投以关注的目光。

"2008 年，我国健康医疗市场规模超过万亿元人民币，如果按照本世纪的前 10 年我国健康医疗市场年均超过 10% 的速度，预计到 2020 年，我国将会成为全球仅次于美国的第二大医疗市场。"在杨文龙看来，我国大健康产业已呈现出强劲的发展趋势，大健康产业在未来具有广阔的增量空间。

2013 年 10 月，国务院印发《关于促进健康服务业发展的若干意见》指出：2020 年我国健康服务业规模将达到 8 万亿。同时，我国大健康产业近年来的蓬勃发展，充分反映了群众对多元化、个性化健康服务的热切期待。

正是在这样的背景下，一批有能力、有眼光的传统制药企业纷纷开始涉足健康产业，我国大健康产业中的新生力量趋势初显端倪。

在对大健康产业的深度关注过程中，杨文龙更是越来越深刻意识到：传统医药行业已危、机共存，必须充分认识到大健康产业带来的新机会与新挑战。

新机会与新挑战，即传统医药产业将日益走向竞争的"红海"，而大健康产业领域则是正呈现出广阔空间的一片"蓝海"。

杨文龙认为，仁和药业集团未来发展就是避开在竞争的"红海"，而走向发展前景广阔的"蓝海"。

"以用户至上的思维逻辑制定发展战略，仁和药业集团将从传统的制药模式逐步向健康管理、养生等大健康产业领域发展，打通自己的产业链……"杨文龙深知，这将是仁和药业集团产业全面转型，实现百年企业发展宏远大目标的重大机遇。

由此，仁和药业集团迈出了向大健康产业进军的步伐。

在向大健康产业拓进的过程中，杨文龙首先布局的是将仁和药业集团原有的制药产业向健康产业和医疗产业调整、延伸，并着力打造大健康品牌。

作为仁和药业集团下属专注"非药品"的保健食品、母婴产品、消杀洗护类产品的销售公司，江西仁和康健科技有限公司致力于走专业化、网络化的道路，承载着全渠道拓展的使命，肩负着新品牌打造的重托，是仁和药业集团重点发展的公司。目前，该公司拥有遍布全国 30 多个省、直辖市、自治区的营销网络，搭建会员终端营销系统，实行严格的区域保护营销模式。

仁和康健科技有限公司现已主要销售经营六大品牌产品，分别是金衡康品牌系列，专注于人体健康滋补，功能营养保健等大健康类产品；颜生堂品牌系列，专注于高端、时尚女性健康服务；薇美品牌系列，专注于年轻时尚女性私密健康护理；达舒克品牌系列，专注于非药品类外用产品；我最闪亮品牌系列，专注年轻时尚人群健康护理；超级伙伴品牌系列，专注于避孕情趣保健用品。公司以销售为核心，以产品质量为优势，为人类健康服务，改善人类亚健康。

抓住大健康产业正蓬勃发展的重大契机，通过健康产业链延伸和产品研发，仁和药业航母已朝着大健康产业这片广阔的"蓝海"进发。

二

　　与传统的健康产业相比，大健康产业提供的不单单是产品，更多的是健康生活服务解决方案。

　　这种解决方案，一方面是大健康产业服务领域的极大拓展与延伸，一方面也是对医药健康市场的整体重构。

　　2015 年 9 月，国家卫生计生委全面启动《健康中国建设规划（2016—2020 年）》的编制工作，从大健康、大卫生、大医学的高度出发，突出强调以人的健康为中心，实施"健康中国"战略并融入经济社会发展之中，通过综合性的政策举措，实现健康发展目标。

　　事实上，"健康中国"战略已酝酿多年。

　　早在 2007 年中国科协年会上，卫生部即公布了"健康护小康，小康看健康"的三步走战略。2012 年 8 月，卫生部组织数百名专家讨论最终形成"健康中国 2020"战略研究报告，提出到 2020 年，完善覆盖城乡居民的基本医疗卫生制度，实现人人享有基本医疗卫生服务，医疗保障水平不断提高，卫生服务利用明显改善，地区间人群健康差异进一步缩小，国民健康水平达到中等发达国家水平。

　　2015 年 10 月，党的十八届五中全会明确提出了推进健康中国建设的任务，"健康中国"建设上升为国家战略。

　　在"健康中国"战略中，健全优质、高效、整合型的医疗卫生服务体系，完善分级诊疗制度成为重要任务之一。尤其值得注意的是，在医药领域，通过与互联网的结合，让这个传统的行业焕发出新的活力。

　　自 2008 年以来对大健康产业的持续关注研究，让杨文龙预见到，大健康产业在健康服务领域有着更为广阔的延伸空间。

　　如何延伸？这是杨文龙在 2014 年布局仁和药业集团向大健康产业发展过程中就深入思考的问题。

而随后，又在仁和药业集团逐步实施互联网转型战略的进程中，杨文龙找到了解决问题的答案——建立叮当大健康生态圈。

让我们再回到仁和药业集团的"互联网＋"战略，梳理其整体思路：

在产品端，通过 M2F（Manufacturers to Factory）模式，整合药企资源，形成采购联盟、工业联盟和信息联盟，降低采购成本，信息共享，从而降低药品供应价格；在流通领域，通过 B2B（Business to Business）模式，连接上游的产品与下游终端，构建符合现代医药电商发展的配套医药物流供应体系；在终端，通过叮当快药，连接药店与用户，成为医药 O2O 线上线下一体的服务体系。

显而易见，在此生态圈中，叮当快药作为服务消费者的最后一公里，不但连接着上游的药品供货商与零售商，更是为后续患者智慧医疗服务提供了入口，成为仁和药业集团互联网战略布局中的重要一环。最终与产品端、流通渠道相照应，形成仁和的全产业链生态闭环。

透视仁和药业集团的"互联网＋"战略，人们惊喜地看到，从成立之初，叮当快药便是朝着"叮当大健康生态圈"的方向来布局的。

原来，这其中蕴含的正是仁和药业集团将借助互联网思维，向大健康产业链全面延伸的核心战略构想。

在这个生态圈层中，叮当快药只是其中一环。

然而，就是这关键的一环，足以让人们看到杨文龙的未雨绸缪和极具前瞻性的战略眼光。因为，随后正是通过叮当快药这一基础性的一环，仁和药业集团借助"互联网＋"将实现对大健康产业生态圈的构建。

首先是叮当快药与春雨医生的合作。

根据双方合作规划，叮当快药将发挥医药领域的专业优势与速度优势，为用户提供全方位的用药解决方案，春雨医生则通过完善的在线问诊服务平台提供高质量的健康管理咨询服务，双方资源高效互补，实现从在线问诊、购药送药到健康管理的 O2O 全产业链完整闭环服务。

这一合作，在原有的叮当快药药品服务基础上，将服务产业链向前延伸，为用户提供健康管理咨询服务，提高药事服务的深度，使用户在叮当快药的产品下实现从在线问诊、购药送药到健康管理的 O2O 全产业链完整闭环服务，从而提升用户的使用体验。

叮当快药与春雨医生的战略合作，首次打通了医疗＋医院＋医药的横向产业链，双方的优势资源形成了高效互补。

有医药行业专业对此表示：随着医药政策的逐步放开，医药 O2O 与在线问诊等医疗服务的合作模式将打破同质化竞争现状，以服务为核心全产业链纵横发展的服务方式将深度拓展医药电商的服务能力，解决用户看病难、买药贵等诸多问题，通过创新的方式增强用户使用黏性，未来市场空间值得期待。

紧接着，是继 2015 年 7 月宣布进行互联网战略转型，并披露以健康管理为前端、以叮当快药为服务平台的叮当大健康生态圈战略后，仁和药业集团于 2016 年再宣布该战略已升级。

这一战略升级包括，叮当智慧药房揭牌、疗程优购发布、叮当快药 APP 升级 4.0 以及叮当全球海淘上线在内的四大战略升级举措。

作为叮当大健康生态圈中的重要一环，叮当智慧药房是对专业服务的再升级，通过成为乌镇互联网医院首批接诊点，用户可以在叮当智慧药房内，借助视频向乌镇互联网医院的医生问诊，并由医生开具电子处方，直接在药房内购药，完成了从问诊到用药的一站式服务。

并且，叮当智慧药房还有健康驿站服务，用户可以进行体检，掌握身体状况，建立电子档案，进行健康管理。

叮当智慧药房，将为用户提供五大健康服务。

健康管理：叮当智慧药房将为用户建立专属的电子病历档案，让用户掌握自己的健康状况，并提供专业药师咨询服务，确保用户的健康。

智能服务：叮当智慧药房不同于传统的线下药房，同时还连接了叮当线上服务，可以为用户提供基于互联网快捷与专业的服务。并且，叮当智慧药房还能根据叮当大数据分析，提供更适合用户需求的智能服务。

精品医药：叮当智慧药房借助仁和药业集团的资源优势，通过 260 家药企联盟，由工厂直供药品，确保药品的安全与实惠。同时，除了药品以外，还将有保健品等多种商品提供。

社区健康：叮当智慧药房将服务社区居民的用药及健康管理，建设智慧健康社区，可以让广大社区用户在自己的身边，就获得智慧健康服务。

快捷到家：用户可以通过叮当快药平台下单，叮当智慧药房的工作人员将进行核心区域 28 分钟免费送到家的服务，让叮当的便捷服务实现全城覆盖。

全球海淘，主要是针对海外保健品。此后，用户可以通过该平台获取海淘保健品的服务，由海外直供保健品，并直接使用人民币购买。

作为叮当快药开通的全新健康服务解决方案，疗程优购是叮当开通的全新健康服务解决方案，是根据叮当大数据统计、疾病用药标准，由叮当快药执业药师团体与协作单位自我药疗专家委员会的医师团队共同制定、按疗程实施用药的专业药品组合。同时，还将健康科普、疗程组合、省钱优惠结合起来，从而实现疗程优购。其特征就是能为用户提供专业的指导以及优惠的价钱。

"叮当快药"快速的推进，用户数量和数据的不断扩大，又为健康管理智能化提供了基础。

由此，叮当云健康顺势运营，为叮当大健康生态圈再添驱动力。

云健康融合专家资源库、健康大数据、移动互联技术、可穿戴设备及智能数据采集终端等先进理念，结合线下健康体检连锁，为广大民众提供便捷、及时、专业、全时的健康医疗服务解决方案。

叮当云健康打造的移动 APP 和六款智能硬件产品已经开发完成并上线发布，其中最具代表性的就是叮当云健康智能健康一体机，能够提供身高、体重、体脂等10项健康监测。此外，还有五款是智能硬件可穿戴设备：血压计、体脂秤、血糖仪、运动手环、体温计。

区别于市场上的智能硬件，叮当云健康以目标用户群体的特征来考虑智能硬件的应用方式，从获取用户的角度来说，它们已经高出一等。比如对于血压计、血糖仪等设备使用高频的中老年人，对于智能手机的接受度相差很多，这些智能硬件能够直接通过相应的智能模块把数据发到服务器，需要的时候再在APP上查看或亲人通过APP查看了解家人健康情况。而一般的智能硬件大多通过蓝牙通讯和智能手机进行交互，会漏掉很多类似这种情况的中老年人目标用户。

智能一体机则是免费投放到合作药店、各社区，免费为居民进行健康检测。

当顾客点击进入叮当健康系统，输入个人或者家人的手机号码进行注册，随后手机号码对应的人会收到短信，下载叮当云健康APP，通过这个健康管理服务平台，了解到智能一体机所测出的各项检测结果。并将从检测、身体数据评估、给予及时干预方案等方面出发，做到检测问题、发现问题、解决问题、优化健康方案的全程服务。

基于各智能硬件，叮当云健康APP则包含了更丰富的内容，它不仅囊括了简单的智能硬件和根据智能硬件的数据进行健康评估和风险管理的平台，还包括医患交流、社区、商城等一众健康管理服务。

人们新奇地看到，在与叮当云健康仁结合后，仁和名医馆不再是传统的药店，或是传统的门诊。这座名医馆推出了基于云健康平台的健康管理，由全科医师专家承担家庭私人医生，提供健康监测、健康风险评估、制定个性化的健康管理计划、提供健康维护的策略方案及实施方法等健康服务。

目前，叮当云健康已吸引了数万注册用户享受全免费的健康管理服务。而且，这一数字正在快速增长。

接下去，叮当云健康还会采用大数据的管理模式，深入挖掘和推导到真正的个性化医疗健康管理分类，逐步打造成一个基于个人健康情况、医疗数据和服务的大健康系统平台。

可以试想，一个人的健康档案，都完整详实地保存在一个电脑网络中，在授权许可下，医生、当事人都可以通过手机、办公电脑、家用电脑及时查阅，会产生何种影响？毫不夸张地说：这将是一场医疗保健领域的革命，其影响力极其深远。

…………

从 2014 年到 2017 年初，仁和药业集团一端通过健康产业延伸和产品研发，一端通过"叮当大健康生态圈"的努力打造，企业呈现出线上线下的大健康全产业链逐渐丰富完善。

毫无疑问，在大健康产业应运而生、蓬勃发展的大背景下，仁和药业集团又一次以行业领跑者的姿态稳健行进在大健康产业的广阔天地间！

第十章
大爱无言写春秋

　　对于任何一位企业家品格精神的深层观照，几乎都绕不开其对于财富感悟、观点和支配等这个范畴的话题。

　　在杨文龙身上，浓缩了改革开放大潮中涌现出来的财富英雄们的典型人生轨迹。但在他的内心世界，又深藏着对于财富与人生事业境界追求的独特理解和价值取向。

　　作为一位社会公认的成功民营企业家，杨文龙从不否认对于阳光财富的踏实追求。而在追求财富的过程中他却始终认为，财富之于一个人的人生事业与企业价值，只有上升到"修身、齐家、富天下"的境界，那才是赋予了财富社会价值的真正意义。

　　正是建立在这样的财富价值观上，人们感动地发现，在个人事业追缺和企业一路而来的发展历程中，杨文龙从未间断对社会责任的崇尚履责。

　　他本人以及企业扶危救困、捐资兴学；建设新农村，回报桑梓哺育；

资助社会事业，诠释济世情怀；他捐出巨资，成立全国性慈善基金会，把爱心撒向更广阔的区域……

在近三十年的过程中，杨文龙以个人或以企业名义向希望工程、希望医院、抢险救灾、修桥筑路及社会弱势群体捐款、捐物、赠送名优产品价值累计逾 6500 万元。企业安置下岗职工和贫困户就业近二万余人次。

在杨文龙内心深处，对于自己人生事业和企业一路而来取得的发展辉煌，始终珍怀着浓厚的感恩情愫。崇尚人生高远之境的他，在以志励己从而获得成功的过程中，又从儒家"以天下为己任""达则兼济天下"等思想观点中形成了自己人生事业和企业有为于社会的系统深思，并在岁月时光里化作无言大爱默默倾情回报给社会。

一个人追求的目标越高，他的才力就发展得越快。对社会就越有益。人的思想境界高一分，无私奉献的精神就会登上一个新阶梯。

杨文龙数十年执著前行，一步一个脚印走出了一条发展壮大的创业之路。同时，这又是一条洒满爱心的慈善之路。

"落其实者思其树，饮其流者怀其源。""企业在追求经济效益的同时，必须承担社会责任。""益慈善情怀才是企业永恒的不动产！"

正是基于个人与企业之于公益慈善事业的深刻理解，杨文龙在企业走向辉煌的历程中，同时成为一位成功的慈善家。回报社会，是仁和企业与全体员工的共同信念。

第一节 "当以仁爱行天下"

2014 年 9 月 27 日上午，山东济宁吸引了海内外华人的目光。

这一天，"第五届中国儒商论坛暨孔子儒商奖"颁奖盛典，在这座著名的历史文化名城隆重开幕。

引导向上的力量，形成向善的力量。

中国儒商论坛，是由山东省人民政府、文化部、教育部、国家旅游局共司主办的中国（曲阜）国际孔子文化节中的一个重要内容。中国（曲阜）国际孔子文化节自 1984 年开始举办以来，历经 30 届，已成为全球瞩目的国际性盛典，成为全球华人对中国文化乃至整个东方文明寻根溯源的盛大节庆。

已连续举办了四届的中国儒商论坛，在全国工商联、济宁市政府、孔子文化节办公室支持下，也完成了历史性转变，成为世界级文明盛会。中国儒商论坛期间，来自中国内地和港澳台地区及韩国和东南亚、欧美等世界各地的商界领袖、知名企业、儒学大师、文化学者、经济专家、孔子后裔、权威协会等各界人士及国内政要共聚孔圣殿堂，开展不同文明的交流互鉴，推动儒商文明与世界文明平等对话。

重温圣贤圣言的洗涤荡漾，谛听人类文明的空谷回响。中国儒商论坛，已成为中国（曲阜）国际孔子文化节的重要载体和窗口。

而在每一届中国儒商论坛举办期间，"孔子儒商奖"的颁发盛典，可谓又是最为引人注目的内容之一。

儒济天下、商兴四海。

"站在国际舞台，面向世界，对话全球儒商。"中国儒商论坛暨孔子儒商奖，系为践行儒家思想的商界领袖而设立。

以"仁"为主题的孔子儒商奖颁奖盛典，站在国际舞台，面向世界，对话全球儒商，为践行儒家思想的商界领袖颁发孔子儒商奖，彰显企业家卓越成就，加冕企业家至高荣誉。

而以"新儒商正能量中国梦"为主题的"第五届中国儒商论坛暨孔子儒商奖"，因十个月前习近平总书记考察曲阜孔府过程中强调指出"形成向上的力量、向善的力量"，又特别受到瞩目。

9月29日上午，第五届中国儒商论坛暨孔子儒商奖颁奖盛典如期举行。

时隔三年，当杨文龙再回顾这届孔子儒商奖颁奖盛典时，他仍是那样心潮澎湃。

本届"孔子儒商奖"的荣膺者将是哪些企业家？颁奖盛典一开始，人们充满期待！

"经过组委会长达一年多时间的严格评选程序，最终，11位企业家获得本届孔子儒商奖，他们分别是：荣获步长制药董事长赵涛，仁和药业集团董事局主席杨文龙，中邮医药投资集团有限公司董事长宋延亮，中国企业家发展联合会主席夏令生……"

当主持人宣读完获奖名单后，现场响起如潮的掌声。

那是由衷祝贺的掌声，更是人们发自内心深处对心怀大爱情怀的商界巨子的充满敬意的掌声！

中央统战部原正部级副部长、中华慈善总会荣誉会长万绍芬，全国工商联原副主席、全国政协经济委员会副主任褚平等领导，为践行儒家思想的商界精英颁发孔子儒商奖。

每一位被授予孔子儒商奖的企业家，在被授奖的同时也被授予了颁奖词。

在颁奖盛典现场，杨文龙被组委会授予这样的颁奖词：

"他刚满 20 岁就在被誉为'千年药都'的江西省樟树市开始了与药为伍的创业生涯。他闯广东、下江南、入四川，一干就是 16 年。他致力于高科技医药产品研发，把产业报国、造福人类作为自己的使命。饮水思源，回报社会，他向弱势群体等公益事业捐款、捐物累计一亿余万元。"

这段颁奖词，既是对杨文龙风雨兼程、义利兼顾商道的高度概括，也是对他心怀大爱、善行天下品格情怀的深切褒奖！

杨文龙荣获"孔子儒商奖"的这一消息，很快出现在江西主流媒体的报道中。

"这是杨文龙个人的无上荣耀，也是江西企业界引以为耀的一项荣誉！"

"登上孔子儒商奖的颁奖台，杨文龙在向世人展现其个人及仁和药业集团企业博施济众的大爱情怀的同时，也展现了全体赣商崇尚奉献的良好形象和精神品格！"

"杨文龙的获奖，传递给赣商巨大的正能量。这种正能量，正是改革开放进入新的历史阶段，赣商秉持艰苦创业、义利兼顾的企业家精神去书写更为高远的人生事业之境。"

…………

杨文龙荣获孔子儒商奖，随即在江西民营企业界引起强烈反响！

"现代企业发展需要传统道德文明的指引，才能发展得更稳健、更有生命力。"杨文龙在获得儒商奖后这样感言。

文以载道，商以利民。"仁爱"之心，是"儒商"最重要、最基本的品质和素质。

而这一点，正是深刻体现在杨文龙公益慈善之举中的优秀品格之一。

"他是一位以宽厚仁德儒雅气质感染、打动他人的人！"在得知杨文龙获得"孔子儒商奖"的消息后，很多知晓他的人们认为，这个奖项对于他而言可谓是实至名归。

"人生的价值只能以他对社会的贡献画等号，而不能以他所拥有的财富来衡量。"从年少起就渴望人生有所成就的杨文龙，即使是在当年走村串户收购中药材的艰辛岁月里，内心深处从来都涌动着一种人生的豪迈之情。

在创富能力强的人手中，财富能够创造更多的经济效益；而在身怀公益慈善情怀的企业家手中，财富就能够为国家繁荣富强、为社会的和谐进步贡献企业的力量。

正是因为内心深处有着崇尚人生贡献的思想，所以，当杨文龙在确立自己事业未来的一开始，他就悄然把自己的这一追求融入了企业发展的责任与使命之中。

仁和药业集团中的"仁"，即取自《论语》中的"仁者爱人""人者仁也"，"和"则出自《礼记》中"礼之用和为贵"。

所谓医者仁心、仁者爱心，仁和药业集团从儒家思想中精炼出"人为本、和为贵"作为企业的使命与价值观。而在这其中，又深刻体现着杨文龙本人的人生追求与事业价值观！

成立以来，仁和药业集团秉持一片赤诚爱人之心，一丝不苟地把控产品质量，向社会提供可信赖的优质药品。作为从"千年药都"樟树走出来的药企，仁和尤其注重从源远流长的中医药文化中汲取丰富营养，结合先进技术不断创新来满足用户对于健康的更多需求。"妇炎洁""优卡丹"等产品分别为中国女性保健护卫市场和儿童感冒药市场的领袖品牌，销量均居全国同类产品第一，深受用户喜爱与信赖。

药品关乎他人的生命健康，药品质量人命关天。因此，有人说，医药行业是良心行业。

对此，杨文龙还有自己更为深层的思想：一家医药企业要严把药品质量关，除了建立高度规范管理体系下的产品质量控制体系，还必须要把"医者仁心、仁者爱心"深深内化为企业每一位员工的自觉行动。

"心中装着他人，就会产生爱心，心中拥有社会，就会产生责任。"杨文龙首先把自己的"医者仁心、仁者爱心"思想，通过仁和企业文化的构建传递给企业的每一位员工，而后又通过全体员工奋力实现企业责任使命传递给社会。

深入走访仁和药业集团，无不处处让人感受到这是一家有着深厚人文情怀的企业。

为丰富企业员工的业余生活，仁和药业集团组建了篮球队、业余文工团等活动团体，开展篮球、乒乓球、象棋、歌咏比赛等文体活动；从集团总部到各分公司，都出台了员工抚慰金、社会保险金、公费学习等多项福利制度；制订出台并实施了《总裁特别奖制度》，对有突出贡献的，推行三年总裁特别奖；对不同岗位、不同职务的员工，在工作满 3 年后，可获得不同数额的现金与股份奖励；集团还实行了"管理干部子女教育补贴制度"，规定中心主任级以上管理人员的子女就读幼儿园、小学、初中、高中、大专、本科的，可享受 500 元至 1200 元的教育费补贴……

从 2002 年起，仁和药业集团就实行了以员工持股为重点回报的"特别奖励"，到目前，仁和药业集团员工的股份奖励总值已近五千万元。

同时，仁和药业集团还是江西省最早实行全员退休金和抚恤慰问金制度的民营企业之一。

…………

"一个企业，一百年、一千年，留给人们的，不是产品、业绩，更不是厂房、设备，而是企业的文化。这种文化顺应时代潮流，成为社会和谐发展的重要组成部分。"杨文龙说，无论仁和药业集团将来走多远、发展走向何方，但在仁和药业集团的企业文化中，仁爱永远是最深层的内涵。

当以仁爱行天下！

凭借源于儒家思想的经营理念，仁和历经十多年的殚精竭虑，稳健地成长为医药健康领袖企业，并带领民族医药健康行业逐步获取在国际竞争中的话语权，充分展现出儒商文明在现代商业社会中的活力，为中国商业文明精髓与世界文明的对话描下了浓墨重彩的一笔。

"我深知，自己距离真正的儒商之大境还有不少差距，仁和药业集团在担当社会责任方面还任重而道远。但我更深知，我和全体仁和药业集团同仁们早已将责任与善爱深深融入了我们的人生与事业追求之中，风雨如磐，执著前行的岁月里，我们将始终心怀仁爱行天下！"

"商道即仁道！"杨文龙说，在他三十多年经商办企业的过程中，这已是他内心深处对于自己人生事业与商道价值的深深领悟。

而这样的深刻领悟，对于杨文龙来说，也就更加明确了自己人生价值追求的远方灯塔。

第二节　以真情诠释"善为己任"

一位从企业初创时就心怀深厚责任担当情怀的企业家，从一开始就肩负着双重责任，即企业自身发展的责任和对社会公益慈善的责任。

仁和药业集团有员工告诉笔者，杨文龙从当年做中药材生意赚到一些钱后，就开始有了一个习惯。那就是一到年关岁末的时候，在繁忙的工作中，他一定会亲自操办或派遣专人负责置办大量年货，发放给丰城、樟树的孤寡老人、残疾人及困难家庭。

这一习惯，杨文龙至今已坚持了快 20 年了。而且每年置办年货的量逐年增大，发放的范围也逐年扩大。在丰城市、樟树市等地，当地众多困难家庭、下岗职工及孤寡老人，都受到过来自杨文龙不同程度的接济与帮助。

"年少轻狂时的创业初期，我最大的梦想是，赚了钱后买吉普车，自豪地带父母在樟树、丰城的大街上转转。"杨文龙说，随着岁月流逝，看着亲戚、朋友和不少乡亲生活困难，有的下岗找不到工作、有的卖苦力艰难谋生，他内心念想的事情不知不觉发生着悄然的变化，想的是如何帮助家乡那些困难的人们解决生活困难和就业问题。

是的，杨文龙深厚的社会公益慈善情怀，在创业初期成功的时候，源自于一种朴素的感恩情结——感恩家乡那片土地的养育深情，当自己有了一定能力时，自然而然也就从心底生发出了想要去帮助那片土地上的人的真挚之情来。

杨文龙把当年自己的这种想法和举动，看成是自然而然的事。

然而，事实上，也正是从那时开始，善为己任的企业家情怀，在杨文龙内心悄然萌发。

"后来，随着企业的不断发展，经济实力不断增强，于是就想着要去帮助社会上更多的人，为他们做一些实事。"杨文龙说，当自己内心这样的想法开始产生后，他已意识到，这是一种责任。"自己创业富裕了，确实是靠自己努力打拼才实现的，但若没有改革开放赋予的机遇，自己怎能有人生事业成功的机会？！既然是党和国家改革开放政策的受惠者，那自己在富裕之后就理所应当要为社会作贡献！"

于是，杨文龙把真情相助的群体，逐渐从家乡丰城的父老乡亲转向了其他更多地方的人身上。

从丰城市到樟树市再到宜春市，后来是全省其他地方，由下岗职工到孤寡老人再到贫困学子，杨文龙开始投以关注的目光，用心用情去帮助。

在丰城市和樟树市两地，逢年过节前后，杨文龙都要包好现金，带上礼品，默默去看望当地福利院里的老人。

每当得知品学兼优的学子因为家境困难而遇到了求学问题，杨文龙都是慷慨而为，资助他们顺利完成学业。他还和一些贫困学子结成对子，承着一直帮助他们到大学毕业。

遇到生活困难的下岗职工，杨文龙除了出钱帮助他们解燃眉之急，还想办法帮他们找到解困致富的出路。

杨文龙还向丰城、樟树及宜春市残联先后捐款，帮助残疾人。

…………

在仁和药业集团成立之前，杨文龙帮助社会困难群体的举动实在而低调，很少为外界所知，但感动却深深地记在了那些被帮助者的内心深处。在了解杨文龙早年热心帮助社会困难群体的过程中，笔者倾听到了很多感人的往事。

"他（杨文龙）那时企业做得还不大，社会上比他有钱的老板有很多，可他却是我们这里最热心扶贫济困的企业家之一。"樟树市当地很多人说，杨文龙在扶贫济困的真情举动中还有一个特点，那就是持之以恒，比如对当地社会福利院的老人，这么多年来杨文龙始终都坚持逢年过节去看望慰问。

这或许缘于杨文龙性格中真情执著的一面，同时，更是杨文龙倾情真心帮助社会困难群体的充分体现。

在仁和药业集团成立之后，杨文龙把个人的社会公益举动融入企业的整体社会公益活动中，他以个人名义开展的公益活动逐渐减少了，但他从未忘记过要将自己当年确定要帮助的社会群体继续帮扶下去。

笔者注意到，在2002年前后，仁和药业集团的社会公益慈善活动开始有组织、有计划地展开，而对樟树市、丰城市社会福利院的定期走访慰问和在一些学校结对子帮助贫困学生的活动，也随即正式列入企业的社会公益活动计划当中。而仁和药业集团帮助的这些群体，就是杨文龙关心帮助了多年的对象。

"企业的社会公益责任不仅仅是企业家一个人的善举，也是企业家和全体员工的长期坚持。"仁和药业集团成立后，杨文龙把公益慈善活动提高到企业履行社会责任的高度。

正是从这时起，仁和药业集团的社会公益善举，开始越来越为外界所关注：

2002 年，仁和药业集团出资为丰城市一个贫困乡村修建一条高标准的水泥路。至今，这里的乡亲们仍亲切地称这条路为"仁和致富路"。

2003 年"非典"疫情期间，仁和药业集团出资成立了 6 支义务消毒突击队，先后出动 1000 多人次，免费为江西省近百家公共场所进行义务消毒，并向北京等重疫情地区免费提供了多批消毒用品。

2005 年，九江地区发生强烈地震，仁和药业集团向灾区捐赠价值 40 万元的急需药品。

2007 年 7 月，仁和药业集团向生命希望工程捐赠大批药品，用以支持生命工程在全国的推进实施。同年 11 月，仁和企业广大员工积极参加扶贫帮困献爱心活动，为社会困难群体踊跃捐款。

2008 年 5 月 13 日，在汶川发生特大地震的第二天，仁和药业集团即通过江西省红十字会向灾区紧急捐助了价值 300 万元的急需药品，这是江西省收到的第一批来自企业的捐助。随后，杨文龙带头并倡议仁和药业集团总部及集团旗下所有的分公司和员工，发起向汶川地震灾区的捐献活动。在整个抗震救灾期间，仁和药业集团总部及其旗下所有分公司和全体员工纷纷踊跃捐款，总计捐助现金和物资近 700 万元。

2008 年江西发生冰雪灾害期间，仁和药业集团自费组建起电力抢险专业救援队，奔赴抚州等重灾区参加电力设施抢修。

2009 年 10 月，仁和药业集团为昌樟公路连线及赣江"双桥"工程捐资 888 万元。同年，向江西省"青苗关爱工程"、宜春市"中华情"和"仁和博爱送万家"等社会公益活动捐款共计 300 余万元。

2013 年 4 月 20 日晚，四川省雅安市芦山县发生 7.0 级地震。当晚，杨文龙就亲自部署仁和药业集团成立赈灾工作领导小组，积极参与抗震救灾工作。经与四川省卫生厅抗震救灾指挥中心联系，仁和药业集团直接通过成都分公司调拨价值 100 万元的药品和医疗器械，捐献给地震灾区。与此同时，组织仁和药业集团抗震救灾志愿者团队，奔赴芦山县灾区参与现场救援。

…………

扬医道者赢民心，仁和药业集团正是通过这样一件件利民、爱民的公益善举，为社会贡献自己的力量，也为其他民营企业树立了良好的榜样。

善为己任。杨文龙在将个人的扶贫救困之举上升为企业社会责任担当的同时，也着力在构建企业的公益慈善文化。

从 2005 年前后开始，仁和药业集团的经营发展不断走向全国各地市场，区域性分公司相继成立。杨文龙提出，各地分公司开到哪里，仁和药业集团的公益慈善就开展到哪里。

在多年的发展过程中，仁和药业集团各地分公司都坚持在当地开展常规性社会公益活动。这些活动包括修桥铺路、助学、扶贫及向当地"希望工程"捐款等等，广受社会各界好评。

在仁和药业集团总部，社会公益活动的开展也同样如此。

2015 年 1 月 15 日，一场名为"2015 年博爱送万家"的大型公益活动启动仪式，在江西省宜春市隆重举行。这项大型公益活动，就是由宜春市红十字会与仁和药业集团联合开展的。根据活动安排，宜春市红十字会与仁和药业集团将在 2015 年联合开展各项社会公益活动，斥资为广大群众及边远山区特困群众送去人道主义关怀。在当天的启动仪式现场，仁和药业集团又特别捐赠出 20 万元爱心款，用于帮助宜春市困难群众解决生活中存在的问题。

鲜为人知的是，这已是仁和药业集团携手宜春市红十字会连续第 7 年举行"博爱送万家"大型公益活动。在 7 年的过程中，仁和药业集团已为"博爱送万家"活动累计捐款捐物近 1000 万元，为江西宜春广大受灾群众及边远山区特困群众送去人道主义关怀。

2016 年初，笔者试探着向仁和药业集团相关部门了解"博爱送万家"公益活动，这样的一段对话让人感触深刻：

笔者："请问仁和药业集团 2016 年将会计划继续与宜春市红十字会携手 联合举办'博爱送万家'大型公益活动吗？"

仁和员工："今年 1 月中旬，我们集团与宜春市红十字会联合开展的'2016 年博爱送万家'大型公益活动，已经进行了启动仪式。今年'博爱送万家'活动具体的相关工作，我们正有条不紊地在实施进行之中。"

笔者："'博爱送万家'这项大型社会公益活动至今已举行 8 年了，仁和药业集团也已为此斥巨资。那么，仁和药业集团对于这项公益活动准备还将持续多久？"

仁和员工："如果没有特殊情况，我们仁和药业集团一直会与宜春市红十字会联合，将这项社会公益活动持续开展下去。而且每年还会加大投入！"

笔者："您怎么这么肯定地认为这项活动会一直持续举办下去？"

仁和员工："这在我们仁和药业集团已形成了惯例，对于一项产生了良好帮扶效果的社会公益活动，我们会坚持做下去。这是我们仁和药业集团社会公益活动的惯例，也是我们仁和药业集团董事局主席杨文龙先生对于企业社会公益慈善之举的观点。"

…………

"对于产生了良好帮扶效果的社会公益活动，我们会坚持做下去。"岁月无痕，杨文龙个人及仁和药业集团就是这样行公益慈善之举的——对于一项公益慈善活动，只要是产生了良好的社会效益，就默默地坚持做下去。

天下以善为本，人心以善为良。有人这样说道："杨文龙感恩社会、回报家乡的举动，若非发自真情肺腑，怎会如此执著。像杨文龙这样，从 20 年前白手起家创业伊始，到今天仍持之以恒地心系慈善，兢兢业业将其作为一生的事业而不余遗力，确实令人肃然起敬、心生感慨。"

爱人者，人恒爱之；敬人者，人恒敬之。

广济行善之举的背后，人们看到的是仁和药业企业人文精神境界里深具人文关怀的层面，那样温暖和感动人心。

由此，广大消费者推己及人，对仁和产品品牌也赋予了自己的情感认同。

2014 年，在由《齐鲁慈善》杂志主办的慈善品牌上榜企业中，仁和药业集团是上榜品牌企业中的唯一医药企业。

多年来，仁和药业集团的涓涓善爱之流已渐渐汇聚成了满怀大爱情怀的仁和品牌！而在仁和药业集团书写出的这浓墨重彩篇章中，其广行社会公益慈善之举，又可谓是其中最为温情的诗篇。

第三节　企业发展与社会担当并举

在杨文龙身上，浓缩了改革开放大潮中涌现出来的财富英雄们的典型人生轨迹。但在他的内心世界，又深藏着对于财富与人生事业境界追求的独特理解和价值取向。

作为一位社会公认的成功民营企业家，杨文龙从不否认对于阳光财富的踏实追求。而在追求财富的过程中他却始终认为，财富之于一个人的人生事业与企业价值，只有上升到"修身、齐家、富天下"的境界，那才是赋予了财富社会价值的真正意义。

每当谈及企业的发展，杨文龙总是充满真情地说：仁和药业集团由小壮大、稳健崛起，离不开社会各界的支持，离不开千年药都的深厚底蕴和历史传承，这给予了仁和含义丰富的企业理念，赋予了仁和企业反哺社会的精神。仁和当以"饮水思源、真诚回报"的真情之举，倾情回馈社会。

在人生事业不断向纵深发展的历程中，杨文龙对于企业发展之于社会责任担当关系的认识，也在时光渐行中逐渐深刻广博。

当年初业初期，与杨文龙打过交道的合作伙伴至今都对他经商做生意奉行的一句话记忆深刻——"别人给我一尺布，我还别人一条裤"。这是杨文龙对企业发展离不开合作伙伴支持的深刻感悟，也是他将这深刻感悟融入自己诚信从商的基础。

相同的，当杨文龙站在更高的层面领悟到，是党和国家的改革开放政策、社会和时代的机遇，赋予了自己人生事业与仁和药业集团发展的一切根源，他也随之深刻认识到，企业家个人和企业承担社会责任，是对国家和社会应有的担当。

正是基于这样的深刻理解，杨文龙逐步形成了企业发展与社会责任担当并举的社会公益观点认识——对社会责任的担当，是企业树立推广企业公益品牌形象，增强企业可持续发展，提高企业品牌效益的平台，也是企业情系社会、回报社会、深入社会、服务社会的爱心平台。

由此，仁和药业集团的社会责任担当也体现出了鲜明的特点。

仁和药业集团的社会责任主要包括两个方面：在企业内部，着力营造和谐发展的氛围；在企业外部，围绕企业自身发展，努力为推动社会民生、群众就业、民众健康等领域的发展作贡献。

民生冷暖、民众健康，是杨文龙心中始终牵挂的问题。

多年来，在仁和药业集团的社会公益活动与投入中，对于改善民生、推动社会健康事业发展的捐赠，总是慷慨而为。为此举行的公益活动，也常是不惜人力、物力和财力。

2008年，仁和药业集团下属的江西康美医药保健品有限公司，联合中国妇女发展基金会，共同发起"妇炎洁绿叶健康女性关爱工程"。这项工程以"关爱女性，关注健康"为公益理念，旨在帮助广大女性得到生理和心理双方面的健康防护常识，提升我国女性的身体素质，推动社会的和谐发展。"绿叶健康女性关爱工程"包括公益捐助和健康大讲堂两部分内容，江西省是第一站。

在这项工程实施 3 年的过程中，仁和药业集团出资 150 万元，用于开展"妇炎洁绿叶健康女性关爱工程"，向各个省市的患病贫困妇女进行捐赠，并以一批农村地区为重点区域举办专题讲座，向广大女性广泛传播健康知识。

专家指出，5 岁及以下儿童尤其是 2 岁及以下的婴幼儿自身抵抗力较弱，加上自我保护意识的欠缺和集体生活中容易造成的交叉感染，是流感的高危易感人群。家长和幼儿园、学校等，应该特别注意对他们的保护。长期以来，我国针对儿童的流感预防体系仍在建设和完善中，除流感疫苗接种外，并没有十分有效的联防体制，这就为儿童的流感预防提出了严峻的挑战。而我国流感爆发有 85% 是在中小学校，所以幼儿园、中小学校等人员集中且抵抗力较弱的场所仍是防控的关键。

儿童是祖国的花朵、社会的未来，儿童的健康关系着整个社会的和谐，也影响着每个家庭的幸福。从这一认识高度，杨文龙希望能成立一个全国性的专项基金，专门用于全国儿童健康事业的发展。与此同时，结合仁和药业集团自身的产品优势，在全国开展关爱儿童健康成长系列活动。

2009 年，杨文龙向中国儿童少年基金会提出自己的这一愿望，随即得到了热情回应。

2010 年 3 月 20 日下午，由中国儿童少年基金会和仁和药业联合建立的"优卡丹儿童健康基金"启动仪式在北京隆重举行。这是我国第一个致力于防治儿童流感的基金。在启动仪式上，仁和药业集团进行了现场专项基金捐赠，并同时发布了"优卡丹儿童健康基金"之"阳光护苗爱心行动"的具体实施计划和目标。

从 2010 年 2 月至 2011 年 12 月，"优卡丹儿童健康基金"组织开展全国性的"阳光护苗爱心活动"公益捐赠活动，即面向全国幼儿园，免费捐赠儿童流感防治用药优卡丹，用于幼儿园流感防治。基金会还根据各地区幼儿园申请捐赠的时间和规模，统一安排各地区捐赠药品发放进度。

同时，"优卡丹儿童健康基金"专门聘请了国内一批儿童健康领域权威专家，通过网络在线开讲儿童健康与增强体质、预防流感知识，将幼儿园、家长和专家三位一体联防联控儿童流感的科学模式落到实处，努力帮助全国广大儿童远离疾病、远离伤害。

"优卡丹儿童健康基金"的建立，是仁和企业"贡献国家、回报社会""关怀社会弱势群体"理念的延伸。仁和药业集团也希望以此推动企业界与全社会对儿童健康事业的进一步关注，共同促进我国儿童健康事业的发展。

2013年5月，由卫生部中国健康教育中心、仁和药业以及仁和优卡丹品牌联合开展的合理用药公益宣传项目——儿童合理用药传播活动又在北京启动。该活动包括设计并上线中国儿童合理用药宣传网站、在全国各地设立儿童合理用药宣传点、邀请国内权威专家开展儿童合理用药巡讲等多项内容。在全国共举办500余场医学活动，通过丰富多彩的形式，向公众传播儿童药品使用知识，提高家长合理用药意识和常识，从而确保广大儿童的用药安全。

2015年7月，"仁和复方虫草口服液·情暖中国"大型公益活动之关爱抗战老兵公益活动正式启动。

仁和药业集团联合中华社会救助基金会"关爱抗战老兵公益基金"，发起"仁和复方虫草口服液·情暖中国大型公益活动之关爱抗战老兵公益活动"，并于2015全国药店周暨第10届中国制药工业百强年会期间，在滇西抗战主战场的云南腾冲举行启动仪式。

在此次活动中，仁和药业集团在全国范围内定向捐助999盒复方虫草口服液产品。所有的在这个项目中捐助99元以上的个人或团体，仁和药都药业都将额外送出1盒价值128元的复方虫草口服液产品；在每位百岁抗战老兵生日期间，送出2盒价值998元的30支装的复方虫草口服液产品作为贺礼。

关爱老兵活动是仁和复方虫草口服液关爱系列公益活动的其中一项，未来，仁和药都会不断拓展、深入开展慈善公益活动，将陆续启动"关爱教师""关爱农民工""关爱交警"等一系列的公益活动，为公益活动添一丝光，献一份力。

…………

从结合企业自身优势的基础出发，杨文龙将自己和企业对社会责任担当的领域，不断逐渐延伸：

2016年，在江西省部署开展的"千企帮千村"精准扶贫行动中，杨文龙和全省40多位民营企业家共同发起倡议，仁和药业集团积极参与并致力于带动全省民营企业投身于精准扶贫行动中。

2017年2月18日，由江西省民建企业家协会发起成立的江西省民建同心扶贫基金会在南昌成立。杨文龙代表仁和药业集团向江西省民建同心扶贫基金会捐款150万元，仁和药业集团旗下的叮当快药捐赠50万元。在慈善拍卖活动中，仁和药业集团又为基金会认购爱心物品近20万元。

…………

到2017年，10年来已担任两届全国政协委员，向全国"两会"提交了20多件提案和建议——这是杨文龙作为全国政协委员的一组履职数字，也是他为民情怀的生动体现。

自2000年至2007年，我国湖南、江苏、辽宁、安徽、江西等许多地区都曾发生严重的生活饮用水污染事件，且大多发生在农村，造成当地人民群众生活饮水困难，甚至危及人民群众身体健康和生命安全。

杨文龙针对农村生活饮用水安全问题，在江西、湖南、安徽、广西、辽宁等地进行了一些调研。通过调研，杨文龙发现，造成生活饮用水安全问题的原因是多方面的，情况较为复杂，既有工业污染、废水排放造成的地上、地下生活饮用水源的污染问题，也有对生活饮用水及水源的监测、监控等问题。

为此，杨文龙向全国两会提交提案——《关于制定〈中华人民共和国生活饮用水安全法〉的建议》。呼吁国家制定统一的生活饮用水安全法及配套的相关法律法规，完善农村生活饮用水监测、监管，农村生活供水工程建设应与监测、监管并重，建立和完善农村生活饮用水监测、监管的组织、体系、机制，有效保障农村生活饮用水的安全。此项提案引起广泛关注。

　　2008年，受国际金融危机的影响，我国沿海发达地区部分劳动密集型企业和外向型企业被迫停产、破产或大量裁员，造成大批农民工陆续返乡。

　　对此，杨文龙十分关切。

　　为解决农民工技术培训、心理健康、子女上学等一系列问题，他深入基层调研，倾听群众呼声，反映社情民意。2011年，他向全国两会提交了《关于关注新生代农民工心理健康，促进社会和谐发展的建议》，提出要健全针对新生代农民工群体的社会保障体系和制度。2013年，他又提交了《加强和完善农民工职业技能培训》的提案。

　　杨文龙的这些建议，引起了国家有关部委的高度重视，他提案中的多项建议相继被采纳。在2014年国务院出台的《关于进一步做好为农民工服务工作的意见》中，明确规定要实施农民工职业技能提升计划、扩大农民工参加城镇社会保险覆盖面等。

　　"履职路上，只有把群众的利益时刻记在心上，书写在行动中，才能无愧于政协委员这个称号。"杨文龙这样深情地说。

　　作为一名药业企业负责人，他每年都会提与百姓健康相关的提案和建议，如《加强自我药疗管理，促进国民用药安全》《建议加强儿童医疗队伍建设，完善我国儿童医药体系》《建议加速推进"医药互联网＋"转型升级，助力供给侧结构性改革》等。今年，杨文龙又带来了推进"互联网＋药品流通"的提案，建议推行医药零售O2O到家服务的模式，通过现有的互联网信息平台，不仅能使群众便捷地获得专业药师的用药指导，实现到家服务，还能促进"分级诊疗"真正落地，缓解医院压力。

在杨文龙关于企业勇担社会责任的理解中，捐款捐物行公益慈善之举仅仅是一个方面，如何结合企业自身的特点来促进地方经济发展、带动百姓致富也是重要内容。

鲜为人知的是，在仁和药业集团经营发展粗具规模的起步阶段，杨文龙就开始探索通过企业经营自身的特点带动一方百姓致富。

2004年开始，仁和药业集团着手启动中药材基地建设规划。

"基地建设带动药农种植，这是一种授人以渔的好方法。"杨文龙明确提出，要把仁和药业集团中药材基地建设与引导带动当地农民致富相结合。

经过数年的探索和发展，到2010年，仁和药业集团中药材基地以合同制形式联结樟树市等地的农户达到上万户，遍及17个乡镇，为药农带来了累计8000多万元的收入，户均增收9000元。

在引导农民种植中药材过程中，仁和药业集团多年来投入了大量资金，免费为药农提供种植技术培训，对药农提供资金支持，而且对农民种植的中药材实行保护价收购。

与此同时，通过建立中药材规范化种植基地，还吸纳了一大批农民工就业。

引导农户发展中药材种植业，形成特色农业，有力促进樟树市中药农业产业化的发展，为当地经济和社会发展作出了积极的贡献。

2013年6月，经农业部、国家发展和改革委员会、财政部、商务部、中国人民银行、国家税务总局、中国证券监督管理委员会、中华全国供销合作总社的联合审定，仁和药业集团被认定为农业产业化国家重点龙头企业。这是仁和药业集团自2008年和2010年以来，第三次通过八部委的认定，是国家对仁和药业集团大力发展中药材基地，带动当地农业增收、促进农民增产工作的再次肯定。

在引导带动樟树市一方农民致富模式的成功探索基础上，仁和药业集团近年来又着手规划在吉安等地建立中药材规范化种植基地，并制定出扶持药农种植的更加优惠措施。

持续回报员工，让员工共享企业发展的成果，这是杨文龙对企业内部社会责任担当的生动体现。

多年来，仁和药业集团坚持以科学发展观为统领，在取得良好经营业绩的同时，积极响应党和国家构建和谐社会的号召，始终关心和爱护员工，这是仁和企业文化最显著的特征之一。

在杨文龙的亲自主持下，仁和药业集团成立了"员工福利委员会"，制定和实行了惠及全体员工的一系列福利制度，建立和完善了员工社会保障体系。实施了员工免费用餐、外地员工免费住宿、外地员工周末往返休假专车接送、员工生日和婚礼祝贺、员工直系亲属逝世吊唁等福利措施。

此外，仁和药业集团高度重视并认真落实全员职业健康监护工作。建立员工个人职业健康档案和劳动者健康资料，规范企业职业卫生档案管理。企业每年定期组织员工免费进行职业健康身体检查，并定期开展职业健康评估工作，不断改进和完善职业健康管理。

仁和药业集团的这些做法，极大地增强了企业的凝聚力和向心力，也鼓舞了广大员工爱岗敬业、争作贡献的积极性，促进了企业与员工共建、共享、和谐发展的企业文化建设。

…………

对此，有社会评论这样说道："人为本，和为贵"，千年药都的深厚底蕴和历史传承，给予了仁和含义丰富的企业理念，赋予了仁和企业对内关爱人才、对外诚信服务的双重意义。由此可见，仁和是重义的大型企业。这是责任的体现，更是文化的传承！晓大义者，人必敬之。

仁者至诚，仁者爱人。

"一个企业，一百年、一千年，留给人们的，不是产品、业绩，更不是厂房、设备，而是企业的文化。这种文化顺应时代潮流，成为社会和谐发展的重要组成部分。"在仁和药业集团的发展过程中，杨文龙更是把企业文化与公益慈善情怀自觉融合，在他看来，融合着深厚责任感和慈善情怀的企业文化才是仁和企业永恒的不动产！

第四节　让仁爱恒传天地间

"与社会的和谐关系，是企业赖以生存发展的长久之道，要想成为'百年老店'，就要尽社会责任，社会责任是企业分内的事情。"

在杨文龙的理解中，当众多的企业都形成这样的认识并切实承担起自己的社会责任，就会凝聚为一股巨大的力量，不仅可以促进企业的成长壮大，也必将推动社会的和谐进步。

一直以来，仁和药业集团就以默默的努力，希望成为引领企业界对于社会责任担当力量中的一员！

提到仁和药业集团的这一社会责任使命感，就不得不说到全国"希望医院工程"的实施推进。如今，希望工程在全国乡村医疗事业领域的广泛开展，实际上与仁和药业集团的带头努力密不可分。

众所周知，中国青少年发展基金会自1989年10月开始实施希望工程，一直以来，希望工程一直坚持突出农村、贫困、教育、儿童四大主题，以儿童为服务对象，以教育为服务内容，通过资助因贫失学的儿童少年继续学业，帮助农民的后代用知识改变命运，从而推动中国农村消除贫困的进程，推动农村的发展进步。到2006年，希望工程已在全国农村贫困地区援建希望小学12559所，资助贫困家庭的学生280多万名，成为享誉国内外的著名公益品牌。

如果说希望工程的资助服务领域在农村教育，那么"希望医院——乡镇卫生院救助行动"的资助服务领域则是针对农村的卫生医疗，与定位在农村教育的希望工程并驾齐驱，形成中国青基会公益项目的姊妹篇。

催生中国青基会倾力推出"希望医院——乡镇卫生院救助行动"的主要动因，是全国还有一些农村贫困地区，农民群众看病难、看病贵、看不起病的问题还较为突出。

有关调查显示，群众最关心的十大社会经济问题中，排在第一位的就是：如何解决群众看病难看病贵的问题。特别是在农村看病贵看病难显得尤为突出。资料显示，我国一些地区农村因病致贫、因病返贫的农民占贫困人口的30%，有的地区甚至高达60%。有40%左右的农民有病应就诊而不去就诊，有近30%的应住院而不住院。

而且，在多年的过程中，我国不少地方尤其是经济落后地区的乡镇卫生院，普遍存在一个亟待解决的突出问题，那即是：业务用房差，危房问题突出；设备落后、老化，功能差；医护人员严重短缺和医疗技术普遍落后……

广大乡镇卫生院直接面向农民，承担着农村卫生防疫、预防保健、医疗服务及卫生行政管理的职能。

"没有健康，就没有小康。"拥有健康的身体，才能勤劳致富。长期以来，如何解决农民"看病难"问题一直是政府和社会公众关注的焦点。

然而，无论是靠民间资本运作的"民工医院"，还是政府行为下的"惠民医院"，其实都没有或者说很难将触角伸向位于交通不便、经济落后的贫困地区。

正是为了响应包括广大农村青少年在内的农民群众对改善农村医疗卫生条件的迫切要求，响应政府关于动员社会力量多渠道办医的号召，经过调研、策划和精心准备，2006年，中国青基会决定推出"希望医院——乡镇卫生院救助行动"这一新的公益项目，并将该项目的使命确定为：为农民的健康服务！

希望医院的捐资标准为50万元，地方政府按不低于捐资额60%的比例匹配资金。资助资金主要用于改造危房、更新医疗器械和培训医技人员。为了促进"希望医院"坚持公益性质，不靠向农民的医疗卫生服务收费来维持运行和发展，医院医技人员的工资、保险等不低于 60% 的部分由地方政府解决。

中国青基会期望通过实施该公益项目，为动员社会力量协助政府发展农村公共卫生事业探索出经验，切实有效解决农民群众"看病难"问题。为此，当中国青基会 2006 年"希望医院——乡镇卫生院救助行动"公益项目一经推出，便引发出社会各界的广泛关注。

"'希望医院——乡镇卫生院救助行动'这个公益项目，可以说是雪中送炭，也为有社会责任感的企业回馈社会、服务新农村建设，提供了一个非常好的公益平台！"得知中国青少年发展基金会发起"希望医院——乡镇卫生院救助行动"这一消息后，杨文龙立即与中国青少年发展基金会取得了联系，提出要参与这项行动。

接到杨文龙的接洽，中国青基金会的相关负责人无比感动，同时又十分兴奋。因为，中国青基金会正准备在河南新县箭厂河乡推动实施全国第一所希望医院，正希望得到社会爱心人士或企业的捐助。

河南新县箭厂河乡，位于新县南部，鄂豫皖革命根椐地斗争地主要发祥地，是中国革命的摇篮之一。

1930 年秋，中共鄂豫皖边区特委和红一军前委在这里兴建了这所固定的红军后方总医院。1931 年 11 月，中国工农红军第四方面军成立，即改名为"中国工农红军第四方面军后方总医院"，当时的规模与建制已相当完备。以总医院为主附属有一个中医院，一个红色医务训练班，下面还分设有六个分院和皖西北中心医院。医院成立后,为了适应根据地反"围剿"斗争的需要，设有 500 余张病床，100 多名工作人员，主要接收重伤病员，轻伤病员都散住在周围村庄的群众家里。可以做肠吻合、截肢等大手术。鄂豫皖边区党委和红四方面军领导人徐向前、郭述申曾多次来总医院指导工作和就医。1932 年秋，第四次反"围剿"失败，总医院楼房被敌人烧毁。

新中国成立后，在旧址上新建了箭厂河乡卫生院。

中国青基会曾先后三次派出调研组前往新县调查，发现该县的乡镇卫生院设备缺乏、技术力量薄弱等问题严重，全县三分之一的乡镇卫生院勉强维持，三分之一的卫生院生存艰难。

在箭厂河乡卫生院，业务用房有 550 平方米，其中 300 平方米是危房。医生大多只配备有体温计、听诊器、血压计这"老三样"，缺乏看大病和急病的能力，导致农民小病拖大病，大病拖重病。

"大别山深处的农民太需要好医院了！"为此，中国青基会决定在箭厂河乡启动希望医院工程项目，并以此为例逐步展开全国希望医院工程的实施。

第一所希望医院，标志着全国希望医院工程正式启动，意义十分特殊。

2006 年 7 月 9 日，仁和药业集团在河南省新县与中国青基会为"仁和希望医院"共同举行了捐赠仪式，仁和药业集团捐赠 100 万人民币，作为"仁和希望医院工程"的首批启动建设费用。

2006 年 7 月 25 日，河南新县这块红色的土地又一次吸引了人们热切关注的目光。

这一天，全国首批两所"希望医院"——"仁和希望医院"和"华帝希望医院"，分别在该县箭厂河乡和卡房乡举行隆重的奠基仪式。

箭厂河乡的一位老人看到"仁和希望医院"奠基，热泪盈眶地说："建设'希望医院'有病可医，是山区人最大的福气。"

而箭厂河乡卫生院的一位医生，代表卫生院在奠基仪式上讲话时更是激动地说："新建一所现代化的乡级卫生院，不仅是我们全体医务工作者的迫切愿望，更是全乡人民群众的夙愿。帮我们实现了美好的梦想，大别山区人民永远感谢你们！你们的义举将激励我们发扬优良传统，永远自强不息！"

同日，中央电视台"重返大别山　走进新农村"特别晚会也在这里举行，并将"希望医院——乡镇卫生院救助行动"的启动作为晚会的主旋律。

　　由此，拉开了仁和药业集团倾情推动全国"希望医院工程"的序幕！

　　一年之后的 2007 年 6 月 24 日，当人们再次将目光投向河南省新县箭厂河乡时，一种无比的欣喜与感动充满了心间：在箭厂河乡卫生院旧址上，一座崭新的医院呈现在人们眼前——全国第一所希望医院正式诞生！

　　对此，中国青基会有关负责人这样高度评价："仁和药业集团是'全国希望医院——乡镇卫生院救助行动'的第一家捐赠企业，是全国第一所'希望医院'的捐赠企业，'仁和希望医院'的名字与仁和药业有限公司的公益精神，将永远载入中国公益的史册！"

　　祖祖辈辈住在山区的农民，交通不便，最怕的是患病，有病可医，是山区人最大的愿望。没有医疗保障的富裕，是不牢靠的富裕，已经取得巨大建设成就、正在追求更加富裕和更大幸福感的大别山乡亲，在热切期待更多的健康关怀。

　　"仁和希望医院"为生活困难的农民提供医疗救助，无疑就像"希望助学工程"给贫困家庭的子女送去人生的希望一样，使他们看到了健康的希望、生命的希望与富裕的希望！

　　"一定要为全国第一所希望医院树立一个标杆，让后面全国各地的希望医院都有参建标准。"在仁和希望医院建好后，仁和药业集团不仅为医院扩增了床位，配齐了医疗设施，而且对医务人员进行合理调配并分批培训，提高了医疗水平和服务能力，基本达到了河南省乡级卫生院的建设标准和功能要求。"仁和希望医院"为改善当地乡镇卫生医疗设施条件，解决农民看病难、看病贵的问题起到了重要作用。

　　"'希望医院'建成后，中国青基会围绕帮助农村青少年和广大农民群众普及提高卫生健康知识设计推展系列公益服务活动，使'希望医院'在服务新农村建设中成为一个传播卫生健康文化的平台。"正是基于这层意

义 中国青基会有关负责人这样意味深长地说，此次仁和药业对中国青基会捐赠的意义，不仅在于建立了国内第一家"希望医院"，同时也开创了为贫困地区提供医疗卫生建设的另一思路。

"仁和药业集团和我个人为倾力捐建全国第一所希望医院而深感欣慰，'仁和希望医院'建起来后，我们还将给予多方面的扶持，为支持农村卫生事业的发展、支持社会主义新农村建设作出应有的贡献！"杨文龙动情地说，仁和药业集团除了自身为解决贫困地区医疗建设贡献一份力量的真切愿望之外，另外就是由衷地期盼，这一捐赠带来的社会效应，将鼓励更多有志于贫困地区公共医疗建设的企业和个人积极参与到这一公益慈善项目中去，让更多的"希望医院"在全国各地拔地而起。

"贫困地区，交通不便，人们最怕的是得病。多一个'希望医院'，解决农民看病难问题就多一份希望。"杨文龙说，仁和药业集团作为一家医药企业，对改善农村地区医疗卫生条件，解决农村贫困地区农民群众"看病难、看病贵、看不起病"有义不容辞的责任，也符合企业"为人类健康服务"的企业宗旨，仁和药业集团将在今后长期支持这项公益活动。

杨文龙深情呼吁，社会各界尤其是企业，应该像关心支持教育事业那样援助"希望医院"，使"希望医院"在服务新农村建设中不仅成为能履行预防保健、医疗服务、卫生行政职能的标准化乡镇卫生院，也成为卫生健康文化的传播平台，成为城乡之间的互助阵地。

让杨文龙感到十分欣喜的是，自"仁和希望医院"正式奠基后，从2006年底开始，希望医院工程陆续在全国各地启动：

2006年12月，浙江省第一所"希望医院"——永嘉县山坑乡"日泰希望医院"举行奠基仪式。

2008年，陕西省首座"希望医院"在位于秦岭山区的厚畛子乡诞生，为山区农民的身体健康托起了希望。

同年，由波司登集团捐资援建的湖北省首所希望医院——"波司登希望医院"在罗田县河铺镇竣工。

2009 年，云南省"希望医院"同时在 3 个县的 3 个贫困乡镇陆续建设。

同年，由富士康科技集团湖南首所希望医院——韶山市如意镇爱康希望医院在韶山奠基，标志着"希望医院——乡镇卫生院救助行动"正式在湖南启动。

2016 年，宁夏首所"希望医院"——海原县七营镇希望医院开建。

…………

"慈善之路当然只是社会企业家的一种自我实践方式之一，企业家除了要'超越支票簿效应'的知行合一外，我们有理由要求，更切实的企业家精神应当从发掘和彰显组织价值开始行动。"在杨文龙心中：国家有难，仁和药业集团义不容辞，解难分忧；社会需要，仁和药业集团就要乐善好施，造福乡邻。

正是基于个人与企业之于公益慈善事业的深刻理解，杨文龙在企业走向辉煌的历程中，同时成为一位具有广泛影响力的慈善家。

"仁和有今天的发展，靠的是天时、地利、人和。天时，是党的好政策；地利，是拥有近 2000 年药文化历史的药都樟树；人和，是各级党政领导的亲切关怀和大力扶持。"每一次回顾企业取得的发展，杨文龙总是这样充满深情地说。

饮水思源，回报社会，也早已成为仁和药业集团全体员工的共同信念，成为仁和企业文化中的重要内涵。

自组建以来仁和药业集团及员工向希望工程、希望医院、抢险救灾、修桥筑路捐款、捐物、赠送名优产品价值累计逾 6500 万元，安置下岗职工和贫困户就业 6000 余人次，受到党、政府和社会各界的高度赞扬与好评。

2017 年 4 月，杨文龙被评为"江西省十大爱心政协委员"，这是继2013 年 1 月被评为"首届江西十大爱心政协委员"后，杨文龙第二次获此殊荣。这是党和政府及社会各界，对杨文龙率领仁和药业集团为社会公众慈善事业奉献爱心，积极承担社会责任所作突出贡献的充分肯定和高度赞扬。

崇尚人生高远之境的杨文龙，在以志励己从而获得成功的过程中，又从儒家"以天下为己任""达则兼济天下"等思想观点中，形成了自己人生事业和企业有为于社会的系统深思，并在岁月时光里化作无言大爱默默倾情回报给社会。

数十年的执著前行，杨文龙一步一个脚印，引领仁和药业集团走出了一条不断发展壮大的创业之路。同时，这又是一条洒满爱心的慈善之路。

图书在版编目（CIP）数据

杨文龙 / 熊波著. -- 南昌：江西人民出版社,2018.4
（当代赣商丛书）

ISBN 978-7-210-10363-9

Ⅰ.①杨… Ⅱ.①熊… Ⅲ.①报告文学－中国－当代
Ⅳ.①I25

中国版本图书馆CIP数据核字(2018)第085854号

杨文龙

熊 波 著

组稿编辑：游道勤　陈世象
责任编辑：万莲花
装帧设计：章　雷
出　　版：江西人民出版社
发　　行：各地新华书店
地　　址：江西省南昌市三经路47号附1号
编辑部电话：0791-86898650
发行部电话：0791-86898815
邮　　编：330006
网　　址：www.jxpph.com
E-mail:jxpph@tom.com　web@jxpph.com
2018年4月第1版　　2018年6月第1次印刷
开　　本：787×1092毫米　1/16
印　　张：15.75
字　　数：210千字
ISBN 978-7-210-10363-9
赣版权登字—01—2018—217
定　　价：50.00元
承 印 厂：南昌市红星印刷有限公司